Lamettaspuk

Weihnachtliche Gespenstergeschichten

Ausgewählt von Daniel Kampa

Diogenes

Nachweis am Schluss des Bandes
Umschlagillustration von
Claude Kuhn © Claude Kuhn

Originalausgabe

www.diogenes.ch
150/13/8/1
ISBN 978 3 257 24178 5

Inhalt

Hugh Walpole

Mrs Lunt

Glauben Sie an Geister?«, fragte ich Runciman. Ihm diese reichlich banale Frage zu stellen hatte eigentlich keinen anderen Grund als den, dass es so mühsam war, eine Stunde mit ihm zu verbringen. Vielleicht kennen Sie seine Bücher, vermutlich aber eher nicht: *Der Läufer*, *Die Ulme* und *Kristall und Kerzenlicht*. Er ist einer dieser unauffälligen Menschen, die sich in dieser Zeit einer enormen Überproduktion von Büchern recht beständig behaupten, jeden Herbst einen neuen Roman herausbringen und damit bei manchen Kritikern eifrige Anerkennung und Lob ernten, die ein kleines und treues Publikum haben, aber nur sehr geringe Auflagen erzielen, einer dieser Menschen, die, wenn man mit ihnen zusammentrifft, kaum etwas zu sagen haben und oft scheu und unsicher sind, pessimistisch und weltfremd. Solche Menschen leisten gute Arbeit, finden aber zu Lebzeiten wenig Beachtung und werden vielleicht fünfzig Jahre nach ihrem Tod von irgendeinem recherchierenden Kritiker wiederentdeckt und für eine neue Generation zu einer Art Kultfigur.

Ich stellte Runciman diese Frage, weil ich ihn aus unerfindlichen Gründen zu mir zum Essen eingeladen hatte und nun auf einen langen Abend mit jener mühsamsten aller Unterhaltungen gefasst war, bei denen das Gespräch alle zwei Minuten verebbt und mit immer neuen Kunstgriffen wiederbelebt werden muss. Weil ich Kritiker bin und Runcimans Werke bei vielen Gelegenheiten lobend besprochen hatte, war er mir gegenüber umso schüchterner und gehemmter; wenn ich seine Bücher verrissen hätte, würde er mir vielleicht eine Menge zu sagen haben – manche Menschen sind so. Aber meine Frage war ein Glückstreffer: sie rüttelte ihn augenblicks wach, eine neue Energie durchströmte seine hohe, knochige Gestalt, sein Blick versenkte sich in reiche und aufregende Erinnerungen, er sprach ohne Pause und ich hütete mich, ihn zu unterbrechen. Er erzählte mir eine der erstaunlichsten Geschichten, die ich je gehört habe. Ob sie wahr ist oder nicht, kann ich natürlich nicht sagen; solche Gespenstergeschichten stammen ja fast immer aus zweiter oder dritter Hand. Ich hatte zumindest das Glück, sie aus erster Quelle zu hören. Außerdem war Runciman kein Aufschneider; dafür war er zu ernst. Er räumte selbst ein, sich nach so langer Zeit nicht mehr sicher zu sein, ob sich die Geschichte im Laufe der Jahre etwa ausgeweitet habe. Hier ist sie jedenfalls, wie er sie erzählte:

»Es ist ungefähr fünfzehn Jahre her«, begann er. »Ich fuhr nach Cornwall, um Robert Lunt zu besuchen. Sagt Ihnen der Name noch etwas? Nein, ich glaube kaum. Er hatte mehrere Romane verfasst, oder eher gesagt einige dieser Bücher, bei denen man nicht recht weiß, ob sie nun Prosa oder Lyrik sind, und die zu schreiben verteufelt schwierig ist. *De la Mares Wiederkehr* ist ein gutes Beispiel für derlei Sachen. Ich hatte sein letztes Buch irgendwo besprochen, und zwar wohlwollend, und erhielt von ihm einen wirklich bewegenden Brief, der mir zeigte, dass dieser Mann nach Anerkennung und wohl auch nach Gesellschaft dürstete.

Er lebte in Cornwall irgendwo an der Küste, und vor ein oder zwei Jahren war seine Frau verstorben; er sei sehr einsam dort, schrieb er, und ob ich kommen und Weihnachten mit ihm verbringen wolle; er hoffe, ich würde das nicht als aufdringlich empfinden; zwar gehe er davon aus, dass ich bereits andere Verpflichtungen hätte, habe aber nicht widerstehen können, sein Glück zu versuchen. Nun, andere Verpflichtungen hatte ich nicht, ganz im Gegenteil: Ich war nicht weniger einsam als Lunt, und wenn er ein Versager war, dann war ich das auch. Wie gesagt, sein Brief rührte mich, und so nahm ich seine Einladung an. Im Zug nach Penzance fragte ich mich, was für ein Mensch er wohl sei. Ich hatte nie ein Foto von ihm gesehen; er gehörte nicht zu den Autoren, deren Bilder die Zeitungen veröffentlichen. Er müsse etwa in meinem Alter sein, stellte ich mir vor – vielleicht eher älter. Ich weiß, dass manche unter uns, wenn sie einsam sind, beständig der Vorstellung nachhängen, irgendwo werde ein Freund auftauchen, jener ideale Freund, der alle unsere Gefühle versteht, einem Zuneigung schenkt, ohne sentimental zu sein, und Anteil nimmt, ohne sich aufzudrängen – genau die Art von Freund, die man nie findet.

Ich glaube, ich hatte mir eine ziemlich romantische Vorstellung von Lunt gemacht, bevor ich in Penzance ankam. Wir würden miteinander über all diese literarischen Fragen sprechen, die ich damals so fesselnd fand; wir würden womöglich häufig zusammen sein oder gar den einen oder anderen Ausflug unternehmen, jene kleinen Reisen, die so rasch melancholisch werden, wenn man allein ist, und so reizend sein können, wenn man einen idealen Begleiter hat. Ich stellte ihn mir hager und zierlich vor, empfindsam und kultiviert, mit einer gewissen Wehmut und einer eher kindlichen Versponnenheit. Wir hatten beide bislang nicht viel zuwege gebracht, aber gemeinsam würden wir vielleicht Großes vollbringen.

Als ich in Penzance eintraf, war es fast schon dunkel, und der Schnee, den ein dicht verhangener Himmel schon den ganzen Tag über angekündigt hatte, hatte sanft und zaghaft zu fallen begonnen. Lunt hatte mir in seinem Brief mitgeteilt, am Bahnhof werde ein Einspänner bereitstehen, um mich zu seinem Haus zu bringen, und dort fand ich ihn auch – eine seltsame alte, verwitterte Kutsche mit einem seltsamen alten, verwitterten Kutscher. Über die Jahre mag meine Einbildung das eine oder andere ersonnen haben, aber ich glaube mich zu erinnern, dass mich, kaum dass ich in dieser Kutsche eingeschlossen saß, ein leiser Anflug von Furcht und Beklommenheit ergriff. Ich meine, den törichten Drang verspürt zu haben, diesem Kasten zu entfliehen und mit dem Nachtzug wieder nach London zurückzufahren – etwas, das mir sehr unähnlich gewesen wäre, denn seit jeher war ich in einer Art sturer Entschlossenheit stets bestrebt gewesen, alles zu Ende zu führen, was ich begonnen hatte. Jedenfalls fühlte ich mich in der Kutsche unbehaglich; sie hatte, wie ich mich erinnere, einen widerlich muffigen Geruch nach feuchtem Stroh und schalen Eiern, und ich kam mir in ihr so eingezwängt vor, als hätte sie beschlossen, mich nie wieder herauszulassen, sobald ich einmal darinnen war. Auch war es bitterkalt; ich habe während dieser Fahrt mehr gefroren als je zuvor oder je danach. Es war diese durchdringende Kälte, die sich einem mitten ins Gehirn zu bohren scheint, so dass ich keinen klaren Gedanken fassen und nur immer wieder wünschen konnte, ich wäre nie hergekommen. Natürlich konnte ich nichts sehen – ich spürte nur das Rütteln auf der holprigen Straße –, und immer wieder schienen wir uns einen Weg über dunkle Pfade zu bahnen, denn ich hörte die überhängenden Zweige der Bäume mit mysteriösem Klopfen gegen die Kutsche schlagen, als wollten sie mir eine dringende Botschaft übermitteln.

Nun, ich will nicht mehr daraus machen, als die Tatsachen hergeben, und darf in all das nicht die Bedeutung der späteren Geschehnisse hineinlesen. Ich weiß nur, dass ich mich zunehmend unwohl fühlte, je länger die Fahrt dauerte; unwohl wegen der Kälte, die mir durch Mark und Bein kroch, wegen der dunklen Vorahnungen meiner Einbildung und der Verlassenheit, der ich preisgegeben war.

Schließlich hielten wir an. Die alte Vogelscheuche kam langsam und mit viel Ächzen und Stöhnen von ihrem Bock herabgeklettert, schlurfte zur Wagentür und öffnete sie umständlich und aufreizend langsam. Ich kletterte hinaus und sah, dass der Schnee jetzt wirklich sehr dicht fiel und den Weg mit seinem sanften, rätselhaften Schimmer überzog. Vor mir ragte ein buckliger und unförmiger Schatten auf: das Haus, das mich beherbergen sollte. Ich konnte es in dieser Dunkelheit nicht richtig erkennen und stand nur schlotternd da, während der Alte mit hektischer Ungeduld an der Türglocke zog, als wolle er die Angelegenheit so schnell wie möglich hinter sich bringen und in seine eigene Behausung zurückkehren. Nach einer endlos scheinenden Zeit öffnete sich schließlich die Tür, und ein alter Mann, der ein Bruder des Kutschers hätte sein können, steckte den

Kopf heraus. Die beiden Alten wechselten ein paar Worte, und zu guter Letzt wurde meine Reisetasche geschultert und ich durfte aus der schneidenden Kälte herauskommen und eintreten.

Dies jetzt ist keine Einbildung, das weiß ich genau. Noch nie in meinem Leben war mir irgendein Haus, das ich je betreten habe, auf den ersten Blick so zuwider wie dieses. Dabei gab es in der Diele nichts, das mir auf Anhieb unangenehm aufgefallen wäre. Sie war ein großer, dunkler Raum mit zwei schwachen Leuchten darin, kalt und freudlos, der bei mir keine besonderen Eindrücke hinterließ, denn ich wurde sogleich hindurchgeführt, einen Korridor entlang und in einen Raum hinein, der, wie ich sofort bemerkte, ebenso warm und einladend war wie die Eingangshalle finster und trist. Meine Freude über das ansehnliche Feuer, das im Kamin flackerte, war so groß, dass ich sogleich darauf zuging, ohne die Gegenwart meines Gastgebers wahrzunehmen, und als ich ihn dann bemerkte, konnte ich nicht glauben, dass er es war. Ich habe Ihnen ja erzählt, was für einen Mann ich erwartet hatte. Aber statt des feingliedrigen empfindsamen Künstlers sah ich mich einem stämmigen, sehr großen Mann gegenüber, über sechs Fuß würde ich schätzen, ebenso breitschultrig wie groß, der enorme Kräfte besitzen musste und dessen untere Gesichtshälfte von einem schwarzen Spitzbart verdeckt wurde.

Hatte mich schon sein Anblick erstaunt, so war ich noch verblüffter, als er sprach. Seine Stimme war dünn und piepsig wie die einer alten Frau, und die fahrigen kleinen Gesten seiner Hände wirkten noch femininer als seine Stimme. Aber das war vielleicht seiner Aufregung zuzuschreiben, denn aufgeregt war er ganz offensichtlich; er kam auf mich zu, ergriff meine Rechte mit beiden Händen und hielt sie fest, als wolle er sie nie wieder loslassen. Am Abend, als wir beim Portwein saßen, entschuldigte er sich dafür. ›Ich war so froh, Sie zu sehen‹, sagte er. ›Ich konnte es kaum glauben, dass Sie wirklich kommen würden; Sie sind der erste Gleichgesinnte, der mich hier seit wer weiß wie langer Zeit besucht. Ich habe mich wirklich geschämt, Sie darum zu bitten, aber ich musste die Chance ergreifen – es bedeutet mir so viel.‹

Seine Begeisterung hatte durchaus etwas Verstörendes an sich und war irgendwie beinahe mitleiderregend. Er konnte einfach nicht genug für mich tun: Er geleitete mich durch seltsame verfallende Flure, deren Dielen unter jedem unserer Schritte knarrten, eine dunkle Treppe hinauf, an Wänden vorbei, an denen, soweit ich das im schwachen Lichtschein erkennen konnte, verblichene sepiafarbene Fotos von Orten und Landschaften hingen, und führte mich in mein Zimmer, auf das er mit einer beunruhigt entschuldigenden Geste wies, als rechne er damit, dass ich beim ersten Anblick kehrtmachen und davonlaufen würde. Es gefiel mir ebenso wenig wie der Rest des Hauses, aber dafür konnte mein Gastgeber nichts. Er hatte sein Bestes getan, es mir recht zu machen. Im offenen Kamin brannte ein ansehnliches Feuer, und in dem großen Himmelbett lag, wie er mir erklärte, eine heiße Wärmflasche; schon nahm der alte Mann, der mir die Tür geöffnet hatte, die Kleider aus meiner Reisetasche und räumte sie ein. Lunts nervöse Beflissenheit war fast anrührend. Er legte mir beide Hände auf die Schultern und sagte mit flehentlichem Blick: ›Wenn Sie nur wüssten, was es mir bedeutet, Sie hier zu haben und mich mit Ihnen unterhalten zu können. Jetzt muss ich Sie aber erst einmal allein lassen. Sie werden doch herunterkommen und mir Gesellschaft leisten, sobald Sie können, nicht wahr?‹

Kaum war ich in meinem Zimmer allein, verspürte ich plötzlich zum zweiten Mal den Drang zu fliehen. Vier Kerzen in großen alten Silberleuchtern brannten hell und gaben zusammen mit dem lodernden Feuer genug Licht, und doch war das Zimmer irgendwie schummrig, als zöge ein leichter Rauch hindurch, und ich erinnere mich, dass ich auf eines der alten Gitterfenster zuging und es für einen Augenblick aufstieß, als drohte ich zu ersticken. Zwei Dinge ließen es mich aber gleich wieder schließen. Das eine war die bittere Kälte, die zusammen mit einem flinken Schneegestöber hereinwehte, und das andere das beinahe ohrenbetäubende Tosen der See, das mir entgegenschlug, als wollte es mich zu Boden werfen. Rasch machte ich das Fenster wieder zu, drehte mich um und sah eine alte Frau in der Tür stehen. Wie spannend Geschichten dieser Art sind, hängt natürlich vom Grad ihrer Wahrscheinlichkeit ab. Um meine Schilderung überzeugend zu machen, sollte ich also Beweise dafür liefern können, dass ich diese alte Frau tatsächlich gesehen habe; damit kann ich aber nicht dienen. Ich kann mich Ihnen gegenüber nur auf den eher unspektakulären Umstand berufen, dass ich als rechtschaffen gelte. Sie wissen, dass ich keinen Alkohol trinke und das auch nie getan habe, und als gewichtigsten Beweis kann ich anführen, dass ich nicht erwartet hatte, eine alte Frau zu sehen; und doch hatte ich nicht den allergeringsten Zweifel daran, dass es eine alte Frau war, die ich sah. Man könnte an Schatten denken, an

Kleider, die an der Innenseite der Tür hängen, oder dergleichen. Ich weiß es nicht. Ich habe mir keine Theorien zu dieser Geschichte zurechtgelegt, bin kein Spiritist, und es gibt auch sonst eigentlich nichts, an das ich fest glaube, ausgenommen an die Ästhetik schöner Dinge. Sagen wir also, wenn Ihnen das lieber ist, dass ich mir einbildete, eine alte Frau zu sehen, und meine Einbildung so stark war, dass ich sie Ihnen auch heute noch ziemlich genau beschreiben kann. Sie trug ein schwarzes Seidenkleid mit einer großen hässlichen Goldbrosche über der Brust; sie hatte schwarzes, straff nach hinten gekämmtes und in der Mitte gescheiteltes Haar; sie trug einen enganliegenden Kragen aus weißem Stoff, und ihr Gesicht war so boshaft, verschlagen und heimtückisch, wie ich noch nie eines gesehen habe – und auffallend bleich. Es war inzwischen voller Falten, mochte früher einmal aber durchaus hübsch gewesen sein. Sie stand dort ganz ruhig mit herabhängenden Armen. Ich dachte, sie sei eine Art Haushälterin. ›Ich habe alles, was ich brauche, vielen Dank‹, sagte ich, ›was für ein großartiges Feuer!‹ Ich wandte mich für einen Augenblick zum Kamin, und als ich mich wieder umsah, war sie fort. Natürlich dachte ich mir nichts dabei, zog mir einen alten, mit ausgeblichenem grünen Stoff bezogenen Stuhl heran und gedachte, ein wenig in einem Buch zu lesen, das ich mitgebracht hatte, bevor ich zu meinem Gastgeber hinuntergehen würde. In Wirklichkeit hatte ich nämlich wenig Lust, ihm früher als nötig Gesellschaft zu leisten. Ich mochte ihn nicht. Ich hatte mir bereits vorgenommen, unter irgendeinem Vorwand so rasch wie möglich nach London zurückzukehren. Ich kann Ihnen nicht erklären, warum ich ihn nicht mochte, außer dass ich selbst ziemlich reserviert bin und, wie viele Engländer, eine große Abneigung gegen überschwengliche Sympathiebekundungen hege, insbesondere von einem anderen Mann. Die Art, wie er mir die Hände auf die Schultern gelegt hatte, war mir unangenehm gewesen, und vielleicht hatte ich auch das Gefühl, dem erwartungsvollen Gewese, das er um mich machte, nicht gerecht werden zu können.

Ich saß auf dem Stuhl und nahm mein Buch zur Hand, hatte aber kaum mehr als zwei Minuten darin gelesen, als mir ein höchst unangenehmer Geruch auffiel. Nun gibt es ja alle möglichen Gerüche – frische und andere –, aber ich glaube, am widerwärtigsten ist jener klamme Mief, der aus der Kombination mangelnder Reinlichkeit und ungelüfteter Zimmer entsteht und den man zuweilen in kleinen Dorfgasthäusern oder heruntergekommenen Stadtwohnungen antrifft. Dieser Geruch war jedenfalls so deutlich, dass ich ziemlich genau hätte sagen können, wo er herkam: aus der Nähe der Tür. Ich stand auf, ging darauf zu und hatte sofort das Gefühl, vor jemandem zu stehen, der, mit Verlaub, nicht die Angewohnheit hatte, allzu oft ein Bad zu nehmen. Ich prallte zurück, genau so, als hätte tatsächlich dort jemand gestanden. Dann war der Geruch plötzlich verschwunden, das Zimmer roch wieder frisch, und ich sah zu meinem Erstaunen, dass eines der Fenster aufgegangen war und es wieder hereinschneite. Ich schloss es und ging nach unten.

Der Abend gestaltete sich recht merkwürdig. Mein Gastgeber war eigentlich nicht unsympathisch und gab sich alle Mühe, es mir recht zu machen. Er war sehr gebildet und kannte sich mit Büchern und vielen anderen Dingen bestens aus. Im Laufe des Abends wurde er recht vergnügt und tischte mir ein gutes Abendessen in einem eigenartigen kleinen und altmodischen Esszimmer auf, an dessen Wänden einige bezaubernde Gravüren hingen. Der alte Hausdiener – ein schrulliger Greis mit einem langen weißen Ziegenbart – bediente uns, und seltsamerweise war er es, der meine ursprüngliche Beklemmung wieder aufleben ließ. Er hatte gerade den Nachtisch aufgetragen und setzte mir meinen Teller vor, als ich ihn auffahren und zur Tür starren sah. Ich war nämlich aufmerksam geworden, weil seine Hand, die den Teller hielt, plötzlich zu zittern begonnen hatte. Meine Augen folgten seinem Blick, aber ich konnte nichts erkennen. Dass ihn irgendetwas ängstigte, war offensichtlich, und zudem (was ich mir freilich auch nur eingebildet haben könnte) war mir, als hätte ich ein weiteres Mal diesen seltsamen, unerquicklichen Geruch wahrgenommen.

Ich hatte all das bereits wieder vergessen, als ich mit meinem Gastgeber vor einem prächtigen Kaminfeuer in der Bibliothek saß. Lunt hatte eine sehr erlesene Sammlung von Büchern, und wie jeder Sammler genoss er es, jemanden um sich zu haben, der sie wirklich zu schätzen wusste. Wir standen davor, betrachteten ein Buch nach dem anderen und unterhielten uns angeregt über einige der weniger bedeutenden frühen englischen Romanciers, für die ich ein besonderes Faible hatte – Bage, Godwin, Henry Mackenzie, Mrs. Shelley, Mat Lewis und andere –, als er mir erneut unangenehm nahe trat, indem er mir den Arm um die Schultern legte. Mein ganzes Leben lang habe ich es nicht ausstehen können, von bestimmten Leuten angefasst zu werden. Ich glaube, uns allen geht es so. Das gehört zu den

Dingen, die man nicht erklären kann, und diese Berührung war mir so zuwider, dass ich mich brüsk abwandte.

Im selben Augenblick verwandelte sich Lunt in einen von unbändigem Zorn entbrannten Choleriker, und ich fürchtete schon, er werde mich schlagen. Er zitterte am ganzen Körper und stieß einen Schwall unzusammenhängender Worte aus, als wäre er außer sich und wüsste nicht mehr, was er sagte. Er beschuldigte mich, ihn zu beleidigen, seine Gastfreundschaft zu missbrauchen, seine Gefälligkeiten mit Niedertracht zu vergelten und tausend andere Lächerlichkeiten mehr. Ich kann Ihnen nicht beschreiben, wie absonderlich es war, ihn dies alles mit dieser schrillen Fistelstimme vorbringen zu hören, die der einer hysterischen Frau glich, und dabei zugleich diese massige, muskulöse Gestalt, diese immens breiten Schultern und dieses dunkle, bärtige Gesicht vor Augen zu haben.

Ich sagte nichts. Was tätliche Auseinandersetzungen betrifft, bin ich ein Feigling, und nichts in aller Welt ist mir so verhasst wie Streit. Schließlich brachte ich heraus: ›Es tut mir sehr leid. Es war keine Absicht. Bitte verzeihen Sie mir‹, und machte eilig kehrt, um den Raum zu verlassen. Sofort wandelte er sich wieder; jetzt war er den Tränen nahe. Er flehte mich an, nicht zu gehen, und sagte, schuld daran sei nur seine elende Stimmung, denn er sei so deprimiert und verzweifelt und nun schon seit so langer Zeit einsam und niedergeschlagen, dass er kaum noch wisse, was er tue. Er bat mich, ihm noch eine Chance zu geben, und wenn ich mich bereitfinden könne, seine Geschichte anzuhören, würde ich vielleicht nachsichtiger mit ihm sein.

Augenblicklich, so seltsam ist der Mensch nun einmal,

veränderte sich mein Gefühl ihm gegenüber. Er tat mir sehr leid. Ich erkannte, dass dieser Mann mit seinen Nerven am Ende war, dass er wirklich Hilfe und Mitgefühl brauchte und in heftigste Verwirrung geriet, wenn man sie ihm vorenthielt. Ich legte ihm die Hand auf die Schulter, um ihn zu beruhigen und ihm zu zeigen, dass ich ihn nicht hatte kränken wollen, und spürte, wie sein massiger Körper von Kopf bis Fuß zitterte. Wir setzten uns wieder, und in einer gewundenen, weitschweifigen Art erzählte er mir seine Geschichte. Sie war nichts Besonderes und lief im Wesentlichen darauf hinaus, dass er, wohl um jemanden um sich zu haben und weniger aus Leidenschaft, vor rund fünfzehn Jahren die Tochter eines benachbarten Geistlichen geheiratet habe. Sie hätten kein sehr glückliches Leben miteinander gehabt, und zuletzt, das bekannte er ziemlich freimütig, habe er sie gehasst. Sie sei unleidlich, anmaßend und engstirnig gewesen, und er habe sich, auch das gestand er mir, nur noch erleichtert gefühlt, als sie vor genau einem Jahr plötzlich an Herzversagen gestorben sei. Damals habe er geglaubt, dass sich für ihn nun alles zum Besseren wenden werde, aber das sei nicht der Fall gewesen; seitdem habe ihm nichts mehr gelingen wollen. Er habe nicht mehr arbeiten können; viele seiner Freunde hätten aufgehört, ihn zu besuchen, und er habe sogar Schwierigkeiten gehabt, Hauspersonal zu finden, das bei ihm blieb; er sei furchtbar einsam, schlafe schlecht, und deshalb sei seine Stimmung so entsetzlich gereizt. Er habe niemanden mehr bei sich im Haus außer dem Alten, der glücklicherweise ein hervorragender Koch sei, und einem Laufburschen – dem Enkel des alten Mannes. ›Ach, und ich hatte geglaubt‹, warf ich ein, ›Ihre Haushälterin hätte dieses ausgezeichnete Abendessen gekocht.‹ – ›Meine Haushälterin?‹, erwiderte er. ›In diesem Haus gibt es keine Frau.‹ – ›Aber es ist doch eine Frau in mein Zimmer gekommen‹, hielt ich ihm vor, ›heute Abend – eine alte, damenhaft aussehende Frau in einem schwarzen Seidenkleid.‹ – ›Sie müssen sich geirrt haben‹, gab er mit äußerst gepresster Stimme zurück, als müsste er alle Kraft zusammennehmen, um ruhig und beherrscht zu bleiben. ›Aber ich bin mir sicher, sie gesehen zu haben, da ist kein Irrtum möglich‹, beharrte ich und beschrieb ihm die Frau. ›Sie irren sich‹, wiederholte er. ›Warum wollen Sie das nicht einsehen, wenn ich Ihnen doch sage, dass es hier im Haus keine Frau gibt?‹ Ich beschwichtigte ihn rasch, um einen weiteren Wutausbruch zu vermeiden. Und dann sprach er eine Bitte aus, wie sie seltsamer nicht hätte sein können. Eindringlich, als hinge sein Leben davon ab, flehte er mich an, ein paar Tage bei ihm zu bleiben. Er deutete an, ohne etwas Genaueres zu sagen, dass er in großen Schwierigkeiten stecke, aber alles wieder gut werde, wenn ich nur einige Tage hierbliebe, und wenn ich jemals in meinem Leben die Gelegenheit gehabt hätte, ein gutes Werk zu tun, dann sei das jetzt; er könne zwar von mir nicht erwarten, an einem so trostlosen Ort zu bleiben, aber wenn ich mich dazu bereitfände, werde er es mir nie vergessen. Er sprach mit so dringlicher Verzweiflung in der Stimme, dass ich ihn beruhigte wie ein Kind, ihm zu bleiben versprach und wir uns daraufhin die Hände schüttelten, als gälte es, einen feierlichen Pakt zu besiegeln.

II

Sie möchten gewiss, dass ich Ihnen diesen Vorfall so schildere, wie er sich zugetragen hat, und wenn das schlimme Ende letztlich nur wie ein Zufall erscheinen mag, kann ich dem nur entgegenhalten, dass es sich so und nicht anders ereignet hat. Seit diesem Vorfall habe ich versucht, zwei und zwei zusammenzuzählen, und wenn dabei nicht genau vier herauskommt, ist das eine Schwäche, die meine Geschichte vermutlich mit jeder echten Gespenstergeschichte teilt.

Tatsache ist jedenfalls, dass ich nach dieser sehr merkwürdigen Episode zwischen uns eine sehr angenehme Nacht verbrachte. In meinem behaglich warmen Himmelbett schlief ich den Schlaf der Gerechten, den das Rauschen der See hinter den Fenstern begleitete. Der nächste Morgen war hell und heiter; die Sonne beschien den Schnee, und der Schnee glitzerte zur Sonne zurück, als wären beide froh, einander zu sehen. Ich verbrachte einen recht angenehmen Vormittag damit, in Lunts Büchern zu blättern, mich mit ihm zu unterhalten und ein oder zwei Briefe zu schreiben. Ich muss sagen, dass ich den Mann trotz allem mochte. Seine dringende Bitte am Vorabend hatte mich gerührt. Wissen Sie, es gibt sehr wenige Leute, die mich je um etwas gebeten haben. Seine Nervosität war nicht zu leugnen, und ebenso wenig das beständige Gefühl der Beklemmung, aber er versuchte immerhin, sie zu überspielen, und gab sich alle Mühe, es mir angenehm zu machen, vermutlich, um mich dazu zu bewegen, zu bleiben und ihm ein wenig von der Geselligkeit zu bieten, die er so dringend brauchte. Allerdings muss ich einräumen, dass ich ohne die intensive Beschäftigung mit seinen Büchern wahrscheinlich nicht so gelöster Stimmung gewesen wäre. Denn über dem Haus lastete eine merkwürdige, unheimliche Stille, sobald man nur darauf achtete. Ich erinnere mich noch, dass ich irgendwann an dem alten Sekretär saß und einen Brief schrieb, und als ich den Kopf hob, ertappte ich Lunt dabei, wie er mich beobachtete, als frage er sich, ob auch ich etwas gehört oder bemerkt hätte. Und so horchte ich auch, und es kam mir vor, als stünde jemand mit erhobener Hand hinter der Tür der Bibliothek, wie um anzuklopfen – eine sonderbare Vorstellung, für die es keinen Anlass gab, aber ich hätte schwören können, dass ich nur zur Tür hätte gehen und sie unversehens öffnen müssen, um dort jemandem gegenüberzustehen.

Aber ich blieb unbekümmert und war nach dem Mittagessen recht guter Laune. Lunt fragte mich, ob ich einen Spaziergang machen wolle, und ich willigte ein. So gingen wir in den Sonnenschein hinaus und über den knirschenden Schnee zur Küste. Ich weiß nicht mehr, über was wir gesprochen haben; mittlerweile schien jede Befangenheit zwischen uns verflogen zu sein. Wir liefen quer über die Felder bis zu einer bestimmten Stelle, sahen von dort auf das Meer herab, das nun so glatt vor uns lag wie Seide, und kehrten dann um. Ich erinnere mich, so guter Stimmung gewesen zu sein, dass mir auf einmal alle meine Aussichten rosig erschienen. Ich begann, mich Lunt anzuvertrauen und ihm von meinen kleinen Plänen zu erzählen, von meinen Hoffnungen für das Buch, an dem ich gerade schrieb, und machte ihm sogar den zaghaften Vorschlag, wir sollten vielleicht einmal etwas gemeinsam unternehmen, denn was wir beide brauchten, sei ein Freund, der die gleichen Vorlieben teile wie wir. Ich weiß, dass ich munter weitererzählte, während wir eine kleine Dorfstraße überquerten und den Weg einschlugen, der zwischen dunklen Baumreihen zu seinem Haus hinaufführte, als sich plötzlich alles änderte.

Mir fiel als Erstes auf, dass er mir nicht mehr zuhörte; sein Blick ging starr an mir vorbei und war mitten auf die schwarze Baumgruppe geheftet, die sich von der silberglänzenden Landschaft abhob. Ich sah ebenfalls hin, und mein Herz machte einen Satz. Da stand, unmittelbar vor den Bäumen und als ob sie auf uns wartete, die alte Frau, die ich am Abend zuvor in meinem Zimmer gesehen hatte. Ich blieb stehen. ›Da ist sie ja!‹, rief ich. ›Das ist die alte Frau, von der ich gesprochen habe – die alte Frau, die in mein Zimmer kam.‹ Er griff mit der Hand nach meiner Schulter. ›Da ist nichts‹, sagte er. ›Sehen Sie nicht, dass das nur ein Schatten ist? Was ist denn mit Ihnen los? Sehen Sie denn nicht, dass es dort nichts gibt?‹ Ich machte einen Schritt nach vorn und konnte tatsächlich nichts mehr erkennen; ich weiß bis heute nicht zu sagen, ob das ein Trugbild gewesen war oder nicht. Ich weiß nur noch, dass der Nachmittag sich von diesem Augenblick an verdunkelte. Als wir schweigsam und mit raschen Schritten zwischen den Baumreihen hindurchgingen, als würden wir verfolgt, wurde es auf einmal so finster, dass ich kaum noch den Weg vor mir erkennen konnte. Atemlos erreichten wir das Haus. Er eilte in sein Arbeitszimmer, als wäre ich gar nicht anwesend, aber ich folgte ihm, zog die Tür hinter mir zu und fragte mit aller Entschiedenheit, derer ich fähig war: ›Was hat das zu bedeuten? Was beunruhigt Sie? Sie müssen es mir sagen! Wie soll ich Ihnen helfen, wenn Sie mir nichts sagen?‹ Und er erwiderte mit einer so seltsamen Stimme, als wäre er nicht mehr bei sich: ›Ich sage Ihnen doch, es ist nichts! Glauben Sie mir denn nicht, wenn ich Ihnen sage, dass es da überhaupt nichts gibt? Mit mir ist alles in Ordnung ... Oh, mein Gott! Mein Gott! ... Lassen Sie mich nicht allein ... Das ist heute der Tag – nein, genau die Nacht, hatte sie gesagt ... Aber ich sage Ihnen, ich habe nichts getan ... es ist nur ihre teuflische Niedertracht ...‹ Er hielt inne. Noch immer hielt er meinen Arm umklammert. Er wand sich in seltsamen Zuckungen, wischte sich die Stirn, als wäre sie schweißnass, und flehte mich beinahe an; dann wurde er plötzlich wütend, um mich gleich darauf wieder anzuflehen, als hätte ich ihm seinen einzigen Wunsch abgeschlagen.

Ich spürte, dass er wirklich kurz davor war, den Verstand zu verlieren, und begann, mich selbst plötzlich vor diesem feuchten, düsteren Haus zu fürchten, vor diesem großen zitternden Mann und vor noch etwas, das schlimmer war als beide zusammen. Aber er tat mir leid. Was hätte ich, was hätte irgendwer sonst tun können? Ich brachte ihn dazu, sich in den Lehnstuhl neben dem Feuer zu setzen, das jetzt bis auf ein paar glimmende Kohlen niedergebrannt war. Ich sträubte mich nicht dagegen, dass er mich am Arm zu sich zog und meine Hand umklammerte, und wiederholte so ruhig wie ich konnte: ›So sagen Sie mir es doch; scheuen Sie sich nicht, was immer es auch sein mag, das Sie getan haben. Sagen Sie mir, vor welcher Gefahr Sie Angst haben, dann können wir ihr gemeinsam ins Auge sehen.‹ – ›Angst! Angst!‹, wiederholte er und raffte dann mit einer gewaltigen Anstrengung, die ich nur bewundern konnte, all seinen

Mut zusammen. ›Ich bin wie von Sinnen‹, sagte er, ›vor Einsamkeit und Verzweiflung. Meine Frau starb in der Nacht genau vor einem Jahr. Wir hassten uns. Ich konnte keine Trauer empfinden, als sie starb, und sie wusste das. Als die letzte Herzattacke einsetzte, presste sie keuchend hervor, sie werde wiederkommen, und seitdem habe ich mich stets vor dieser Nacht gefürchtet. Das ist mit ein Grund, warum ich Sie um Ihren Besuch gebeten hatte: um jemanden bei mir zu haben, irgendwen, und Sie waren sehr gütig – mehr als ich hätte erwarten dürfen. Sie müssen mich für verrückt halten, so wie ich mich aufführe, aber helfen Sie mir, diese Nacht durchzustehen, und wir werden herrliche Zeiten zusammen erleben. Lassen Sie mich jetzt nicht im Stich – nicht ausgerechnet in dieser Nacht!‹ Ich versprach es ihm und beschwichtigte ihn, so gut ich konnte. Wie lange wir dort in der zunehmenden Dunkelheit gesessen haben, weiß ich nicht; beide rührten wir uns nicht vom Fleck, die Glut erlosch, und im Zimmer herrschte ein merkwürdig fahler Schein, den die verschneite Landschaft durch die unverhangenen Fenster hereinwarf. Ziemlich absurd, wenn ich daran zurückdenke. Wir saßen dort, ich auf einem Stuhl dicht neben seinem, Hand in Hand wie ein Liebespaar, aber in Wirklichkeit waren wir zwei verängstigte Männer, die sich vor dem fürchteten, was kommen würde, und nichts dagegen tun konnten.

Das war das wohl Sonderbarste daran – dieses Gefühl der Lähmung, das mich beschlich. Was hätten Sie, was hätte irgendein anderer unternommen? Den alten Hausdiener rufen, zum Dorfgasthaus hinunterlaufen, den Landarzt kommen lassen? Ich konnte nichts anderes tun, als den

Widerschein des Schnees zu beobachten, der wie ein zitternder Wasserfilm über die Möbel glitt, und dem leisen Schrei einer Eule zu lauschen, der von den Bäumen im Wald durch die beklemmende Stille drang.

III

Seltsamerweise kann ich mich beim besten Willen nicht mehr erinnern, was zwischen dieser merkwürdigen Nachtwache und dem Moment geschah, als ich aus einem kurzen Schlaf erwachte, mich im Bett aufrichtete und Lunt mit einer Kerze in der Hand in meinem Zimmer stehen sah. Er hatte ein Nachthemd an und wirkte im Kerzenschein riesig; sein Bart hob sich tiefschwarz von dem weißen Hemdstoff ab. Er näherte sich sehr leise meinem Bett, während die Kerze flackernde Schatten durch das Zimmer warf. Dann sagte er mit leiser und gedämpfter Stimme, die fast ein Flüstern war: ›Könnten Sie bitte kommen, nur für eine halbe Stunde? Ein halbes Stündchen nur‹, wiederholte er und sah durch mich hindurch, als würde er mich nicht kennen. ›Allein fühle ich mich unglücklich – sehr unglücklich.‹ Bei diesen Worten blickte er über die Schulter, hielt die Kerze hoch über den Kopf und sah angestrengt in alle Winkel des Zimmers. Mir wurde klar, dass ihm etwas widerfahren sein musste und er einen weiteren Schritt in das Reich der Furcht vorgedrungen war – einen Schritt, der ihn von mir und jedem anderen menschlichen Wesen entfremdet hatte. Er flüsterte: ›Wenn Sie mitkommen, treten Sie bitte leise auf;

ich möchte nicht, dass uns jemand hört.‹ Ich tat mein Bestes. Ich schlüpfte aus dem Bett, zog meinen Morgenmantel und Pantoffeln an und versuchte ihn zu überreden, bei mir zu bleiben. Das Feuer war fast erloschen, aber ich sagte ihm, wir könnten es ja wieder entfachen und dann hier sitzen und auf den Morgen warten; aber nein, er wiederholte ein über das andere Mal: ›In meinem Zimmer ist es besser; da sind wir sicherer.‹ – ›Sicher wovor?‹, fragte ich und zwang ihn, mir in die Augen zu sehen. ›Lunt, wachen Sie auf! Sie kommen mir vor, als würden Sie schlafwandeln. Es gibt nichts zu fürchten. Wir sind hier ganz unter uns. Bleiben Sie hier, dann können wir miteinander reden und diesem Unfug ein Ende bereiten.‹ Aber statt einer Antwort zog er mich nur den dunklen Flur hinab, betrat sein Zimmer und machte mir Zeichen, ihm zu folgen. Er stieg ins Bett und blieb darin hocken, die Hände um die Knie gelegt, während er zur Tür hinüberstarrte und ihn ab und zu ein leichtes Zittern durchlief. Das einzige Licht im Raum kam von der Kerze, die fast niedergebrannt war, und das einzige Geräusch war das säuselnde Raunen des Meeres.

Es schien für ihn keinen Unterschied zu machen, dass ich da war. Er sah mich nicht an, sondern blickte nur zur Tür, und wenn ich ihn ansprach, reagierte er nicht und schien nicht einmal zu hören, was ich gesagt hatte. Ich setzte mich neben das Bett, redete über alles und nichts, nur um die Stille zu unterbrechen, und war, glaube ich, kurz davor, in einen verworrenen Halbschlaf zu sinken, als ich seine Stimme durch meine hindurchdringen hörte. Sehr klar und deutlich sagte er: ›Wenn ich sie umgebracht habe, dann hatte sie es verdient; sie war mir nie eine gute Frau, von

Anfang an nicht. Sie hätte mich nicht so wütend machen dürfen – sie wusste doch, wie reizbar ich bin. Dabei waren ihre Launen noch schlimmer als meine. Sie kann mir nichts antun; ich bin ebenso stark wie sie.‹ Und dann, daran kann ich mich noch genau erinnern, sank seine Stimme plötzlich zu einer Art sanftem Geflüster herab, als wäre er beinahe erleichtert, dass seine Befürchtungen sich bestätigten. ›Da ist sie!‹, wisperte er. Ich kann Ihnen unmöglich beschreiben, welchen Schwall von Angst diese geflüsterten Worte mir durch den Körper zu jagen schienen. Ich konnte nichts erkennen – die Kerze hauchte gerade mit einem letzten Aufflackern ihr Leben aus –, erkennen konnte ich nichts, aber Lunt schrie plötzlich auf, mit einem schrillen Schrei wie ein gequältes Tier im Todeskampf: ›Halten Sie sie von mir fern – schaffen Sie sie mir vom Leib –, halten Sie sie doch zurück!‹ Er bekam mich zu fassen und grub mir die Hände in die Schultern; dann, nach einer grässlichen Anspannung aller Muskeln, als hätte eine Starre ihn ergriffen und nicht wieder losgelassen, sanken seine Arme langsam zur Seite, er sackte auf das Bett zurück wie von jemandem niedergestoßen, seine Hände fielen auf das Laken, sein ganzer Körper bäumte sich krampfartig auf und sackte dann zur Seite. Sehen konnte ich nichts, aber ich hatte ganz deutlich den gleichen widerwärtigen Geruch in der Nase, den ich am Abend zuvor kennengelernt hatte. Ich sprang zur Tür, riss sie auf und rief wieder und wieder den langen Flur entlang, bis kurz darauf der alte Mann herbeigerannt kam. Ich schickte ihn den Arzt holen und brachte es nicht mehr fertig, in das Zimmer zurückzugehen, sondern stand nur davor und horchte, konnte aber nichts anderes hören als das leise Rauschen des Meeres und das deutliche Ticken der Wanduhr in der Diele. Ich riss das Fenster am Ende des Flurs auf; das Brausen des Meeres stürzte herein; irgendwo schlugen Glocken die Stunde. Schließlich fasste ich allen Mut zusammen und ging zum Zimmer zurück…«

»Und?«, fragte ich, als Runciman eine Pause machte. »Er war natürlich tot, oder?«

»Ja, Tod durch Herzversagen, wie der Arzt später sagte.«

»Und dann?«, fragte ich weiter.

»Das ist alles.« Wieder machte Runciman eine Pause. »Ich weiß nicht, ob man das überhaupt als Gespenstergeschichte bezeichnen kann. Meine Vorstellung von der alten Frau war möglicherweise nichts als eine Halluzination. Ich weiß nicht einmal, ob seine Frau zu Lebzeiten so ausgesehen hatte. Vielleicht war sie ja groß und fett. Und Lunt starb an seinem schlechten Gewissen.«

»Ja«, sagte ich.

»Tatsache ist allerdings«, fügte Runciman schließlich nach einer langen Pause hinzu, »dass Lunts Leiche Spuren aufwies – vor allem am Hals und vereinzelt auf der Brust – wie von Fingern, die sich eingedrückt haben, und Kratzer und stumpfe blaue Flecken. Er könnte sich in seiner Panik selbst an die Kehle gegangen sein…«

»Ja«, sagte ich erneut.

»Wie auch immer« – Runciman schauderte –, »ich mag Cornwall nicht. Scheußliche Gegend. Da gehen merkwürdige Dinge vor sich – liegt irgendwie in der Luft…«

»Davon habe ich auch schon gehört«, erwiderte ich. »Aber nun sollten Sie erst einmal einen Drink nehmen. Und ich auch.«

Ray Bradbury

Der Wunsch

Draußen, vorm kalten Fenster, tuschelte der Schnee. Ein Wind aus dem Nirgendwo ließ das mächtige Haus ächzen.

»Was?«, fragte ich.

»Ich habe nichts gesagt.« Charlie Simmons stand hinter mir am Kamin und schüttete leise Popcorn in ein riesiges Metallsieb. »Kein Wort.«

»Verdammt noch mal, Charlie, ich hab dich doch gehört…«

Verwirrt sah ich zu, wie der Schnee auf ferne Straßen und kahle Äcker fiel. Es war so recht eine Nacht für Gespenster in weißen Gewändern, die am Fenster erscheinen und wieder verschwinden.

»Du bildest dir was ein«, sagte Charlie.

Tue ich das?, dachte ich. Hat denn das Wetter Stimmen? Gibt es eine Sprache der Nacht und der Zeit und des Schnees? Was passiert zwischen der Finsternis dort draußen und meiner Seele hier drinnen?

Denn dort im Dunkel schien just in diesem Moment, ungeleitet vom Schein des Mondes oder einer Laterne, ein riesiger unsichtbarer Taubenschwarm zu landen.

Und war es wirklich der Schnee, der da draußen tuschelte, oder war es die Vergangenheit, eine Wehe von altvertrauten

Nöten und Sorgen, die sich zu Ängsten aufgetürmt hatten und nun endlich einen Ausdruck fanden?

»Gott, Charles. Gerade eben, ich könnte schwören, dass du gesagt hast…«

»Was soll ich gesagt haben?«

»Du hast gesagt: ›Wünsch dir etwas.‹«

»Das soll ich gesagt haben?«

Ich hörte sein Gelächter hinter mir, doch ich drehte mich nicht um. Ich schaute weiter in den fallenden Schnee und sagte ihm, was ich sagen musste: »Du hast gesagt: ›Heute ist eine besondere Nacht, eine gute, eine denkwürdige Nacht. Und darum musst du dir das Beste, Teuerste, Denkwürdigste wünschen, was du dir je im Leben gewünscht hast, aus tiefstem Herzen, und es wird dir gewährt werden.‹ Das hab ich dich sagen hören.«

»Nein.« Im Fensterglas sah ich, wie sein Spiegelbild den Kopf schüttelte. »Aber Tom, du stehst seit einer halben Stunde da und bist wie gebannt von dem Schnee. Das war das Feuer im Herd, das da gesprochen hat. Wünsche werden nicht wahr, Tom. Aber…«, und hier hielt er inne und fügte dann einigermaßen verwundert hinzu: »Großer Gott, du hast tatsächlich etwas gehört, nicht wahr? Da. Trink.«

Das Popcorn war fertig. Er goss Wein ein, den ich nicht anrührte. Unaufhörlich fiel vorm dunklen Fenster in fahlen Schwaden der Schnee.

»Warum?«, fragte ich. »Warum sollte mir dieser Wunsch in den Sinn gekommen sein? Wenn du es nicht warst, was war es dann?«

Ja, in der Tat, was, dachte ich; was war dort draußen, und

wer sind wir? Zwei Schriftsteller, spät, allein, mein Freund, mein Gast für diese Nacht, zwei alte Gefährten, die es gewohnt sind, viel über Gespenster zu reden und zu schwatzen, die mit den Jahren den ganzen gängigen spiritistischen Krimskrams durchprobiert haben: Alphabettafeln, Tarotkarten, Telepathie, den ganzen Plunder einer vertrauten Freundschaft, wenngleich allemal begleitet von Spötteleien, Witzen und lässigen Späßen.

Aber bei dem, was heute Nacht dort draußen los ist, dachte ich, da hört der Spaß auf, da vergeht einem das Lachen…

»Warum?«, sagte Charlie, der jetzt neben mir stand und Wein trank und bald die rot-grün-blauen Lichter am Weihnachtsbaum, bald meinen Nacken betrachtete. »Warum ein Wunsch in einer Nacht wie dieser? Nun, es ist die Nacht vor Weihnachten, nicht wahr? Noch fünf Minuten, dann ist Christus geboren. Christi Geburt und die Wintersonnenwende, beides in einer Woche. Diese Woche, diese Nacht, sie sind der Beweis dafür, dass die Erde nicht untergehen wird. Der Winter ist am Grunde angelangt, und nun geht es wieder aufwärts, dem Licht entgegen. Das ist doch etwas Besonderes. Das ist unglaublich.«

»Ja«, murmelte ich und dachte an die alten Zeiten, als den Höhlenmenschen das Herz stehenblieb, wenn der Herbst kam und die Sonne fortging, und als die Affenmenschen so lange schrien, bis die Welt sich herumdrehte in ihrem weißen Schlaf und die Sonne eines schönen Morgens früher aufstand und das Universum wieder einmal gerettet war, für eine kleine Weile. »Ja.«

»Na also…« Charlie hatte meine Gedanken erraten; er

nippte an seinem Weinglas. »Christus ist seit jeher die Verheißung des Frühlings, oder nicht? Ausgerechnet in der längsten Nacht des Jahres hat die Zeit sich geschüttelt, und die Erde ist erschaudert und hat einen Mythos geboren. Und was hat der Mythos gekreischt? ›Prosit Neujahr!‹ Gott, ja, Neujahr ist nicht der erste Januar. Neujahr ist der Geburtstag von Jesus Christus. Sein Atem steigt uns in die Nase, lieblich wie Klee, und verheißt uns den Frühling, just in diesem Augenblick vor Mitternacht. Du musst tief einatmen, Thomas.«

»Halt den Mund!«

»Warum denn? Hörst du schon wieder Stimmen?«

Ja! Ich drehte mich um zum Fenster. In sechzig Sekunden brach der Tag der Geburt des Herrn an. Gibt es eine Stunde, die reiner, die einzigartiger wäre, dachte ich versonnen, um sich etwas zu wünschen?

»Tom…« Charlie packte mich am Ellbogen. Aber ich war weit fort und in der Tat sehr versonnen. Ist das eine besondere Zeit?, dachte ich. Wandeln in Nächten, da der Schnee fällt, heilige Geister umher und erweisen uns Gefälligkeiten in dieser Stunde, die uns so denkwürdig scheint? Wenn ich mir heimlich etwas wünsche, wird diese von Traumgedanken und alten Schneestürmen bevölkerte Nacht mir meinen Wunsch zehnfach erfüllen?

Ich schloss die Augen. Der Hals war mir wie zugeschnürt.

»Tu's nicht«, sagte Charlie.

Doch es bebte schon auf meinen Lippen. Ich konnte nicht mehr warten. Jetzt, jetzt, dachte ich, brennt ein fremder Stern in Bethlehem.

»Tom«, keuchte Charlie, »um Christi willen!«

Christus, ja, dachte ich und sprach: »Mein Wunsch ist, für eine Stunde heute Nacht…«

»Nein!« Charlie versetzte mir einen Schlag, damit ich den Mund hielt.

»…bitte, mach meinen Vater wieder lebendig.«

Da schlug die Uhr auf dem Kaminsims zwölf Mal, und es war Mitternacht.

»Oh, Thomas…«, seufzte Charlie. Ermattet ließ er meinen Arm los. »Oh, Tom.«

Eine Schneewehe klirrte gegen das Fenster, blieb darauf liegen gleich einem Leichentuch und zerfiel nach und nach.

Die Haustür sprang weit auf.

Ein Schwall von Schnee brach über uns herein.

»Was für ein trauriger Wunsch. Und… er ist soeben wahr geworden.«

»Wahr?« Ich fuhr herum und starrte auf die offene Tür, die winkte wie ein Grab.

»Geh nicht, Tom«, sagte Charlie.

Die Tür fiel krachend ins Schloss. Draußen rannte ich los; o Gott, und wie ich rannte.

»Tom, komm zurück!« Die Stimme verhallte hinter mir im weißen Flockenwirbel. »O Gott, tu's nicht!«

Doch in dieser Minute nach Mitternacht rannte und rannte ich, wie von Sinnen, stammelnd, schreiend, dass mein Herz weiterschlagen soll, mein Blut kreisen, meine Beine rennen und nicht aufhören zu rennen, und ich dachte: Er! Er! Ich weiß, wo er ist! Wenn das Geschenk mein ist! Wenn der Wunsch wahr wird! Ich kenne seinen Aufenthalt. Und da begannen ringsum in der nächtlich-verschneiten Stadt die Weihnachtsglocken zu läuten, zu jubeln, zu brausen. Sie umkreisten mich, eilten dahin und trieben mich an, und ich schrie, den Mund voll Schnee, und erkannte den Wahnwitz meines Begehrens.

Dummkopf!, dachte ich. Er ist tot! Kehr um!

Doch was, wenn er lebt, eine Stunde heute Nacht, und ich ginge nicht hin, um ihn zu suchen?

Ich war aus der Stadt heraus, ohne Hut und ohne Mantel, aber ganz erhitzt vom Laufen; mein Gesicht war von einer salzigen Maske aus Reif überzogen, die unter dem Aufprall meiner Schritte zersprang und abbröckelte, während ich mitten auf einer leeren Straße dahinging und der fröhliche Glockenklang verwehte und verhallte.

Ein Windstoß fegte mich um eine letzte wüste Ecke, wo mich eine dunkle Mauer erwartete.

Der Friedhof.

Ich stand vor den schweren Eisengittern und schaute benommen hindurch.

Der Gottesacker sah aus wie die Ruinen einer vor Menschengedenken in die Luft gesprengten altertümlichen Festung, als lägen die Grabsteine tief unter einer neuen Eiszeit begraben.

Plötzlich waren keine Wunder mehr möglich.

Plötzlich war es einfach eine Nacht mit zu viel Wein, Gerede und Hokuspokus, und ich rannte ohne Grund, außer dass ich glaubte, wahrhaftig glaubte, ich hätte gespürt, dass etwas sich ereignete dort draußen in der schneetoten Welt…

Nun aber lastete der blinde Anblick jener unberührten

Gräber und des unbetretenen Schnees so schwer auf mir, dass ich mit Freuden niedergesunken und selber dort gestorben wäre. Ich konnte doch nicht umkehren, zurück in die Stadt, und Charlie in die Augen sehen. Schon kam mir der Verdacht, das Ganze sei ein grausamer Streich, ein übler Trick von ihm, seine aberwitzige Gabe, die schrecklichen Nöte eines anderen zu erraten und damit zu spielen. Hatte er etwa doch hinter meinem Rücken geraunt, Versprechungen gemacht, mich zu diesem Wunsch gedrängt? Gott!

Ich berührte das mit einem Vorhängeschloss versehene Tor.

Was war hier? Nichts als eine steinerne Platte mit einem Namen und GEBOREN 1888, GESTORBEN 1957 – eine Inschrift, die selbst an Sommertagen nur schwer zu finden war, denn das Gras wuchs dicht, und eine dicke Laubschicht bedeckte die Stelle.

Ich ließ das Eisentor los und drehte mich um. Doch da, im nächsten Moment – mir stockte der Atem. Unfassbar! Ein Aufschrei des Entsetzens entfuhr meiner Kehle.

Denn ich hatte etwas gespürt, dort, jenseits der Mauer, nahe der kleinen, mit Brettern vernagelten Pförtnerloge.

Atmete da jemand leise? Ein gedämpfter Klagelaut?

Oder nur ein lauer Lufthauch?

Ich umklammerte das Eisentor und starrte hindurch.

Ja, dort. Eine kaum sichtbare Spur, als hätte sich ein Vogel niedergelassen und sei zwischen den begrabenen Steinen entlanggetrippelt. Einen Augenblick später, und ich hätte es für immer verpasst!

Ich schrie, ich rannte, ich sprang.

Ich war in meinem ganzen Leben, o Gott, noch nie so

hoch gesprungen. Ich sprang über die Mauer und landete auf der anderen Seite, und ein letzter Schrei riss mir die Lippen auseinander. Ich kroch um das Pförtnerhäuschen herum.

Dort, im Schatten, im Windschutz, war ein Mann; er lehnte an einer Mauer, hatte die Augen geschlossen und die Hände über der Brust gekreuzt.

Ich starrte ihn fassungslos an. Wie von Sinnen beugte ich mich vor, um besser sehen zu können, um zu erkennen.

Der Mann war mir fremd.

Er war alt, sehr alt.

In meinem neuerlichen Entsetzen hatte ich wohl aufgestöhnt.

Denn nun hob der alte Mann die zuckenden Lider.

Es waren seine Augen, die mich ansahen und mich ausrufen ließen: »Dad!«

Ich stolperte zu ihm hin, wollte ihn ins düstere Licht der Laterne und des nachmitternächtlich fallenden Schnees zerren.

Von sehr weit weg, aus der verschneiten Stadt, hallte flehend Charlies Stimme: Nein, tu's nicht, lauf, renn weg. Alptraum. Halt.

Der Mann, der vor mir stand, kannte mich nicht.

Gleich einer Vogelscheuche, die den Wind vertreiben soll, suchte seine fremde und dennoch vertraute Gestalt mich mit ihren weißblinden, spinnennetzverhangenen Augen auszumachen. Wer?, schien er zu denken.

Und auf einmal entrang sich seiner Kehle die Antwort:

»... om!«, schrie er. »... om!«

Er konnte das T nicht aussprechen.

Aber es war mein Name.

Schaudernd, wie einer, der am Rande eines Abgrunds steht und Angst hat, die Erde könnte nachgeben und ihn zurückwerfen in die Nacht und ins Grab, griff er nach mir.

»…om!«

Ich hielt ihn fest. Er konnte nicht fallen.

Gefesselt in stürmischer Umarmung, unfähig, einander loszulassen, so standen wir da und wankten leise hin und her, seltsam, zwei Männer verschmolzen zu einem, in einer Wüste aus rieselndem Schnee.

Tom, o Tom, klagte er immer wieder mit brüchiger Stimme.

Vater, o mein lieber Papa, Dad, vermeinte ich zu sagen.

Der alte Mann erstarrte, denn wahrhaftig, erst jetzt schien er über meine Schulter hinweg die Steine, den verlassenen Gottesacker erblickt zu haben. Er keuchte, als ob er schreien wollte: Was ist das für ein Ort?

So alt sein Gesicht auch war, im Moment der Erkenntnis und Erinnerung welkten seine Augen, die Wangen, der Mund und wurden noch älter, und er sagte nein.

Er wandte sich mir zu, als ob er eine Antwort suchte oder einen Menschen, der über seine Rechte wachte, einen Beschützer, der mit ihm zusammen nein sagen könnte. Doch in meinen Augen stand nur die kalte Wahrheit geschrieben.

Nein, nein, nein, nein, nein, *nein*!

Die Worte schossen ihm aus dem Mund.

Doch er konnte das N nicht aussprechen.

»…ei…ei…ei…ei…ei…ei…!« Wie Trommelfeuer brach es aus ihm hervor.

Wie der Schrei eines verlassenen bestürzten Kindes, das vor Angst pfeift.

Dann überschattete eine nächste Frage sein Gesicht.

Ich kenne diesen Ort. Aber *warum* bin ich hier?

Er umklammerte seine Oberarme. Er starrte hinab auf seine welke Brust.

Gott macht uns fürchterliche Geschenke, und das fürchterlichste von allen ist die Erinnerung.

Er erinnerte sich.

Und dann begann er langsam dahinzuschmelzen. Ihm fiel wieder ein, wie sein Körper verwelkt, wie sein schwaches Herz stehengeblieben, wie ein Tor zu ewiger Nacht krachend ins Schloss gefallen war.

Er stand ganz still in meinen Armen, seine Lider flackerten über den Dingen, die das groteske Mobiliar in seinem Kopf bildeten. Er musste sich die furchtbarste von allen Fragen gestellt haben: *Wer* hat mir das angetan?

Er schlug die Augen auf. Sein Blick traf mich wie ein Schlag.

Du?, fragte dieser Blick.

Ja, dachte ich. Ich war es, der sich gewünscht hat, dass du heute Nacht zum Leben erwachst.

Du!, schrien sein Gesicht und sein Körper.

Und dann, halblaut, die letzte bohrende Frage: »Warum …?«

Nun war es an mir, verdammt und zerrissen zu sein. Ja, wirklich, warum hatte ich ihm das angetan?

Wie hatte ich es nur wagen können, mir diese schreckliche, diese qualvolle Begegnung zu wünschen?

Was sollte ich jetzt anfangen mit diesem Mann, diesem

Fremden, diesem alten, verwirrten, verängstigten Kind? Warum hatte ich ihn heraufbeschworen, bloß um ihn wieder zurückzuschicken in die Erde, das Grab und grausigen Schlaf?

Hatte ich auch nur eine Sekunde lang an die Konsequenzen gedacht? Nein. Es war die pure Unbesonnenheit gewesen, die mich wie einen tumben Stein zu einem tumben Ziel geschleudert hatte, fort aus meinem Heim, hinaus auf diesen Gottesacker. Warum? Weshalb?

Da stand mein Vater, dieser alte Mann, nun im Schnee und wartete zitternd auf meine erbärmliche Antwort.

Und ich, wieder Kind, brachte kein Wort heraus. Etwas in mir kannte eine Wahrheit, die ich nicht auszusprechen vermochte. Nach der Sprachlosigkeit, die zwischen uns geherrscht hatte, solange er lebte, sah ich mich jetzt, im Angesicht dieses wandelnden Leichnams, noch mehr mit Stummheit geschlagen.

Die Wahrheit raste mir im Kopf herum, schrie durch die Fasern meines Geistes und meines ganzen Seins und kam mir doch nicht über die Lippen. Ich fühlte Schreie, die in meinem Inneren gefangen waren.

Der Augenblick ging vorüber. Bald wäre diese eine Stunde vorbei. Dann hätte ich nie mehr Gelegenheit zu sagen, was gesagt werden musste, was hätte gesagt werden müssen, als er noch warm und auf der Erde war, vor so vielen Jahren.

Irgendwo, weit fort im Lande, schlugen die Glocken halb eins in dieser Nacht von Christi Geburt, und die Zeit verrann im Wind. Noch immer trieben mir die Schneeflocken ins Gesicht und die Zeit, die Splitter von kalter, kalter Zeit.

Warum?, fragten die Augen meines Vaters.

»Ich –«, doch mir stockte der Atem.

Denn seine Hand umfasste meinen Arm jetzt noch fester. Sein Gesicht gab sich selbst die Antwort.

Dies war auch für ihn die Gelegenheit, auch für ihn war es die letzte Stunde, um zu sagen, was hätte gesagt werden sollen, als ich zwölf oder vierzehn war oder sechsundzwanzig. Mochte ich auch dastehen und schweigen. Hier, im rieselnden Schnee, konnte er seinen Frieden machen und davongehen.

Sein Mund öffnete sich. Es fiel ihm schwer, furchtbar schwer, die alten Worte über die Lippen zu bringen. Nur der Geist in der welken Hülle konnte es wagen, sich zu widersetzen und zu keuchen. Er flüsterte drei Worte, die im Winde verwehten.

»Ja?«, drängte ich.

Er hielt mich fest und versuchte, die Augen offen zu halten in der Schneesturmnacht. Er wollte schlafen, doch sein Mund sprang auf, und wieder und wieder stieß er hervor:

»Ich......... bbbe......... iiiiiich...!«

Er brach ab, zitterte, zermarterte sich den Leib und versuchte vergeblich, es zu rufen: »Ich......... bbbe......... ch...!«

»Oh, Dad«, rief ich. »Ich will es für dich sagen!«

Er stand ganz still und wartete.

»Wolltest du sagen: Ich – liebe – dich?«

»Aaaaa!«, rief er. Und dann brachte er es endlich ganz deutlich hervor: »O ja!«

»Oh, Dad«, sagte ich, außer mir vor Kummer und vor Glück, vor so viel Gewinn und Verlust. »Oh, Papa, lieber Papa, und ich liebe dich.«

Wir fielen uns um den Hals. Wir hielten einander fest.

Ich weinte.

Und dann sah ich, dass auch mein Vater aus irgendeinem seltsamen, in seinem grausigen Fleisch verborgenen Quell Tränen hervorpresste, die zitternd und blitzend an seinen Lidern hingen.

Und so war die letzte Frage gestellt und beantwortet.

Warum hast du mich hierhergebracht?

Warum der Wunsch, warum die Geschenke und warum diese Schneenacht?

Weil wir, bevor die Türen für immer verschlossen und versiegelt blieben, sagen mussten, was wir im Leben niemals gesagt hatten.

Und nun war es gesagt, und wir standen in der Ödnis und hielten einander im Arm, Vater und Sohn, Sohn und Vater, die Teile des Ganzen, auf einmal austauschbar geworden in ihrer Freude.

Die Tränen auf meinen Wangen erstarrten zu Eis.

Charles Dickens

Die Geschichte von den Kobolden, die einen Totengräber entführten

In einer alten Klosterstadt in diesem Teile unsrer Grafschaft wirkte vor langer, langer Zeit – vor so langer Zeit, dass die Geschichte wahr sein muss, weil unsre Urahnen schon unbedingt daran glaubten – ein gewisser Gabriel Grub als Totengräber auf dem Kirchhof. Daraus, dass ein Mann ein Totengräber und beständig von Sinnbildern der Sterblichkeit umgeben ist, folgt noch keineswegs, dass er ein mürrischer und melancholischer Mann sein muss. Die Leichenbesorger zum Beispiel sind die fröhlichsten Leute von der Welt, und ich hatte einmal die Ehre, mit einem sogenannten ›Stummen‹, dem Gehilfen eines Begräbnisunternehmers, befreundet zu sein, der in seinem Privatleben und außer seinem Berufe ein so spaßhafter und jovialer Junge war, wie nur je einer ein lustiges Liedchen sang oder ein gutes, bis an den Rand gefülltes Glas Grog leerte, ohne den Atem zu verlieren.

Allein Gabriel Grub war ein verdrießlicher, grämlicher Geselle, ein trübsinniger, menschenscheuer Kerl, der mit niemandem als mit sich selbst und einer alten korbgeflochtenen Flasche, die genau in seine große tiefe Westentasche passte, Umgang pflog und jedes fröhliche Gesicht mit einem solch bösartigen und verdrießlichen Blick ansah, dass man ihm nicht begegnen konnte, ohne sich verstimmt zu fühlen.

An einem Weihnachtsabend, eben als es zu dämmern begann, schulterte Gabriel seinen Spaten, zündete seine Laterne an und begab sich nach dem alten Kirchhof, denn er musste bis zum nächsten Morgen ein Grab geschaufelt haben. Als er die gewohnte Straße entlangging, sah er durch die alten Fenster den Glanz des Feuers lustig schimmern und hörte lauten Jubel und fröhliches Lachen. Er gewahrte die geschäftigen Vorbereitungen für den folgenden Tag und roch die vielen herrlichen Düfte, die ihm aus den Küchenfenstern entgegenwogten. All das war seinem Herzen Galle und Wermut, und wenn hier und da eine Kinderschar aus den Häusern heraushüpfte, über die Straße sprang und, ehe sie noch an der gegenüberstehenden Türe anklopfen konnte, von einem halb Dutzend kleinen Lockenköpfen empfangen und zum gemeinsamen Spiel und Fest eingeladen wurde, lächelte er grimmig, fasste seinen Spaten fester und dachte an Masern, Scharlach, Halsentzündung, Keuchhusten und andre Trostquellen.

In solch glücklicher Gemütsverfassung schritt Gabriel seines Weges, die freundlichen Grüße der Nachbarn, die dann und wann an ihm vorüberkamen, mit einem kurzen mürrischen Knurren erwidernd, bis er in das dunkle Gässchen einbog, das auf den Kirchhof führte. Er hatte sich bereits danach gesehnt, denn es war ein düsteres trauriges Stück Weg, das die Leute aus der Stadt nur am hellen Mittag, wenn die Sonne schien, besuchten. Er war daher nicht wenig entrüstet, als er mitten in diesem Heiligtum, das seit den Tagen des alten Klosters und der geschorenen Mönche das Sarggässchen genannt wurde, eine Kinderstimme ein lustiges Weihnachtslied singen hörte. Als er weiterging und die Stimme näher kam, bemerkte er, dass sie einem kleinen Jungen angehörte, der mit schnellen Schritten das Gässchen herabeilte, um eine von den kleinen Gesellschaften in der alten Straße zu treffen, und teils zur Unterhaltung, teils zur Vorbereitung auf die bevorstehende Feier aus vollem Halse sang. Gabriel wartete, bis der Junge vorbeikam, drückte ihn dann in eine Ecke und schlug ihm fünf bis sechs Mal die Laterne um die Ohren, nur um ihn das Modulieren zu lehren, und als der Knabe die Hand an den Kopf hielt und eine ganz andre Weise anstimmte, lachte Gabriel herzlich, trat in den Kirchhof und schloss das Tor hinter sich.

Er legte seinen Rock ab, stellte seine Laterne auf den Boden, stieg in das angefangene Grab und arbeitete wohl eine Stunde lang mit regem Eifer. Aber die Erde war hartgefroren, und es ging nicht so leicht, die Schollen aufzubrechen und hinauszuschaufeln; und wenn auch der Mond am Himmel stand, so war er kaum erst sichelförmig und warf nur einen matten Schein auf das Grab, das überdies noch im Schatten der Kirche lag. Zu jeder andern Zeit hätten diese Hindernisse Gabriel Grub sehr verdrießlich und mürrisch gemacht, aber es freute ihn so sehr, dem Jungen das Singen vertrieben zu haben, dass er sich über den langsamen Fortgang der Arbeit wenig grämte, und nachdem er sie für diesen Abend vollendet hatte, sah er mit grimmiger Lust in das Grab hinunter und brummte, sein Handwerkszeug zusammenraffend:

Billige Wohnung für Jung und Alt,
Schwarze Erde nass und kalt;

Ein Stein zu Häupten, ein Stein zu Fuß,
Und für die Würmer ein Hochgenuss.

»Ho! ho!«, lachte er, setzte sich auf den niedrigen Grabstein, auf dem er gewöhnlich ausruhte, und zog seine Weidenflasche hervor. »Ein Sarg um Weihnachten – auch ein Weihnachtsgeschenk. Ho! ho! ho!«

»Ho! ho! ho!«, wiederholte eine Stimme dicht neben ihm.

Gabriel hielt erschrocken in seinem Geschäft, die Flasche an die Lippen zu setzen, inne und sah sich ringsum. Der Grund des ältesten Grabes konnte nicht stiller und ruhiger sein als der Kirchhof im blassen Mondlicht. Der Rauhfrost funkelte auf den Grabsteinen und blitzte gleich Diamanten auf dem steinernen Bildwerk der alten Kirche. Der Schnee lag hart und knirschig wie eine weiße glatte Decke über den Grabhügeln, als hätten die Leichen ihre Sterbetücher ausgebreitet. Nicht das geringste Geräusch unterbrach die tiefe, feierliche Stille. Der Schall selbst schien erfroren zu sein, so kalt und ruhig war alles.

»Es war der Widerhall«, sagte Gabriel Grub und setzte die Flasche wieder an seine Lippen.

»Er war es *nicht*«, antwortete eine tiefe Stimme.

Gabriel sprang auf und blieb vor Bestürzung und Schrecken wie angewurzelt stehen, denn seine Augen ruhten auf einer Gestalt, deren Anblick ihm das Blut erstarren machte.

Auf einem aufrecht stehenden Grabstein, dicht neben ihm, saß ein seltsames überirdisches Wesen, und Gabriel fühlte sogleich, dass es nicht von dieser Welt sein konnte. Die langen phantastischen Beine, die den Boden leicht hätten erreichen können, waren hinaufgezogen und kreuzten sich auf eine seltsame Weise; die nervigen Arme waren nackt, und die Hände ruhten auf den Knien. Auf dem kurzen runden Leib trug die Gestalt ein enganschließendes Gewand, mit kleinen Litzen verziert, und auf dem Rücken hing ihr ein kurzer Mantel. Der Kragen war in seltsame Spitzen ausgeschnitten, die dem Gespenst als Krause oder Halstuch dienten, und die Schuhe liefen an den Zehen in lange Hörner aus. Auf dem Kopf trug es einen breitkrempigen Zuckerhut mit einer einzigen Feder. Das Gespenst, ganz mit Reif überzogen, sah aus, als säße es schon ein paar Jahrhunderte lang ganz behaglich auf dem Grabstein. Es saß vollkommen still, bleckte, wie zum Hohn, die Zunge heraus und sah Gabriel Grub mit einem Grinsen an, wie es eben nur ein Gespenst zuwege zu bringen vermag.

»Es war *nicht* der Widerhall«, wiederholte das Phantom.

Gabriel Grub war wie gelähmt und konnte kein Wort hervorbringen.

»Was hast du hier am Heiligen Abend zu schaffen?«, fragte das Gespenst mit strengem Ton.

»Ich musste ein Grab schaufeln«, stammelte Gabriel Grub.

»Welcher Sterbliche wandelt in einer Nacht wie dieser auf Gräbern und Kirchhöfen?«

»Gabriel Grub! Gabriel Grub!«, schrie ein Chor wilder Stimmen, dass der Kirchhof widerhallte. Gabriel sah sich erschrocken ringsum, konnte aber nichts entdecken.

»Was hast du in der Flasche da?«, fragte das Gespenst.

»Wacholder, Sir«, erwiderte der Totengräber und zitterte noch heftiger, denn er hatte den Schnaps von Schmugglern gekauft und dachte, das Gespenst könne vielleicht Beziehungen zum Zollamte haben.

»Wer wird auch in einer Nacht, wie diese ist, allein und auf dem Kirchhof Wacholder trinken?«, fragte das Gespenst.

»Gabriel Grub! Gabriel Grub!«, riefen die wilden Stimmen wieder. Das Gespenst warf einen boshaften Blick auf den erschrockenen Totengräber und fragte weiter mit erhobener Stimme:

»Und wer ist also unser gesetzliches und rechtmäßiges Eigentum?«

Auf diese Frage antwortete der unsichtbare Chor mit einem Gesang wie von einer großen Menschenmenge bei vollem Spiel der alten Kirchenorgel – eine Weise, die wie auf Windesflügeln zu den Ohren des Totengräbers getragen wurde und wie ein leichtes vorüberschwebendes Lüftchen hinstarb. Aber der Refrain war immer der gleiche: »Gabriel Grub! Gabriel Grub!«

Noch unheimlicher als zuvor grinste das Gespenst und sagte:

»Nun, Gabriel, was meinst du dazu?«

Der Totengräber rang nach Atem.

»Was meinst du hierzu, Gabriel?«, wiederholte das Phantom, zog seine Beine an beiden Seiten des Grabsteines hinauf und betrachtete die Hörner seiner Schuhe mit einem Wohlgefallen, als hätte es das modernste Paar Wellingtonstiefel in der ganzen Bond-Street an.

»'S ist – 's ist – ganz kurios, Sir«, stammelte der Totengräber, halbtot vor Schrecken. »Ganz kurios und sehr hübsch; aber ich denke, ich könnte wieder ans Geschäft gehen und meine Arbeit vollenden, wenn Sie erlauben.«

»Arbeit?«, sagte das Gespenst. »Was für eine Arbeit?«

»Das Grab, Sir, das Grab«, stotterte der Totengräber.

»So, so, das Grab. Wer wird auch Gräber schaufeln und eine Freude daran finden, wenn alle übrigen Menschenkinder fröhlich sind!«

Und wieder riefen die geheimnisvollen Stimmen: »Gabriel Grub! Gabriel Grub!«

»Ich fürchte, Gabriel, meine Freunde begehren dein«, sagte das Gespenst und bleckte die Zunge noch weiter heraus; und es war eine fürchterliche Zunge. »Ich fürchte, Gabriel, meine Freunde begehren dein.«

»Mit Verlaub, Sir«, erwiderte der Totengräber schreckensbleich, »das ist nicht gut möglich, Sir; sie kennen mich nicht, Sir, und ich glaube nicht, dass mich die Herren je gesehen haben, Sir.«

»Da irrst du dich aber gründlich«, versetzte der Kobold. »Man kennt den Mann mit dem grämlichen, finsteren Gesicht, der diesen Abend die Straße heraufkam und seine boshaften Blicke auf die Kinder warf und dabei sein Grabscheit fester an sich drückte, gar wohl. Man kennt doch den Mann, der in der Missgunst seines Herzens den Jungen schlug, bloß weil dieser heiter sein konnte und er nicht. Man kennt ihn, man kennt ihn.« Und das Gespenst schlug ein lautes, gellendes Gelächter an, das das Echo zwanzigfältig zurückgab, zog seine Beine hinauf, stellte sich auf dem schmalen Rand des Grabsteines auf den Kopf oder vielmehr auf die Spitze seines Zuckerhutes und schoss mit außerordentlicher Gewandtheit einen Purzelbaum, der es gerade vor die Füße des Totengräbers brachte, wo es sich dann in der Stellung niederließ, die gewöhnlich die Schneider auf ihrem Arbeitstisch einnehmen.

»Es – es – tut mir wirklich leid, dass ich Sie verlassen

muss, Sir«, begann der Totengräber und machte eine Bewegung, sich zu entfernen.

»Uns verlassen?«, rief das Gespenst. »Gabriel Grub will uns verlassen! Ho! ho! ho!«

In diesem Augenblick flammten die Kirchenfenster auf, als ob das ganze Gebäude in Brand stünde, dann erloschen die Lichter, die Orgel ertönte, und ganze Trupps von Kobolden, dem ersten wie aus dem Gesicht geschnitten, wogten in den Kirchhof herein und begannen, über die Grabsteine Bock zu springen, immer einer hinter dem anderen, ohne Atem zu schöpfen. Das erste Gespenst war ein ausgezeichneter Springer, und mit ihm konnte sich keins von den anderen messen; sogar in seiner außerordentlichen Angst bemerkte der Totengräber unwillkürlich, dass es im Gegensatz zu seinen Freunden, die sich damit begnügten, über gewöhnliche Grabsteine wegzusetzen, Familiengewölbe samt ihren eisernen Gittern und allem Dazugehörigen mit Leichtigkeit übersprang, als wären es Meilensteine.

Endlich erreichte das Spiel eine betäubende Geschwindigkeit; die Orgel spielte schneller und schneller, und die Gespenster sprangen höher und höher, ballten sich wie Kugeln zusammen, rollten über den Boden hin und schnellten gleich Federbällen über die Grabsteine weg. Dem Totengräber wirbelte der Kopf, und seine Beine wankten unter ihm, da schoss plötzlich der Gespensterkönig auf ihn zu, packte ihn am Kragen und fuhr mit ihm in die Erde hinab.

Als Gabriel Grub wieder Atem schöpfen konnte, sah er sich in einer Art großer Höhle, auf allen Seiten von einer Menge hässlicher, grimmig aussehender Kobolde umringt. In der Mitte saß auf einem erhöhten Sitze sein Freund vom

Kirchhof, und neben ihm stand er selbst, der Fähigkeit, sich zu bewegen, gänzlich beraubt.

»Eine kalte Nacht«, sagte der König der Gespenster. »Eine sehr kalte Nacht. Holt uns ein Gläschen Warmen.«

Sofort verschwand ein halbes Dutzend dienstbare Geister, auf deren Gesichtern ein beständiges Lächeln lag, was Gabriel vermuten ließ, dass es Höflinge seien, und kehrten sogleich mit einem Becher süffigen Feuers zurück, den sie dem Könige kredenzten.

»Ah«, sagte das Gespenst, dessen Wangen und Kehle ganz durchsichtig wurden, als es die Flamme in sich sog, »das wärmt. Reicht Mr. Grub auch einen Becher.«

Vergebens wandte der unglückliche Totengräber ein, es sei ganz gegen seine Gewohnheit, bei Nacht etwas Warmes zu sich zu nehmen. Eins von den Gespenstern hielt ihn fest, und ein anderes goss ihm die lodernde Flüssigkeit in die Kehle. Die ganze Gesellschaft brach in ein schallendes Gelächter aus, als er hustete und keuchte und sich die Tränen abwischte, die der brennende Trank seinen Augen entlockt hatte.

»Und nun«, sagte der König, bohrte das spitzige Ende seines Zuckerhutes auf höchst phantastische Art dem Totengräber ins Auge und verursachte ihm dadurch die fürchterlichsten Schmerzen, »und nun zeigt dem Mann der mürrischen Sinnesart einige von den Gemälden aus unsrer großen Galerie!«

Eine dichte Wolke, die den Hintergrund der Höhle in Dunkel gehüllt hatte, wich allmählich zurück, und in weiter Ferne wurde ein ärmliches, aber reinliches Zimmer sichtbar. Eine Schar kleiner Kinder war um ein helles Feuer versammelt, zerrte die Mutter am Kleide und tanzte um ihren Stuhl herum. Von Zeit zu Zeit erhob sich die Frau und zog den Fenstervorhang zurück und schaute hinaus, als ob sie jemanden erwarte. Auf dem Tisch stand ein frugales Abendessen bereit, und ein Armstuhl war an den Kamin gerückt. Dann hörte man ein Pochen an der Türe, die Mutter öffnete, und die Kinder umringten sie und klatschten vor Freude in die Hände, als ihr Vater eintrat. Er war nass und müde und schüttelte den Schnee von seinen Kleidern, und als er sich vor dem Feuer zum Mahle niedersetzte, kletterten die Kinder auf seine Knie und die Mutter setzte sich neben ihn, und alle waren voll Lust und Freude.

Aber fast unmerklich änderte sich die Szene. Das Zimmer verwandelte sich in ein kleines Schlafgemach, in dem das hübscheste und jüngste Kind im Sterben lag. Die Rosen seiner Wangen waren verblichen und der Glanz seines Auges erstorben. Und sogar der Totengräber betrachtete es mit einer vorher nie gefühlten Teilnahme, als es verschied. Die jungen Brüder und Schwestern versammelten sich um das Bettchen und ergriffen die abgezehrte kleine Hand. Sie war so kalt und schwer, dass sie erschreckt zurückfuhren und mit Schauder in das Gesicht des Kindes sahen, das so ruhig und still dalag und friedlich zu schlummern schien. Sie fühlten, dass es tot war und jetzt als Engel aus einem Himmel voll Glanz und Seligkeit auf sie herniederblickte.

Wieder zog eine leichte Wolke über das Gemälde, und abermals veränderte sich die Szene. Vater und Mutter waren jetzt alt und hilflos, und die Zahl der Ihrigen hatte sich um mehr als die Hälfte vermindert. Aber Zufriedenheit und Heiterkeit lagen auf jedem Gesicht und strahlten aus jedem

Auge, als sie sich um das Feuer scharten und einander alte Geschichten aus längst vergangenen Tagen erzählten. Langsam und still sank der Vater ins Grab, und bald darauf folgte ihm die Gefährtin seiner Sorgen und Mühen an die Stätte der Ruhe und des Friedens. Die Überlebenden knieten an ihrem Grabe und benetzten den Rasen, der es bedeckte, mit ihren Tränen, standen dann auf und entfernten sich traurig und niedergeschlagen, aber nicht mit bitterem Jammer oder verzweiflungsvollem Wehklagen, denn sie wussten, dass sie sich dereinst wiederfinden würden. Sie gingen an ihr Tagwerk und erlangten wieder die frühere Zufriedenheit und Heiterkeit. Dann senkte sich eine Wolke auf das Gemälde und entzog es den Blicken des Totengräbers.

»Was sagst du jetzt?«, fragte das Gespenst und wandte sein breites Gesicht Gabriel Grub zu.

Gabriel murmelte so etwas wie, es sei recht hübsch, und schlug beschämt die Augen vor den feurigen Blicken des Gespenstes nieder.

»Du bist mir ein jämmerlicher Mensch!«, sagte der Kobold im Tone grenzenloser Verachtung. »Du!« Er schien noch mehr hinzufügen zu wollen, aber der Unwille erstickte seine Stimme. Er hob eins seiner gelenkigen Beine, schwenkte es über dem Kopf hin und her, als ob er damit zielen wolle, und versetzte dann Gabriel Grub einen derben Fußtritt, worauf sogleich die ganze Gespensterschar den unglücklichen Totengräber umringte und schonungslos mit den Füßen misshandelte, ganz wie die Höflinge auf Erden, die auch treten, wen ihr Herr tritt, und in den Himmel heben, wen ihr Herr in den Himmel hebt.

»Zeigt ihm noch einige Gemälde«, befahl der König.

Die Wolke verschwand, und eine reiche schöne Landschaft wurde sichtbar. Noch heutzutage sieht man eine solche eine halbe Meile von der alten Klosterstadt entfernt. Die Sonne leuchtete am reinen blauen Himmelszelt, das Wasser funkelte unter ihren Strahlen, und die Bäume sahen grüner und die Blumen heiterer aus unter ihrem belebenden Einfluss. Die Wellen schlugen plätschernd ans Ufer, die Bäume rauschten im leichten Winde, der durch ihr Laubwerk säuselte, die Vögel sangen auf den Zweigen, und die Lerche trillerte hoch in den Lüften ihr Morgenlied. Es war Frühe, ein schöner, duftender Sommermorgen; das kleinste Blatt, der dünnste Grashalm atmeten Leben, die Ameise eilte an ihr Tagewerk; der Schmetterling flatterte spielend in den wärmenden Strahlen des Lichtes; Myriaden von Insekten entfalteten ihre durchsichtigen Flügel und freuten sich ihres kurzen glücklichen Daseins, und der Mensch weidete sein Auge an der blühenden Schöpfung, und alles war voll Glanz und Herrlichkeit.

»Du bist mir ein erbärmlicher Mensch!«, sagte der König der Gespenster noch verächtlicher als zuvor. Und wieder zielte er mit seinem Fuß, und wieder ließ er ihn auf die Schultern des Totengräbers niederfallen, und wieder ahmten die untergebenen Kobolde das Beispiel ihres Oberhauptes nach. Noch viele Male verschwand und erschien die Wolke, und manche Lehre erhielt Gabriel Grub, der mit einer Teilnahme zusah, die nichts zu vermindern imstande war, sosehr ihn auch seine Schultern von den Fußtritten der Kobolde schmerzten. Er sah, dass Menschen, die durch saure Arbeit ihr spärliches Brot im Schweiße ihres Angesichts erwarben, heiter und glücklich sein konnten und dass für die Unwissenden und Ärmsten das freundliche Gesicht der Natur ein nie versiegender Quell der Freude war. Er sah andre, die in Luxus und Reichtum erzogen worden, unter Entbehrungen heiter sein und über Leiden erhaben, die manchen aus festerem Holz niedergebeugt haben würden, denn sie trugen die Bedingungen ihres Glücks, ihrer Zufriedenheit und Ruhe in der eignen Brust. Er sah, dass Frauen, die zartesten und gebrechlichsten von allen Geschöpfen Gottes, oft mehr Kummer, Widerwärtigkeiten und Missgeschick überwanden als stärkere, weil ihr Herz von Liebe und Hingebung überfloss. Und er erkannte, dass Menschen wie er, die ob des Frohsinns anderer neidisch grollten, das schlechteste Unkraut auf der schönen Erde waren. Und wie er das Gute in der Welt mit dem Bösen verglich, kam er zu dem Schluss, dass es nach allem eine recht erträgliche und achtbare Welt sei. Und kaum hatte er sich dieses Urteil gebildet, als sich die Wolke, die das letzte Gemälde verhüllt hatte, auf seine Sinne niedersenkte. Ein Gespenst nach dem andern zerfloss vor seinen Augen, und als das letzte verschwunden war, sank er in tiefen Schlaf.

Der Tag war angebrochen, als Gabriel Grub erwachte und seiner ganzen Länge nach auf einer Grabplatte im Kirchhofe lag, neben ihm die leere Weidenflasche und Rock, Spaten und Laterne, alles vom nächtlichen Reif überzogen. Der Stein, auf dem er das Gespenst hatte sitzen sehen, stand bolzengerade vor ihm, und nicht weit von ihm war das Grab, das er am Abend zuvor geschaufelt. Anfangs zweifelte er an der Wirklichkeit dessen, was er erlebt hatte; aber der stechende Schmerz in seinen Schultern, wenn er aufzustehen versuchte, brachte ihn zur Überzeugung, dass die

Fußtritte der Gespenster keine Phantasiebilder gewesen. Er wurde zwar wieder wankend in seinem Glauben, als er keine Fußstapfen im Schnee fand, in dem die Kobolde mit den Grabsteinen Bocksprung gespielt hatten, aber schnell erinnerte er sich, dass Geister ja keine sichtbaren Eindrücke hinterlassen konnten. So erhob er sich denn, so gut es ihm seine Rückenschmerzen erlaubten, schüttelte den Reif von seinem Rock, zog sich an und wendete seine Schritte der Stadt zu.

Aber er war jetzt ein anderer Mensch und konnte den Gedanken nicht ertragen, an einen Ort zurückzukehren, wo man seiner Reue gespottet und seiner Bekehrung misstraut hätte. Er schwankte einen Augenblick, dann schlug er den nächsten besten Weg ein, um sein Brot anderwärts zu suchen.

Laterne, Spaten und Weidenflasche wurden am nämlichen Tag auf dem Kirchhof gefunden. Anfangs stellte man allerlei Vermutungen über das Schicksal des Totengräbers an, aber bald setzte sich der Glaube fest, er sei von Kobolden entführt worden. Und es fehlte nicht an glaubwürdigen Zeugen, die ihn auf dem Rücken eines kastanienbraunen einäugigen Rosses mit dem Hinterteil eines Löwen und dem Schwanz eines Bären deutlich hatten durch die Luft reiten sehen. So wurde das Gerücht zur festen Annahme, und der neue Totengräber pflegte den Neugierigen gegen ein geringes Trinkgeld ein ziemlich großes Stück von dem Wetterhahn der Kirche zu zeigen, das, von dem besagten Pferde auf seiner Luftfahrt zufälligerweise abgestoßen, ein oder zwei Jahre nachher auf dem Kirchhof gefunden worden war.

Leider wurde der Glaube an diese Geschichte durch die

unerwartete Erscheinung Gabriel Grubs selbst erschüttert. Er war wohl zehn Jahre älter, ein von der Gicht geplagter und heimgesuchter, aber zufriedener Greis und erzählte seine Geschichte dem Pfarrer und auch dem Bürgermeister, und im Laufe der Zeit wurde sie zur historischen Tatsache erhoben, als die sie noch bis auf den heutigen Tag gilt. Diejenigen, die zuerst an die Wetterhahngeschichte geglaubt und sich so getäuscht sahen, waren nicht so leicht wieder zu bewegen, ihren Glauben ein zweites Mal aufs Spiel zu setzen, und so taten sie denn, so weise sie konnten, zuckten die Achseln, schüttelten die Köpfe und murmelten so etwas, wie wenn Gabriel Grub den Wacholder ganz ausgetrunken hätte und dann auf der Grabplatte eingeschlafen wäre, und erklärten das, was er in der Gespensterhöhle gesehen haben wollte, dadurch, dass sie sagten, er habe inzwischen die Welt gesehen und sei durch Erfahrung klüger geworden. Aber diese Ansicht, die zu keiner Zeit viele Anhänger zählte, verlor sich allmählich, und die Sache mag sich nun so oder so abgespielt haben, da Gabriel Grub bis ans Ende seiner Tage von der Gicht heimgesucht wurde, so enthält diese Geschichte wenigstens *eine* Moral, und wenn sie auch nichts Besseres lehrt, so lehrt sie doch so viel: Wenn ein Mann um Weihnachten trübsinnig ist und allein trinkt, so wird dadurch sein Befinden nicht im Geringsten verbessert, das Getränk mag noch so gut sein, wie es will, oder sogar noch um vieles besser und feuriger als das, das Gabriel Grub in der Gespensterhöhle trank oder getrunken zu haben glaubte.

Rosemary Timperley

Weihnachtsbegegnung

Ich habe Weihnachten noch nie allein verbracht. Mir ist ein bisschen unheimlich, wie ich da so allein in meinem »möblierten Zimmer« sitze, den Kopf voll von Schatten und den Raum voll von Stimmen aus der Vergangenheit. Es ist ein erstickendes Gefühl – all die Weihnachten der Vergangenheit kommen in wirrem Durcheinander zu mir zurück: das Weihnachten der Kindheit, mit dem Haus voller Verwandter, dem Baum am Fenster, den Sixpencestücken im Pudding und dem köstlichen raschelnden Strumpf am dunklen Morgen; das Weihnachten der Jugend, mit Mutter und Vater, dem Krieg und der bitteren Kälte, und mit den Briefen aus dem Ausland; das erste richtige Erwachsenen-Weihnachten, mit dem Liebsten: Schnee und Verzauberung, Rotwein und Küsse, und der Spaziergang durchs Dunkel kurz vor Mitternacht, und die Erde so weiß und die Sterne strahlend wie Diamanten am schwarzen Himmel – so viele Weihnachten in all den Jahren. Und jetzt das erste allein.

Aber keine völlige Einsamkeit. Da ist ein Gefühl der Gemeinschaft mit all den anderen Menschen, die Weihnachten allein verbringen – Millionen in Vergangenheit und Gegenwart. Ein Gefühl, wenn ich die Augen schließe – dass es weder Vergangenheit noch Zukunft gibt, nur eine endlose Gegenwart, die die Zeit ist, denn sie ist alles, was wir haben.

Aber was für ein Zyniker du auch sein magst, wie ungläubig, du kommst dir eigenartig vor, wenn du Weihnachten allein bist.

Ich bin deshalb lächerlich erleichtert, als der junge Mann hereinkommt. Es ist nichts Romantisches dabei – ich bin eine Frau von fast fünfzig, eine unverheiratete Lehrerin mit scheußlichen dunklen Haaren und kurzsichtigen Augen, die früher einmal schön waren, und er ist ein Junge um die zwanzig, ziemlich ungewöhnlich gekleidet, mit wehender, weinroter Krawatte und schwarzer Samtjacke, und mit braunen Locken, die eine Friseurschere vertragen könnten. Der Weichlichkeit seiner Kleidung widersprechen seine Züge – zusammengekniffene, durchdringend blickende blaue Augen, Nase und Kinn springen hochmütig vor. Nicht, dass er kräftig wirkte. Die Haut über den ausdrucksvollen Zügen ist zart gespannt, und er ist sehr blass.

Er stürmt herein, ohne anzuklopfen, bleibt stehen, sagt: »Ich bitte vielmals um Entschuldigung. Ich dachte, das wäre mein Zimmer.« Er will schon hinausgehen, zögert dann aber und sagt: »Sind Sie allein?«

»Ja.«

»Es ist … eigenartig, Weihnachten allein zu sein, nicht? Darf ich bleiben und ein bisschen mit Ihnen sprechen?«

»Ich würde mich darüber freuen.«

Er kommt zu mir und setzt sich ans Feuer.

»Sie denken hoffentlich nicht, dass ich mit Absicht hier hereingekommen bin. Ich dachte wirklich, dies wäre mein Zimmer«, erklärt er.

»Ich bin froh, dass Sie sich geirrt haben. Aber Sie sind noch reichlich jung, um Weihnachten allein zu sein.«

»Ich wollte nicht zurück aufs Land zu meiner Familie. Es würde mich zu sehr von der Arbeit abhalten. Ich bin Schriftsteller.«

»Ich verstehe.« Ich kann mir ein kleines Lächeln nicht verkneifen. Das erklärt seine ungewöhnliche Kleidung. Und er nimmt sich selbst so ernst, der junge Mann. »Natürlich dürfen Sie nicht einen einzigen kostbaren Augenblick des Schreibens verschwenden«, sage ich mit einem Zwinkern.

»Nein, keinen Augenblick! Meine Familie versteht das nicht. Sie sehen die Dringlichkeit nicht ein.«

»Familien haben nie Sinn für künstlerische Veranlagung.«

»Richtig«, stimmt er ernsthaft zu.

»Was schreiben Sie?«

»Lyrik und ein Tagebuch kombiniert. Es heißt *Meine Gedichte und ich,* von Francis Randel. Das ist mein Name. Meine Familie behauptet, es sei unsinnig, dass ich schreibe, ich sei noch zu jung. Aber ich komme mir nicht jung vor. Manchmal komme ich mir vor wie ein alter Mann, der noch viel zu tun hat, bevor er stirbt.«

»Immer schneller und schneller auf dem Rad der schöpferischen Kraft kreisend.«

»Ja! Ja, genau! Sie verstehen mich! Sie müssen mein Buch irgendwann mal lesen. Bitte, lesen Sie mein Buch! Lesen Sie es!« Ein verzweifelter Klang in seiner Stimme, der angstvolle Blick seiner Augen lässt mich sagen:

»Wir sind beide viel zu ernsthaft für Weihnachten. Ich werde Ihnen jetzt einen Kaffee machen. Und einen Pflaumenkuchen habe ich auch.«

Ich laufe hin und her, klappere mit Tassen, löffle Kaffeemehl in die Kaffeemaschine. Aber ich muss ihn beleidigt haben, denn als ich mich umsehe, stelle ich fest, dass er mich verlassen hat. Ich bin geradezu unvernünftig enttäuscht.

Trotzdem lasse ich den Kaffee weiter durchlaufen; dann gehe ich ans Bücherregal. Es ist vollgestapelt mit Büchern, die Vermieterin hat sich überschwenglich dafür entschuldigt: »Ich hoffe, die Bücher stören Sie nicht, Miss, aber mein Mann will sich nicht von ihnen trennen, und wir wissen sonst nicht, wohin damit. Wir nehmen deshalb auch ein bisschen weniger für das Zimmer.«

»Sie stören mich nicht«, habe ich gesagt. »Bücher sind gute Freunde.«

Aber diese Bücher sehen nicht sehr einladend aus. Ich greife mir aufs Geratewohl eins heraus. Oder leitet ein seltsames Geschick meine Hand?

Während ich meinen Kaffee schlürfe und den Rauch meiner Zigarette einziehe, fange ich an, in dem zerfledderten Büchlein zu lesen, das, wie ich sehe, im Frühjahr 1852 erschienen ist. Es enthält hauptsächlich Gedichte – unreifes Zeug, aber lebendig. Dann ist da eine Art Tagebuch. Realistischer, weniger gekünstelt. Aus reiner Neugier, nur um zu sehen, ob es amüsante Vergleichbarkeiten gibt, schlage ich die Eintragung für Weihnachten 1851 auf. Und lese:

»Mein erstes Weihnachten allein. Ich hatte ein ziemlich merkwürdiges Erlebnis. Als ich nach einem Spaziergang in meine Unterkunft zurückkam, saß eine Frau mittleren Alters in meinem Zimmer. Zuerst dachte ich, ich sei ins falsche Zimmer geraten, aber das stimmte nicht, und hinterher, nach einem angenehmen Gespräch, ist sie – verschwunden. Ich vermute, sie war ein Gespenst. Doch ich hatte keine Angst. Ich mochte sie. Ich fühle mich nicht gut heute Abend. Überhaupt nicht gut. Ich bin noch nie Weihnachten krank gewesen.«

Eine Anmerkung des Verlegers folgte dieser letzten Eintragung: »Francis Randel starb in der Weihnachtsnacht 1851 an einem plötzlichen Herzanfall. Die in der letzten Eintragung erwähnte Frau war der letzte Mensch, der ihn lebend sah. Trotz aller Aufforderungen, sich zu melden, hat sie das nie getan. Ihre Identität bleibt ein Geheimnis.«

Anton Čechov

Eine schreckliche Nacht

Ivan Petrovič Panichidin erblasste, schraubte die Lampe etwas herunter und begann mit erregter Stimme: »Tiefe, undurchdringliche Finsternis hing über der Erde, als ich in der Weihnachtszeit des Jahres 1883 von meinem jetzt verstorbenen Freund, bei dem wir uns allzu lange auf einer spiritistischen Sitzung aufgehalten hatten, nach Hause zurückkehrte. Die Gassen, durch die ich ging, waren aus irgendwelchen Gründen nicht beleuchtet, und ich musste mich fast nur tastend vorwärtsbewegen. Ich wohnte in Moskau, neben einer Kirche, im Haus des Beamten Trupov, in einer der abgelegensten Ecken des Stadtviertels Arbat. Meine Gedanken waren, als ich so dahinschritt, schwer und bedrückend…

Dein Leben nähert sich dem Ende… Tu Buße!

Das war der Satz, den Spinoza, dessen Geist herbeizuzitieren uns gelungen war, auf der Sitzung zu mir gesagt hatte… Ich bat, den Satz zu wiederholen, und die Untertasse wiederholte nicht nur den Satz, sondern fügte auch noch hinzu: ›Heute Nacht.‹ Ich glaube nicht an Spiritismus, aber der Gedanke an den Tod, sogar nur andeutungsweise, macht mich verzagt. Der Tod, meine Herrschaften, ist unvermeidlich und alltäglich, aber trotzdem ist der Gedanke daran der menschlichen Natur zuwider… Jetzt aber, da mich undurchdringliche, kalte Finsternis umhüllte, vor meinen Augen die Regentropfen wie rasend umhertanzten und über meinem Kopf der Wind klagend stöhnte, da ich ringsum keine einzige lebende Seele bemerkte und keinen menschlichen Laut hörte, erfüllte meine Seele eine unbestimmte, unaussprechliche Angst. Ich, ein Mensch, der von Vorurteilen frei ist, eilte vorwärts, ich fürchtete, mich umzusehen oder zur Seite zu schauen. Mir schien, ich würde, wenn ich mich umdrehte, unbedingt den Tod in der Gestalt eines Gespenstes erblicken.«

Panichidin atmete stoßweise, trank einen Schluck Wasser und fuhr fort:

»Dieses unbestimmte, Ihnen aber begreifliche Angstgefühl verließ mich auch dann nicht, als ich das vierte Stockwerk des Trupov'schen Hauses erreicht hatte, die Tür öffnete und mein Zimmer betrat. In meiner bescheidenen Behausung war es dunkel. Im Ofen seufzte der Wind; er klopfte an die Ofentür, als bäte er um Einlass ins Warme.

Wenn ich Spinoza glaube, dachte ich lächelnd, so muss ich noch heute bei diesem Klagelied sterben. Das ist aber gruselig!

Ich zündete ein Streichholz an … Ein heftiger Windstoß jagte über das Dach des Hauses. Das leise Klagen verwandelte sich in ein boshaftes Geheul. Irgendwo unten klapperte ein halb losgerissener Fensterladen, und die Ofentür winselte kläglich um Hilfe … In so einer Nacht geht es den Obdachlosen schlecht, überlegte ich.

Aber es war nicht die Zeit, sich solchen Gedanken hinzugeben. Als an meinem Streichholz mit einem blauen Flämmchen der Schwefel auflođerte und ich meine Augen durchs Zimmer schweifen ließ, bot sich mir ein unerwarteter und grauenhafter Anblick … Wie schade, dass der Windstoß nicht auch über mein Streichholz hinweggejagt war. Dann hätte ich vielleicht nichts gesehen, und meine Haare hätten sich nicht gesträubt. Ich schrie auf, machte einen Schritt zur Tür und schloss voller Entsetzen, Verzweiflung und Verwunderung die Augen …

In der Mitte des Zimmers stand ein Sarg.

Das blaue Flämmchen brannte nicht lange, aber ich konnte noch die Umrisse des Sarges erkennen … Ich sah den rosa, wie Funken flimmernden Glanzbrokat, ich sah ein Kreuz aus goldener Litze auf dem Deckel. Es gibt Dinge, meine Herrschaften, die sich dem Gedächtnis einprägen, wenn man sie auch nur einen Augenblick gesehen hat. So ging es mir auch mit diesem Sarg. Ich hatte ihn nur eine Sekunde gesehen, aber ich erinnere mich noch an die kleinsten Einzelheiten. Es war ein Sarg, der für einen mittelgroßen Menschen und, der Farbe nach zu urteilen, für ein junges Mädchen bestimmt war. Der teure Glanzbrokat, die Füße und die Bronzegriffe – alles zeugte davon, dass die Verstorbene reich war.

Ich lief Hals über Kopf aus meinem Zimmer, und ohne zu überlegen, ohne zu denken, ohne etwas anderes zu fühlen als unsägliche Angst, rannte ich die Treppe hinunter. Im Korridor und auf der Treppe war es dunkel, meine Füße verwickelten sich in meinem Pelz, und es ist erstaunlich, dass ich nicht gestürzt bin und mir nicht den Hals gebrochen habe. Als ich wieder auf der Straße war, lehnte ich mich an einen nassen Laternenpfahl und versuchte mich zu beruhigen. Mein Herz klopfte furchtbar, und es verschlug mir den Atem …«

Eine der Zuhörerinnen schraubte die Lampe höher, rückte näher an den Erzähler heran, und dieser fuhr fort:

»Ich wäre nicht erstaunt gewesen, wenn ich in meinem Zimmer einen Brand, einen Dieb oder einen tollen Hund vorgefunden hätte… Ich hätte mich nicht gewundert, wenn die Decke eingestürzt, der Fußboden durchgebrochen oder die Wände eingefallen wären… Das alles ist natürlich und verständlich. Aber wie konnte ein Sarg in mein Zimmer geraten? Woher kam er? Ein teurer Frauensarg, der offenbar für eine Aristokratin angefertigt worden war – wie konnte der in das armselige Zimmer eines kleinen Beamten geraten? War er leer, oder lag eine Leiche darin? Wer war *sie*, diese vorzeitig aus dem Leben geschiedene reiche Frau, die mir einen so sonderbaren und schrecklichen Besuch abstattete?

Ein qualvolles Geheimnis!

Wenn das hier kein Wunder ist, dann ist es ein Verbrechen, schoss es mir durch den Kopf.

Ich rätselte hin und her. Während meiner Abwesenheit war die Tür verschlossen gewesen, und der Platz, wo der Schlüssel lag, war nur meinen nächsten Freunden bekannt. Und die Freunde hatten mir doch nicht den Sarg ins Zimmer gestellt. Man hätte auch vermuten können, dass der Sarg versehentlich von einem Sargtischler gebracht worden war. Sie konnten sich getäuscht, sich im Stockwerk oder in der Tür geirrt und den Sarg nicht dorthin gebracht haben, wohin er gehörte. Aber wem ist nicht bekannt, dass unsere Sargtischler das Zimmer nicht verlassen, bevor sie nicht das Geld für ihre Arbeit oder zumindest ein Trinkgeld bekommen haben?

Die Geister haben mir den Tod vorausgesagt, dachte ich. Vielleicht haben sie sich dabei schon bemüht, mir einen Sarg zu besorgen?

Ich glaube heute und glaubte auch damals nicht an Spiritismus, meine Herrschaften, aber ein solches Zusammentreffen kann sogar einen Philosophen in eine mystische Stimmung versetzen.

Aber das alles ist dumm, und ich bin feige wie ein Schuljunge, zu diesem Schluss kam ich. Es war eine optische Täuschung – mehr nicht! Als ich vorhin nach Hause ging, war ich in einer so düsteren Stimmung gewesen, dass es kein Wunder war, dass meine kranken Nerven einen Sarg erblickt hatten ... Natürlich war es eine optische Täuschung! Was denn sonst?

Der Regen peitschte mein Gesicht, und der Wind zerrte böse an meinem Pelz und meiner Mütze ... Ich fror und war völlig durchnässt. Ich musste weitergehen, aber ... wohin? Nach Hause zurückzukehren – das hätte bedeutet, mich dem Risiko auszusetzen, den Sarg noch einmal zu sehen, und dieser Anblick ging über meine Kräfte. Ich, der ringsum keine einzige lebende Seele erblicken und der keinen einzigen menschlichen Laut hören würde, hätte den Verstand verlieren können, wäre ich mit dem Sarg, in dem vielleicht eine Leiche lag, allein geblieben. In der Kälte und dem strömenden Regen auf der Straße zu bleiben war aber auch unmöglich.

Ich entschloss mich, bei meinem Freund Nepokoev zu übernachten, der sich später, wie Ihnen bekannt ist, erschossen hat. Er wohnte in der Pension des Kaufmannes Čerepov in der Mërtvyj-Gasse.«

Panichidin trocknete sich den kalten Schweiß auf seinem bleichen Gesicht und fuhr schweratmend fort: »Meinen Freund traf ich nicht zu Hause an. Nachdem ich an seine Tür geklopft und mich überzeugt hatte, dass er nicht daheim war, tastete ich den Querbalken nach dem Schlüssel ab, öffnete die Tür und trat ein. Ich warf meinen nassen Pelz auf den Fußboden, tastete mich in der Dunkelheit zu dem Sofa und setzte mich, um auszuruhen. Es war dunkel... In den Fensterventilatoren summte wehmütig der Wind. Im Ofen zirpte ein Heimchen sein eintöniges Lied. Im Kreml läutete man die Weihnachtsfrühmesse ein. Ich beeilte mich, ein Streichholz anzuzünden. Aber das Licht befreite mich nicht aus meiner düsteren Stimmung, sondern im Gegenteil. Von neuem wurde ich von unbeschreiblichem Entsetzen gepackt... Ich schrie auf, taumelte und rannte wie von Sinnen aus dem Zimmer...

Im Zimmer meines Kameraden hatte ich dasselbe erblickt wie bei mir – einen Sarg!

Der Sarg des Kameraden war fast doppelt so groß wie meiner, und der braune Überzug verlieh ihm ein besonders düsteres Kolorit. Wie war er hierhergeraten? Dass das eine optische Täuschung war, daran gab es nichts zu zweifeln... In jedem Zimmer konnte doch kein Sarg stehen! Offenbar war das eine Erkrankung meiner Nerven, eine Halluzination. Wohin ich jetzt auch gehen würde, überall würde ich diese schreckliche Behausung des Todes vor mir sehen. Also war ich dabei, den Verstand zu verlieren, ich war an so etwas wie einer ›Sargomanie‹ erkrankt – nach der Ursache meiner Geistesstörung brauchte ich nicht lange zu suchen: es genügte, an die spiritistische Sitzung und die Worte Spinozas zu denken.

Ich werde verrückt!, dachte ich voller Entsetzen und griff mir an den Kopf …

Um Gottes willen! Was soll ich tun?

Mein Kopf brummte, die Beine versagten mir den Dienst … Es goss wie aus Kübeln, der Wind ging durch und durch, und ich hatte weder meinen Pelz an noch meine Mütze auf. In das Zimmer zurückkehren, um beides zu holen, war unmöglich, das ging über meine Kräfte … Die Angst hielt mich mit ihren kalten Armen umfangen. Die Haare standen mir zu Berge, vom Gesicht rann kalter Schweiß, obwohl ich immer noch glaubte, das alles sei nur eine Halluzination.

Was sollte ich tun?«, fuhr Panichidin fort. »Ich war dabei, den Verstand zu verlieren, und riskierte, mich furchtbar zu erkälten. Zum Glück fiel mir ein, dass unweit der Mërtvyj-Gasse mein guter Freund Pogostov wohnte, der vor kurzem Arzt geworden ist und in jener Nacht mit mir auf der spiritistischen Sitzung war. Ich eilte zu ihm. Damals war er noch nicht mit der reichen Kaufmannsfrau verheiratet und wohnte im Haus des Staatsrates Kladbiščenskij im fünften Stock.

Bei Pogostov mussten meine Nerven eine neue Tortur über sich ergehen lassen. Als ich zum fünften Stock hinaufstieg, hörte ich einen furchtbaren Lärm. Oben lief jemand hin und her, stampfte heftig mit den Füßen und schlug die Tür zu.

›Hierher!‹, hörte ich einen herzzerreißenden Schrei. ›Hierher! Hausmeister!‹

Und einen Augenblick später kam eine dunkle Gestalt im Pelz und mit einem verbeulten Zylinder auf dem Kopf die Treppe heruntergelaufen …

›Pogostov!‹, rief ich, als ich meinen Freund erkannte. ›Sind Sie es? Was ist mit Ihnen?‹

Als Pogostov mich erreicht hatte, blieb er stehen und packte mich krampfhaft am Arm. Er war blass, atmete schwer und zitterte. Seine Augen irrten ziellos umher, seine Brust hob und senkte sich …

›Sind Sie das, Panichidin?‹, fragte er mich mit dumpfer Stimme. ›Aber sind Sie es auch? Sie sind so bleich, als kämen Sie aus dem Grab … Aber sind Sie wirklich keine Halluzination? Um Gottes willen … Sie sehen schrecklich aus …‹

›Aber was ist denn mit Ihnen? Sie sind ja ganz verstört!‹

›Ach, lassen Sie mich erst einmal Atem holen, mein Lieber … Ich bin froh, Sie zu sehen, wenn Sie es wirklich sind und keine optische Täuschung. Die verfluchte spiritistische Sitzung … Sie hat meine Nerven zerrüttet, dass ich, als ich eben nach Hause kam, stellen Sie sich das nur vor, in meinem Zimmer … einen Sarg sah!‹

Ich traute meinen Ohren nicht und bat ihn, das zu wiederholen.

›Einen Sarg, einen richtigen Sarg‹, sagte der Arzt und setzte sich erschöpft auf eine Treppenstufe. ›Ich bin kein Feigling, aber der Teufel selbst würde sich erschrecken, wenn er nach einer spiritistischen Sitzung im Dunkeln auf einen Sarg stößt.‹

Verwirrt und stotternd erzählte ich dem Arzt von den Särgen, die ich gesehen hatte …

Eine Minute lang standen wir uns gegenüber und starrten uns mit großen Augen und offenem Mund an. Dann aber kniffen wir uns, um uns zu vergewissern, dass wir nicht phantasierten.

›Es tut uns beiden weh‹, sagte der Arzt, ›also schlafen wir jetzt nicht und sehen uns nicht im Traum. Folglich sind die Särge, meiner und auch Ihre beiden, keine optische Täuschung, sondern etwas Existentes. Was sollen wir jetzt tun, mein Lieber?‹

Als wir eine geschlagene Stunde auf der kalten Treppe gestanden, herumgerätselt und uns in Mutmaßungen verloren hatten, froren wir entsetzlich und kamen zu dem Schluss, unsere kleinmütige Angst zu überwinden, den Zimmerkellner zu wecken und mit ihm in das Zimmer des Arztes zu gehen. Das machten wir auch. Als wir das Zimmer betraten, zündeten wir eine Kerze an und erblickten tatsächlich einen Sarg, der mit weißem Glanzbrokat bespannt und mit goldenen Fransen und Quasten geschmückt war. Der Zimmerkellner bekreuzigte sich fromm.

›Jetzt werden wir erfahren‹, sagte der Arzt, der bleich war und am ganzen Körper zitterte, ›ob dieser Sarg leer ist oder aber … bewohnt.‹

Nach langem, begreiflichem Zaudern bückte sich der Arzt, biss vor Angst und Erwartung die Zähne zusammen und riss den Sargdeckel herunter. Wir schauten in den Sarg und …

Der Sarg war leer …

Es lag kein Toter darin, aber dafür fanden wir einen Brief folgenden Inhalts:

Lieber Pogostov!

Du weißt, dass die Geschäfte meines Schwiegervaters furchtbar darniederliegen. Er steckt bis über die Ohren in Schulden. Morgen oder übermorgen soll sein Hab und Gut gepfändet werden, und das würde endgültig seine und meine Familie und unsere Ehe zugrunde richten, die mir das Teuerste auf Erden ist. Gestern haben wir im Familienrat beschlossen, alle wertvollen und teuren Sachen zu verstecken. Da nun das ganze Vermögen meines Schwiegervaters aus Särgen besteht (es ist Dir ja bekannt, dass er der beste Sargtischler der Stadt ist), haben wir uns entschlossen, die allerbesten Särge zu verstecken. Ich wende mich an Dich als an meinen Freund, hilf mir, rette unser Vermögen und unsere Ehre! In der Hoffnung, dass Du uns helfen wirst, unser Vermögen zu erhalten, schicke ich Dir, mein Lieber, einen Sarg, und bitte Dich, ihn bei Dir zu verstecken und bis auf Abruf aufzubewahren. Ohne Hilfe unserer Bekannten und Freunde gehen wir zugrunde. Ich hoffe, Du erteilst mir keine Absage, umso mehr, als der Sarg nicht länger als eine Woche bei Dir bleiben wird. Allen, die ich für unsere wahren Freunde halte, habe ich einen Sarg geschickt und hoffe auf ihre Großmut und ihren Edelsinn. Dein Dich liebender

Ivan Čeljustin

Nach diesem Ereignis war ich etwa drei Monate lang wegen Nervenzerrüttung in ärztlicher Behandlung. Unser Freund aber, der Schwiegersohn und Sargtischler, hat Ehre und Vermögen gerettet und besitzt schon ein Begräbnisinstitut; er handelt mit Denkmälern und Grabsteinen. Seine Geschäfte gehen nicht besonders gut, und ich fürchte nun jeden Abend, wenn ich heimkomme, neben meinem Bett ein weißes Marmordenkmal oder einen Katafalk zu erblicken.«

Joan Aiken

Die Fähre

Judith befestigte einen Stechpalmenzweig und sah sich dann nach der nächsten geeigneten Stelle um; sie hatte immer noch ein gewaltiges Büschel übrig. Nein, eigentlich gab es keine einzige mehr, und so nahm sie den kratzigen, raschelnden Bund, um damit vor die Haustür zu gehen. Unter dem überdachten Eingang bildete sie eine Art beerenbehangenes Nest, das auf Besucher, so hoffte sie, anheimelnd und gastfreundlich wirken würde.

Sie trat einen Moment ins Freie, um sich an dem Gesamtanblick des Hauses zu weiden. Sie bewohnten es erst seit vierzehn Tagen, und es schien immer noch unglaublich, dass sie hier war, neben der weiten, schimmernden Wasserfläche, über der melancholisches Möwengeschrei gellte, statt zusammengepfercht in einem staubigen Vorort, wo Ken jeden Morgen den Acht-Uhr-Dreißiger erwischen musste. Wie doch so eine kleine Erbschaft ein Leben verändern kann, ging es ihr durch den Kopf. Vor einem Monat hatte Cornwall für sie beide noch ein Ultima Thule dargestellt, einen Horizont, wo man irgendwann nach dem sechzigsten Geburtstag einmal hinwollte, und da war sie nun, sogar schon mit einem Boot und ein paar Hühnern ausgestattet, und Ken besorgte für Weihnachten Getränke.

Das Haus war klein und weiß. Judith fand, es ähnelte

ziemlich einer Muschel, die an den Strand gespült worden war, mit dem rosigen Schein des Kaminfeuers auf den Innenwänden und der geschwungenen Treppe, die nach unten zum Anlegesteg führte. Früher hatte hier der Fährmann gewohnt, und obwohl es keine Fähre mehr gab, hieß das Gebäude immer noch ›Das Fährhaus‹. Dahinter ging es einen steilen Berg hinauf, auf eine kahle Anhöhe. Andere Häuser gab es auf dieser Seite des Flusses nicht, außer drei kleinen Bauernhöfen, und die waren viel weiter Richtung Meer, auf der Landzunge. Die Gemeinde selbst lag gänzlich am anderen Ufer, und Judith sah die Lichter, die jetzt in den Fenstern drüben am Wasser angingen, sah den grellen, bunt blinkenden Christbaum vor der Kneipe am Anlegeplatz.

Es war kalt. Judith fing an zu zittern und beschloss, wieder ins Haus zu gehen und sich schon mal für die Cocktailparty der Martins umzuziehen. Aber aus irgendeinem Grund widerstrebte es ihr, durch diese Tür zu gehen; sehr viel lieber hätte sie sich weiter auf diesem Landungssteg aufgehalten, sich noch ein bisschen hingesetzt und ihre Beine über den Rand baumeln lassen, als ob es ein Augustnachmittag wäre statt Heiligabend bei Einbruch der Dunkelheit. Ihr wurde klar, dass das Schmücken des Hauseingangs nur ein Vorwand gewesen war, um ins Freie zu gelangen.

»Aber wieso?«, fragte sie trotzig diese andere Judith, die so dumm, so beharrlich drängte, auf der Anlegebrücke zu bleiben. »Du musst dich einfach daran gewöhnen, auch mal allein zu sein, du alte Großstadtpflanze. Es wird sicher noch häufig vorkommen, dass Ken nicht da ist; dann kannst du nicht jedes Mal Angst kriegen, nur weil du allein in diesem Haus bist. Es ist ein hübsches Häuschen, ein sehr hübsches, und es hat absolut keine Bewandtnis damit auf sich.«

Hinter sich die breite Wasserfläche und die Lichter, stand sie da und starrte auf das schwarze Viereck der offenstehenden Tür. Es kam ihr vor wie der Eingang zu einem Rattenloch. Sie nahm all ihre Willenskraft zusammen, um hineinzugehen. Schließlich würde Ken jetzt jede Minute mit den Getränken heimkommen – sie spitzte die Ohren nach dem Tuckern des Motorboots –, und bald würden sie zur Party der Martins aufbrechen. Alles war in Ordnung, alles war prima. Warum also stand sie dann hier in der Ecke der Küche, rang die Hände und biss sich auf die Lippe? Warum also diese nervliche Qual?

Wütend schüttelte sie den Kopf und lief die Treppe hinauf. Sie holte ihr Lieblingskostüm aus dem Schrank, das tomatenrote aus Wolle, und schlüpfte hinein. Dann stand sie, die Haarbürste noch in der Hand, wieder unversehens am Fenster und starrte wie gebannt auf die Treppe zum Landungssteg. War das Ken, der dort hochkam? Nein, sie sah nur Gespenster. Als sie gerade zur Tür ging, klingelte das Telefon.

»Liebling?« Es war Kens Stimme. »Du, mir ist da was Dummes passiert. Ich wollte eben zurückfahren, da hat der Motor seinen Geist aufgegeben. Der alte Weaver meint, er könne ihn in ungefähr einer Stunde wieder hinkriegen. Dann schaff ich es allerdings nicht mehr, dich abzuholen. Könntest du nicht mit den Jones zu den Martins rüberkommen? Die gehen doch auch zu der Party?«

»Ja, aber wollten die nicht schon früher fahren, um noch Einkäufe zu machen? Ich weiß es nicht genau, ich werd mal nachsehen.«

»Falls es nicht klappt, ruf mich zurück; dann versuche ich von hier aus jemanden zu finden. Ich bin im Pub.«

»In Ordnung. Es dauert höchstens fünf Minuten.«

Mit einem Gefühl der Erleichterung und Entschlossenheit legte sie auf, um am Flussufer entlang zum Haus der Jones' zu gehen.

»Gefällt es Ihnen im Fährhaus?«, fragte Mr. Hocking, der Wirt, während er für die bevorstehende Öffnung rote und grüne Papierkugeln über die Theke hängte. »Schon gut eingelebt?«

»O ja, wir sind ganz begeistert«, antwortete Ken. »Wir fühlen uns dort sehr glücklich. Gibt es vielleicht irgendwelche Geschichten zu dem Haus? Hier in der Gegend wurde doch viel geschmuggelt?«

»Über das Fährhaus kenne ich nur eine einzige Geschichte, die man sich erzählt«, sagte Mr. Hocking bedächtig, »und die hat nichts mit Schmugglern zu tun. Sie hat sich vor langer Zeit zugetragen, als man noch Hexen verbrannte; das war vor der Schmuggelei. Es gab damals eine alte Frau, Mutter Poysey genannt, die hat die Fähre betrieben, und im Dorf galt sie allgemein als waschechte Hexe. Na, niemand hat sich sehr darum geschert, leben und leben lassen, das war und ist schon immer die Devise hier in unserer Gegend. Aber dem hiesigen Landjunker kam das Gerücht zu Ohren, und *der* sagte, dass man, wenn das Weib eine Hexe sei, es ins Wasser schmeißen müsse. Es gibt da so einen alten Brauch, das heißt, früher, als das Fährboot noch in Betrieb war, dass der Fährmann am Heiligen Abend jeden Gast gratis übersetzt. Das war zum Gedenken an irgendeinen Ortsheiligen. Natürlich machte man dann immer ein kleines Geschenk, was letztlich auf das Gleiche hinauslief.

Nun, an *einem* Heiligabend kam der Landjunker mit vier, fünf Begleitern zur Fähre hinunter und bat, übergesetzt zu werden. Die Männer hatten alle getrunken und trugen Bündel unter den Armen, angeblich Geschenke für Mutter Poysey. Sie legte ab und fing an, die Gruppe hinüberzurudern. Auf halbem Wege öffneten sie ihre Bündel, zogen Stricke mit schweren Bleigewichten heraus, fesselten damit die Alte und warfen sie über Bord. Ihre Leiche blieb bis heute unentdeckt.

Seltsamerweise vermisste man am nächsten Heiligabend den Junker selbst, und seine Leiche wurde gefunden, und zwar auf den Weißen Felsen, wo die Wogen sie angeschwemmt hatten. So hieß es denn bald, an Heiligabend erscheine die Fährfrau mit ihrem Kahn und biete den Leuten an, sie kostenlos überzusetzen; wer sich aber darauf einlasse, der würde nie wieder lebend gesehen. Natürlich ist das lauter Schwachsinn und dummes Zeug. Ich habe nie gehört, dass einer der Fährfrau allen Ernstes begegnet sein wollte. Allerdings ist letztes Weihnachten tatsächlich jemand ertrunken, ein junger Mann, ein Fremder, der bei den Weißen Felsen wieder an Land geschwemmt wurde. Später erzählte man sich, er habe jemanden gesucht, der ihn auf die andere Seite bringt.«

»Na, lustig«, meinte Ken.

Das Telefon läutete.

»Es ist für Sie«, sagte Mr. Hocking.

»Hallo, Liebling, bist du's?«, ertönte Judiths Stimme aus dem Hörer. »Du, es hat sich da ganz glücklich was ergeben.

Die Jones sind tatsächlich schon weg, aber auf dem Rückweg bin ich so einer komischen Alten begegnet, die zum Dorf rüberfährt und mich mitnimmt. Ich hab ihr ein bisschen was angeboten, als Bezahlung, meine ich, aber sie will es umsonst machen, weil heute Weihnachten ist. Also, in zehn Minuten bin ich bei dir. In Ordnung?«

»Halt, Augenblick! Judith!«, rief Ken, außer sich vor Erregung, aber sie hatte schon aufgelegt. »Vermittlung, bitte geben Sie mir noch mal Polhale dreihundertzwanzig.«

»Tut mir leid, es meldet sich niemand«, antwortete das Mädchen einen Moment später.

Ken lief auf die Anlegestelle hinaus, blieb neben dem beleuchteten Christbaum stehen und starrte über das Wasser. Inzwischen war es richtig dunkel geworden. Die Flut brach herein, und auf ihrem Rücken brachte sie Nebel. Ken konnte am jenseitigen Ufer keine Lichter sehen. Dem Nebel folgte Kälte, und er zitterte. Er strengte seine Augen und Ohren an und fragte sich dabei, ob er nicht das Knarren und Platschen eines Bootes hörte, Stimmen, die von der Flussmitte her kamen. Aber alles war still.

Nachdem Judith den Hörer aufgelegt hatte, eilte sie wieder vors Haus. »Ich bin gleich fertig, ich muss mir nur noch die Nase pudern«, sagte sie zu der alten Frau. »Mein Gott, Sie sehen ja halb erfroren aus! Möchten Sie nicht hereinkommen und eine Tasse Tee trinken, während Sie warten? Ich habe gerade welchen gemacht.«

Die seltsame alte Frau schien am ganzen Leib zu schlottern. Judith nahm ihre Hand – du liebe Güte, war die kalt! – und zog sie ins Haus.

»Setzen Sie sich doch ans Herdfeuer, dort ist es schön warm. Gerade habe ich mir gewünscht, es wäre noch jemand da, um Tee mit mir zu trinken. Wollen Sie Zucker?«

»Danke, Ma'am.« Die alte Frau saß stocksteif da. Ihre Kleider waren von verschossenem Schwarz. »Früher wohnte ich selbst in diesem Haus.« Aber sie würdigte ihre Umgebung keines Blickes, ihre Augen blieben auf Judith geheftet.

»Ach, wirklich?«, sagte Judith, während sie sich vor dem Spiegel über der Spüle die Nase puderte. »Es ist ein zauberhaftes Haus. Der Abschied muss Ihnen schwergefallen sein.«

»O ja, der Abschied war schwer.«

»Greifen Sie ruhig zu! Nehmen Sie sich eines von meinen Hackfleischpastetchen. Dieses Jahr sind sie besonders gut. Aber Sie haben ja noch gar nicht von Ihrem Tee getrunken. Nur zu, solange er heiß ist; der wird Sie aufwärmen. – Was ist das für ein sonderbarer Armschmuck?« Judith hatte die Bleiklötze bemerkt, die an den Handgelenken der Alten baumelten. »Ist das ein Amulett?« Vor lauter Erleichterung, endlich Gesellschaft zu haben, plapperte sie drauflos und holte ihren Mantel, ohne recht auf eine Antwort zu warten.

Als Ken zehn Minuten später aus dem Boot sprang, das er sich ausgeliehen hatte, sah er seine Haustür weit offenstehen, und ein helles Lichtviereck fiel auf die Treppe. Im Haus war es vollkommen still.

»Judith!«, rief er. Sein Ärmel blieb an Stechpalmenzweigen hängen, als er durch den Eingang stürmte. Judith lag in einem der Sessel neben dem Herdfeuer. Als Ken hereinstürzte, setzte sie sich benommen auf und rieb sich die Augen.

»O Ken! Ich muss tatsächlich eingeschlafen sein! Wohin ist denn Mrs. Poysey?«

»Wer?«

»Die alte Frau, die mich rüberfahren wollte. Wahrscheinlich ist ihr die Warterei zu dumm geworden. Sie war schon ein bisschen merkwürdig, nicht mehr ganz richtig im Kopf, glaube ich. ›Sie haben ein kühnes Herz, meine Liebe. Gar wenige speisten gern mit Mutter Poysey‹, hat sie gesagt, und noch etwas von wegen, dass ihr Haus jetzt endlich in guten Händen sei. Wahrscheinlich ist sie weiter flussaufwärts, als sie hier fortzog. Was guckst du denn so, Ken?«

Er starrte auf den anderen Sessel, über dem eine durchnässte Masse von Seilen hing. Und an den Seilen hingen mehrere kleine Bleiklötze.

»Mit diesen Gewichten haben sie sie versenkt«, sagte er. »Hoffen wir, dass sie ihre Fesseln jetzt los ist.«

Sie sahen die alte Frau nie wieder.

Wilhelm Raabe

Weihnachtsgeister

Quand les gens d'esprit se mêlent d'être bêtes,
ils le sont énormément.
Paul de Kock

»Eine noch wohl konditionierte Kinderpuppe!«, rief der heisere Auktionator. – »Ein Groschen!«, bot eine Weiberstimme kreischend und hell. – »Noch sechs Pfennige!«, ließ sich ein anderer Liebhaber, von einem Winkel des Gemaches aus, vernehmen. – »Zwei Groschen!«, sagte ich, stieß den Stock empathisch auf den Boden und blies eine Rauchwolke nach dem in Frage stehenden Gegenstand hin.

Alle Augen der versammelten Menschheit richteten sich sogleich auf den zuletzt Bietenden und erkannten, dass die Stimme von einem kleinen, ziemlich wohlbeleibten Individuum ausgehe, welches ein Buch Konzeptpapier zur Ergötzung des »amusablen« Deutschlands, wie der Schriftsteller E. T. A. Hoffmann vom Halle'schen Kirchhof zu Berlin sagen würde, unter dem linken Arm trug, eine Zigarre im Munde, einen Hakenstock in der rechten Hand führte und durchaus nicht aussah, als ob es irgendeinen nützlichen Gebrauch von einer ziemlich zerzausten und abgegriffenen Puppe machen könne.

»Zwei Groschen zum Ersten – zum Zweiten und zum –

keiner mehr!«, schrie der Auktionator; der Hammer fiel nieder, und ich, Karl Theodor Hinkelmann, war der glückliche Besitzer des im Katalog unter Numero 726 aufgeführten Kinderspielzeugs, welches mir gegen Erlegung der Kaufsumme auch sogleich eingehändigt wurde. – »Vortrefflich!«, sagte ich, umspannte mit dem Daumen und Zeigefinger die Taille der jungen, mit Kleie gefüllten Dame, ließ sie, den Kopf voran, in die Tasche gleiten (ich führe sehr große Taschen und gewöhnlich auch mancherlei darin) und verließ die Versammlung.

Hier wird es nötig sein, die Erklärung abzugeben, dass ich selten eine öffentliche Versteigerung in meiner Nachbarschaft versäume, dass mich nichts mehr beschäftigen und erregen kann als die Analysierung aller der verschiedenartigen Anhängsel des menschlichen Daseins, die bei einer derartigen Gelegenheit zum Vorschein kommen. Wahrlich nicht, um nach Rokokoschnurrpfeifereien zu suchen, dränge ich mich bei einer solchen Auktion unter das Volk! Was haftet alles an diesen Lumpen und Lappen, an diesen abgenutzten, ärmlichen Gerätschaften, an diesem alten Lehnstuhl zum Beispiel, an jener halbzertrümmerten Wiege, an dieser Schachtel mit verblassten, zerknitterten Papierblumen! Welch ein Buch ließe sich darüber schreiben!

Ich trat in die Gasse hinaus. Es schlug vier Uhr, und die Nacht sank bereits langsam herab auf die große Stadt.

Ein grauer, eintöniger Himmel lag über den Dächern, und es schneite. Es war aber kein eigentliches munteres Gestöber, wo das weiße Gewimmel in der Luft den Emporschauenden fast schwindlig macht und lustig alle Gedanken mit hineinzieht in den tollen wirbelnden Tanz. Nein, die luftigen, flaumartigen Flocken schwebten in der kalten grauen, stillen Luft wie unschlüssig, ob sie sich niederlassen sollten zur hartgefrorenen Erde oder nicht. Einzeln kamen sie, senkten sich, erhoben sich wieder, als ob sie sich eines Besseren besännen, gingen seitwärts weiter, um dann doch endlich irgendwo an einer Dachtraufe, an einem Häuservorsprung, an einer Nasenspitze lebenssatt sich aufzuhängen. Es war ein mürrisches, spleenartiges, hypochondrisches Wesen, und doch verkündete der verbesserte gregorianische Kalender den – vierundzwanzigsten Dezember, und die schönste Nacht der Christenheit lauschte schon ins Land herein! –

Die Menschen in den Gassen gebärdeten sich aber auch ganz anders als die Schneeflocken in der Luft. Sie hatten es gar eilig und wimmelten durcheinander wie ein aufgestörter Ameisenhaufen. Die Läden waren geputzt und funkelten im Schein der Lichter und Lampen, und manch ein Hagestolz, welcher in seinem Kaffeehause sein Journal hatte fallen lassen, nahm dasselbe nicht wieder auf, sondern kratzte sich missmutig und verdrießlich hinter dem Ohr und dachte an mancherlei, was ihn durchaus nichts anging.

An der nächsten Straßenecke blieb ich stehen und schaute in das lustige Gewühl. Auch ich seufzte. – »Ich kenne auch einen Narren!«, sagte ich zu mir selbst. »Einen gewaltigen Esel kenne ich!« –

Ach, meine Damen, ich habe mancherlei Unangenehmes durchgemacht, aber so wie gestern war mir mein Butterbrot doch noch nicht auf die »gute« Seite gefallen. Schwerer als päpstlicher Bann und kaiserliche Acht und Aberacht lag es auf mir! Sechs junge, schöne, liebenswürdige Fräulein und eine schriftstellernde Mutter hatten ihren Fluch über mich ausgesprochen; die angenehmste Weihnachtseinladung hatte ich verwirkt, unwiderruflich verwirkt. Ich will die Geschichte erzählen, denn

Wenn der Mensch in seiner Qual verstummt,
Gab mir ein Gott zu sagen, wie ich leide!

Ich war gestern zum Tee eingeladen von dem Geheimen Rat von Weißvogel, oder vielmehr von der Frau Geheimrätin, und knüpfte daran die Hoffnung, für heute Abend zum Weihnachtsbaum ebenfalls eingeladen zu werden. (Der Geheimrat führt einen sehr guten Burgunder.) Ich hatte also meinem Frack und Hut ein anständiges Ansehen gegeben, um die deutsche Journalistik so gut als möglich zu repräsentieren, und verfügte mich mit dem Vorsatz, ungeheuer liebenswürdig und interessant zu sein, nach der Bureaustraße Numero sechsundneunzig. Mit gewohnter Grazie trat ich in den Salon der Frau Geheimrätin ein, wo ein allgemeines, von allen Seiten geraunte Pst! Pst! mich empfing. Da mir in der Wärme des geheizten Zimmers die Brillengläser – ich bin sehr kurzsichtig – sogleich beschlugen, so war mir natürlich nichts lieber, als dass ich nun mit Anstand einige Augenblicke an der Tür stehen bleiben konnte, um erst den Duft von meinen Sehinstrumenten verziehen zu lassen. Während dies allmählich geschah, horchte ich der Stimme der Frau Geheimrätin, welche las – deklamierte:

»Waldvogel sang's im Lindenbaum,
Schön Blümchen klang es nach im Traum,

Die Stern am Himmel grüßten es,
Die leisen Winde küssten es,
Und überall, allüberall,
Von Berg und Wies' und Wasserfall,
Trug es zurück der Widerhall,
Der Widerhall!« –

Ich schrak zusammen, zentnerschwer fiel es mir auf die Seele. Himmel, die »Amalasuntha« der Gnädigen! Ihr neuestes Opus! Alle Teufel, das habe ich ja ganz vergessen! Bei allen Mächten, wenn *Weitenweber* darüber geraten ist! Der Hut fiel mir fast aus der Hand; hatte ich doch gestern das Rezensionsexemplar von der gnädigen Frau erhalten und dabei ein schmeichelhaftes zierliches Billett, und ich Unglückseliger hatte in der Zerstreuung das niedliche, vergoldete Büchlein voll süßen Unsinns auf den Haufen schriftstellerischer Erzeugnisse geworfen, welche mein Freund Weitenweber von Zeit zu Zeit unter der Überschrift »Allotria« totmacht. – Himmel und Hölle, wenn der Mensch für die Weihnachtsfeiertage Geld gebraucht und losgewütet hätte!

Meine Brille war unterdessen klar geworden, und ich konnte einen Blick wie ein erschreckter Hase auf die Versammlung werfen. Da saßen sie, Marie, Johanne, Albine, Theodore, Ida, Sophie, die liebreizenden Töchter einer dichtenden Geheimrätin, wie es schien, pflichtgemäß, töchterlich, ganz in jenen Seelenzustand versunken, welchen die empfindsamen Germanen vor ungefähr sechzig Jahren »angenehme Schwärmerei« nannten! – Zwei junge Juristen, drei Sekondeleutnants und ein ältlicher Theologe standen in einer Gruppe wie ein Monument des passiven Widerstandes, und die übrige Gesellschaft drängte sich ebenfalls pflichtschuldigst um die vorlesende Dichterin, die eben ihr Buch zuklappte und in scheuer Selbstzufriedenheit den Blick erhob. Ein bewunderndes Stuhlrücken und Rauschen von seidenen Gewändern entstand, Seufzer, leise Ausrufe, zwei juristische, drei militärische und ein theologisches Bravo – der Geheimrat schaute etwas verdrießlich durch die Tür des Nebenzimmers, in welchem er eben die Spieltische zurechtgerückt hatte – ich trat schüchtern vor.

»Ah, Herr Doktor Hinkelmann!«, flüsterte mit holder Stimme die Gnädige. »Warum so spät?« – Ich machte meine Verbeugung, und sie trat näher. »Haben Sie meiner auch freundlich gedacht?«, raunte die Gnädige, mich beiseiteziehend. »Ich bin sehr gespannt auf die heutige Zeitung, Sie böser Kritiker!« – Es überlief mich heiß und kalt. O Weitenweber! Weitenweber!

Ein Bedienter erschien jetzt in der Tür. »Die gnädige Frau haben befohlen, dass ich die Zeitung.« – »Jawohl, jawohl, Johann! Schnell, geben Sie, geben Sie!« Ich hielt mich an der nächsten Stuhllehne. Die Gesellschaft, die Töchter drängten sich um die Dichterin, deren Auge lächelnd die feuchten Bogen überlief. Jetzt! – Ach! – Ihre Augenbrauen zogen sich zusammen, die Hände, welche die Blätter hielten, zitterten – sie stieß einen Schrei der Entrüstung aus – zerknittert sank der unglückselige Wisch zu Boden.

»Mein Herr!« – »Gnädige Frau, ich – ich –.« O Weitenweber, Weitenweber! – Die Visitenkarten an den Spiegeln liefen schwarz an; der Geheimrat hatte die Zeitung aufgehoben und verbarg das Gesicht zwischen den Bogen – ich kann nicht beweisen, dass man mich hinausgeworfen hat, aber –!

»Das kommt davon!«, brummte ich, als ich mich wieder auf der Straße fand, »das kommt davon, wenn sich Caliban in das schöne, heitere, ewig blaue Feenreich der Poesie und der Damenwelt wagt! O Weitenweber, Weitenweber!« – Wahrlich, es ist nicht angenehm, unter den Fußtritten Ariels und seiner losen Schar zu liegen! Was half es mir, dass mir der Geheimrat auf den Vorplatz hinaus folgte, mich umarmte, mir einen Kuss auf jede Backe drückte und mir zwanzigmal sein: »Brav gemacht! Brav gemacht, lieber Doktor, liebster, bester, teuerster, einzigster Freund!«, zuflüsterte? Was half es mir, dass er mich mit Austern stopfen, in Burgunder ersäufen wollte – sein Haus konnte er mir doch nicht wieder öffnen! O Marie, Johanne, Albine! O Theodore, Ida und Sophie! – O Weitenweber, Weitenweber! –

Da stand ich nun an der Straßenecke in dem Schneegestöber, welches jetzt heftiger geworden war. Der Lampenwärter kam und zündete die Gaslaterne neben mir an; in allen Stockwerken der Häuser flammten die Christbäume auf, und alles, was nur noch einen Weihnachtsgedanken im Herzen beherbergte, suchte ihn hervor aus dem vergessensten Winkel und begann seine Weihnachtsfeier. Von allen Kirchen der Stadt läuteten die Glocken das schönste Fest der Christenheit ein; mir ward gar wehmütig zumute, und unwillkürlich fasste ich nach der Puppe in meiner Rocktasche, zog sie heraus, drückte mich dichter an die Hauswand, an welcher ich lehnte, und betrachtete sie, während die Menge ununterbrochen an mir vorüberströmte und mit ihrem Getöse doch nicht ganz den Kinderjubel um die

Weihnachtsbäume in allen den verschiedenen Wohnungen der Gasse übertäuben konnte.

Das Ding schaute mich aus seinen grellen, blauen Augen gar sonderbar an; die Stumpfnase hatte bereits beträchtlich Schaden erlitten, und aus einem Beine des unglücklichen Wesens rieselte die Kleie mir leise auf die Hand. »Ach, du armes Ding«, sagte ich, »auch du hast schon fröhlichere Weihnachtsabende als den heutigen, den du in meinem Besitze zubringen wirst, verlebt. Was meinst du, gehen wir nach Hause, oder fallen wir in eine Kneipe?«

Da die Puppe nicht antwortete, so zählte ich die Knöpfe meines Rockes ab. Sie entschieden für die Kneipe, und so schob ich behutsam meine Begleiterin wieder in die Tasche und setzte meinen Weg durch die Straßen einsam fort, widerborstig gegen das Fatum, meiner – Wohnung zu. Bald genug war dieselbe erreicht, und niedergeschlagen stieg ich die dunkeln, steilen Stufen empor und horchte auf jedem Treppenabsatz ein wenig den hellen Kinderstimmen, welche fast hinter jeder Tür hervordrangen; der Weihnachtsabend stand ja in seiner schönsten Blüte! – In meinem Zimmer angekommen, sank ich auf den nächsten Stuhl und stützte den Kopf mit beiden Fäusten auf meinen Schreibtisch, wie ein Brahmane, der das mystische Om ausgesprochen hat und sich in den Zustand der höchsten irdischen Seligkeit versetzen will.

Ich kam jedoch nicht zur völligen Auflösung ins Nichtsein; ein Frösteln, welches mich überlief, erinnerte mich, dass ich mein Feuer nicht erlöschen lassen dürfe. Ich schob also neues Holz in den Ofen, und diese Beschäftigung erheiterte mich etwas. Ach, das Brummen und Knattern des

Ofens, der tanzende Schein auf dem Fußboden und an den Wänden müssen einem solchen einsamen Gesellen, wie ich bin, oft vielerlei ersetzen! – Ich trat an das Fenster und schaute hinaus in die Nacht über die weißen Dächer. Ach, es war doch ein noch fröhlicherer Lichtschein, der aus dem Fenster der mir gegenüberliegenden Häuserreihe fiel! Fröhlicheres Geräusch erschallte dort hinter den niedergelassenen Vorhängen, als mein Ofen liefern konnte.

»Ich will arbeiten!«, sagte ich, zündete meine Lampe an, zog einige Bogen Konzeptpapier hervor und setzte mich an meinen Schreibtisch. Meiner Puppe aber bereitete ich mit Hülfe einiger Bände von Meusels Gelehrtem Deutschland einen Sitz dicht vor mir. Ich tunkte die Feder ins Tintenfass, schaute in das Licht – eine Minute – zwei – drei – eine Viertelstunde! – »Beim Teufel!«, rief ich aufspringend, »ich wollte, ich könnte bis zum nächsten Alltage die Zeit verschlafen!« Dabei brachte ich eine gar anmutige marmorartige Verzierung auf dem vor mir liegenden weißen Bogen hervor und warf die Feder fort.

Ein Schritt auf der Treppe ließ mich aufhorchen. Er näherte sich. – »Das fehlte mir grade noch!«, rief ich unwillkürlich aus, »Weitenweber! Na, *du* kommst mir eben recht!« – Ich hatte den Edeln seit seiner Untat noch nicht wieder gesehen. – Die Tür öffnete sich langsam, und auf der Schwelle erschien wirklich in Lebensgröße mein Freund Theobul Raimund Weitenweber, ein Individuum, welches wahrlich einer Personalbeschreibung würdig ist.

Mein Freund ist lang und hager wie ein Laternenpfahl, mit dem er noch die Ähnlichkeit hat, dass auch er erst bei einbrechender Nacht anfängt aufzuflackern und gasartig zu leuchten. Sein Haar ist von unbestimmter Farbe und stets kurz geschoren, seinen Spitzbart aber lässt er wachsen je länger, je lieber, und spielt derselbe ein wenig ins Rötliche. Dreht sich mein Freund um, so braucht er zu diesem einfachen Manöver wenigstens eine halbe Minute, setzt er sich nieder, so nimmt er genau die Stellung des Memnonsbildes in der Wüste an. Mein Freund führt einen Stock, der aber nur dann die Erde berührt, wenn ihn sein Herr in einem Winkel absetzt, sonst kommt er selten unter der linken Achsel seines Begleiters fort. Mein Freund Weitenweber trägt grauweiße Unaussprechliche, die unten in ein paar schiefgelaufene Stiefel enden, welche man unwillkürlich mit versteinerten antediluvianischen Mammutsfußstapfen in Verbindung bringt, einen weißgrauen Rock mit großen Knöpfen und einen eingedrückten, weißgrauen Hut, in welchem sich ein buntes, seidenes, unheimliches Taschentuch aufhält. Handschuh sind meinem Freunde etwas Unbekanntes, und alle denkenden Menschen, welche ihm auf seinen Wegen durchs Leben und durch die Gassen begegnen, bleiben, wenn sie es auch noch so eilig haben, stehen und blicken ihm verwundert nach. Mein Freund Weitenweber aber schaut niemand nach; abgemessenen Schrittes bewegt er sich, die spitze Nase hoch in den Lüften, die grauen, wie faules Holz glimmenden Augen halb geschlossen, die Unterlippe vorgeschoben, seinem jedesmaligen Bestimmungsort zu. –

»Guten Abend!«, sagte diese Kreatur, welche mir die Salontüre der Frau Geheimrätin von Weißvogel vor der Nase zugeschlagen hatte. – »Guten Abend, Weitenweber! Du hast mir eine schöne Geschichte eingerührt; ich wollte –« –

»Weiß, was du wolltest«, sagte mein Freund mit einem Seufzer und zog aus seiner Rocktasche eine Flasche, deren Hals er mir zu fassen gab.

»Weitenweber, du hast mir einen großen Verdruss bereitet!« – Gravitätisch zog das stoische Geschöpf eine zweite Flasche hervor und stellte sie auf den Tisch. – »Ich werde nie wieder zu Gnaden angenommen werden – ach, Marie, ach, holde Sophie!« – Wo kriegte der Mensch alle die Flaschen her? Zwei andere machten ihre Erscheinung, und eine fünfte beschloss den Reigen. Gegen die Taschen meines Freundes sind die meinigen gar nichts.

»Weitenweber, ich habe wahrhaftig Mühe, dir diese Geschichte zu verzeihen. Sie hätten mich ganz gewiss auf heute Abend eingeladen. O Albine, Johanne, Theodore! Wie angenehm hätte ich den Weihnachtsabend verbringen können!« – »Ja, es soll Weihnachten sein!«, sprach Weitenweber mit seiner Grabesstimme, nahm langsam den Hut ab, zog einen Stuhl an den Tisch, setzte vorsichtig seine edle Kopfbedeckung darunter, als könne es niemals einen sicherern, bessern Platz dafür geben, stellte seinen Wanderstab hinter den Ofen, kam zu dem Tisch zurück und saß nach zwei Minuten lotrecht mir gegenüber.

»Wirf die Bücher vom Tisch, Hinkelmann«, sagte er und brachte aus seinen Taschen jetzt auch noch mehrere Zitronen und eine löschpapierne Tüte mit gestoßenem Zucker zum Vorschein. Es waren wundersame Taschen! – »Mische den Stoff, Hinkelmann.« – Ich wusste nicht, ob ich lachen oder ob ich wütend werden sollte, holte aber doch meine geborstene Suppenschale hervor, welche mir als Punschbowle diente, und schob den Teekessel in den Ofen.

Während ich mich damit beschäftigte, sah mein Freund starr auf die Puppe, welche noch immer auf Meusels Gelehrtem Deutschland vor ihm lag. Von Zeit zu Zeit berührte er vorsichtig mit der Spitze des Zeigefingers ihre eingedrückte Nase und gähnte gewaltig dabei, bis er sich plötzlich erhob, zum Fenster hinschritt, die Arme übereinanderschlug und hinausstarrte, wie ich vor einer halben Stunde hinausgestarrt hatte. Unterdessen fing das Wasser im Kessel an zu singen und zu sprudeln, und ich bekam zu viel zu tun, um mich ganz meinem langen Freund widmen zu können. Ich hörte nur, dass er von Zeit zu Zeit etwas vor sich hin murmelte, bis ich endlich mit zwei gefüllten, dampfenden Gläsern zu ihm hintrat und ihm das eine reichte. Er nahm es, hielt es in die Höhe, stieß ein dumpfes Geknurr aus, goss den Inhalt hinunter, seufzte, gab das Glas mir zurück und sprach: »Mehr Rum!«

Ich verbesserte den Stoff, und einen Augenblick später saßen wir einander gegenüber, die dampfende Schale in unserer Mitte. – Meusels Gelehrtes Deutschland nebst allen andern Büchern und Schreibgerätschaften war in die fernsten Winkel geflogen; die Puppe aber blieb neben unsern Gläsern liegen. Von der Gasse drang fröhlich das Geräusch der Weihnacht bis zu uns empor; im Hause jubelte bald nah, bald fern eine Stimme auf, und Weitenweber fing an, seinen Spitzbart zu drehen, welches ein Zeichen größter Behaglichkeit bei ihm ist.

»Die Frau Geheimrätin von Weißvogel ist –« – »Eine Gans und soll mir mit ihrer Gänseblümchenpoesie vom Leibe bleiben. Fülle mein Glas, Hinkelmann!« – Ich kam dem Gebote nach, vernachlässigte aber auch mich selbst nicht. – »Nun kannst du noch einen Klotz in den Ofen werfen und mir einen Stuhl unter die Füße schieben. – So! – Nun unterhalte mich!«

Jetzt konnte ich nicht mehr. Ein ungeheures Gelächter verjagte alle Grillen und bösen Geisterchen, welche sich verschworen zu haben schienen, mich an diesem Abend zu quälen. Was aller Geist und Witz, der sich in dieser großen Stadt aufhalten soll und aufhält, nicht gekonnt haben würde, das brachten jetzt das unerschütterliche Phlegma und die kolossale Unverschämtheit meines edlen Freundes zuwege.

»Auf dein Wohl! Auf dein Wohl, Theobul!«, rief ich ganz erheitert und stürzte ein Glas Punsch hinunter. – »Mein Wohl liegt mir sehr am Herzen«, versetzte Weitenweber, kam meinem Beispiele nach und schob mir sogleich das geleerte Glas wieder zu. – »Ich danke dir, dass du gekommen bist, Weitenweber!«, sprach ich, indem ich es füllte. – »Der Mensch besteht aus Leib und Seele, die edelste Kraft der Letzteren aber ist die Vernunft!«, sagte mein Freund, ohne eine Miene zu verziehen. »Ich bin ein sehr vernünftiges Wesen.«

»Der Weihnacht Gruß!«, rief ich, das Glas erhebend. – »Der Weihnacht Gruß!«, wiederholte mein Freund, ergriff die Puppe, welche neben ihm lag, betrachtete sie eine Zeitlang und fuhr fort: »Da liegt Mysterium magnum – das große Geheimnis –, wie Jakob Böhme sagt. Wie bist du an diese Puppe gekommen?« – Ich erzählte es. – »Und du langweiltest dich an diesem Weihnachtsabend? Du, welcher du behauptest, ein Dichter zu sein?« – Ich sah seufzend auf meinen wachsenden Körperumfang, aber Weitenweber fuhr fort: »Jakob Böhme sagt auch noch: ›Liebe Brüder zu Babel, tanzet doch nicht also von außen ums Mysterium!‹ – Fülle die Gläser, Hinkelmann, nochmals der Weihnacht Gruß!«

Das aschfahle Gesicht meines Freundes rötete sich ein wenig, seine Augen gewannen allmählich einen stärkern Glanz; es zuckte um seinen Mund. »Es ist mancherlei Art der Stimmen in der Welt, und derselben ist doch keine undeutlich – sagt der Apostel Paulus. Horch, was die Stadt spricht, Hinkelmann! Der Weihnacht Gruß! Der Weihnacht Gruß! – Sei so gut, und fülle die Gläser, Vortrefflichster!« – Es geschah. – »Elf Uhr! Nun schlafen die Kinder über ihren Freuden, ihren Puppen und bunten Bildern und goldenen Früchten ein und liegen traumlos in ihren Bettchen – dein Glas ist leer, Hinkelmann! –, die Erwachsenen aber sorgen und jubeln noch fort, und wenn ihnen der Schlaf kommt, kommen mit demselben die Träume, das Irrlichtervolk des Geistes. Viele träumen auch wachenden Auges, und ich gehöre zu ihnen. Gebt mir Weihnachtsträume, gebt mir einen Weihnachtstraum, ihr geheimen Mächte, die ihr die Menschen führt auf ihren Wegen! Auf dein Wohl, Hinkelmann – und fülle die Gläser!«

Wahrlich, ich hatte die Gläser schon so oft gefüllt, dass mir ganz seltsam zumute ward. Was fiel dem Tische, der Punschschale, den Stühlen ein? Niemals in meinem Leben hatte ich eine solche krampfhafte Lebendigkeit an meinem Freunde Weitenweber gesehen. Er wackelte von einer Seite auf die andere, ward klein und groß, und wenn er trank, geschah es oft aus zwölf Gläsern zugleich. – Zwölf Uhr!, verkündete feierlich die Glocke der Marienkirche. Ein blauer Nebel lag vor meinen Augen. –

»Diese Welt ist ein großes Wunder!«, sagte Weitenweber.

»Wir wollen über die Weihnachtswelt wandern, Karl Theodor Hinkelmann. Fülle die Gläser! Diese Puppe soll uns führen! Ich erkenne eine alte Bekannte in ihr – holla, spiritus viarum – daemon ambulatorius! Erwache, Liebchen!«

Ja, fülle einmal einer die Gläser! Wenn sie nur nicht so gewackelt hätten! Und noch dazu musste ich auf das Wunder achten, welches sich vor meinen Augen begab. Was hatte mein Freund Weitenweber mit meiner Puppe angefangen? Ich sah, wie sie den einen Arm ausstreckte, dann den andern – sie gähnte – dehnte sich – richtete sich auf – sah lächelnd umher – erhob sich ganz und stand aufrecht neben der Punschschale, machte einen zierlichen Knicks und darauf eine Handbewegung, die nichts anderes sagen konnte als: »Meine Herren – me voilà!« –

Bei Gott, das war nicht mehr Leder und Kleie und bunte Läppchen, das war nicht mehr ein von Kinderhändchen abgegriffener Holzkopf mit eingedrückter Nase! Elfenhaftlebendig, in zierlicher Schönheit stand das kleine Wesen da und lehnte an einem Stäbchen, welches funkelte, als sei es aus einem Sonnenstrahl geschnitzt. Mit offenem Munde sah ich auf meinen Freund, welcher mit unbeweglicher Miene dasaß, als ob die Geschichte ganz in der Ordnung sei. Das Einzige, womit er das Wunder bezeugte, war ein gewaltiger Seufzer und eine noch gewaltigere Wolke Zigarrendampfes.

Das kleine Wesen drohte ihm lächelnd und sagte: »Was hab ich doch für Not mit dir! Zur Verzweiflung bringst du mich noch durch dein Gesicht. Nun sei artig, und stelle mir den Herrn da vor!« – »Herr Karl Theodor Hinkelmann«, sprach mein Freund, auf mich zeigend, »ein Poet von Kopfzerbrechens Gnaden.« – »Freut mich ungemein«, schob die

Elfe ein, mein Freund Weitenweber aber fuhr fort: »Hat sich bis jetzt mehr der Feld- und Waldpoesie gewidmet und mit Morgenröten, Blumenduft und Maikäfern gehandelt, wird aber jetzt zu fett dazu.« – »Es gibt auch in Feld und Wald Geschwister von mir«, sagte die Kleine. »Ich liebe die frische Luft, die von den Wäldern und Wiesen da draußen in mein Häuser- und Gassenreich dringt; ich liebe das Wasser, ich liebe die Blumen, wenn sie in der Scherbe vor den Fenstern zu blühen versuchen!«

»Und darf ich fragen, mit wem ich die Ehre habe?«, fragte ich jetzt und hielt mich mit beiden Händen an meinem Stuhl, weil ich erwartete, er würde im nächsten Augenblick mit mir davonfliegen. – »Wir haben keinen Namen, wir sind ein großes Geschlecht«, versetzte mit silberhellem Stimmchen die Kleine. »Wir in den Gassen, wir sind die Geister der Gassen – der da kennt uns!« – »Ja, ich kenne euch«, sprach mein Freund Weitenweber.

»Wir wohnen in der Kellerwohnung und in der Dachstube, wir schweben durch die glänzenden Ballsäle und sitzen zu Häupten der Kranken in den Hospitälern. Im Königspalast, in den Kirchen, in den Gefängnissen sind wir zu finden; wir begleiten den Sarg und den Taufzug und den Brautwagen, wir sind überall, wir erscheinen in tausenderlei Gestalten; aber wenige, wenige erblicken uns. – Was verlangst du von mir, Theobul Weitenweber?« Und die Puppe erhob ihren Stab gegen meinen langen Freund. – »Zeige uns deine Wunder! Lass deine Zauber walten, führe uns durch die Weihnachtswelt!«

»Ihr wollt die Heilige Nacht sehen? Ei, ich will euch wohl führen – aber du weißt, Weitenweber, meine Bilder sind bunt, und der Herr (die Elfe zeigte auf mich) sieht aus, als würde er sie aufschreiben und drucken lassen, und – dann fällt alle Schuld auf mich.« – Weitenweber nickte und schnippte die Asche von seiner Zigarre und sagte: »Lass ihn! Narrenhände beschmieren Tisch und Wände. Wenn wir beiden uns nur verstehen. Uff – ›ich bin der Allernärrischste, und Menschenverstand ist nicht bei mir‹ – Sprüche Salomonis, dreißigstes Kapitel, zweiter Vers.«

Das Püppchen lächelte und streckte seinen Stab in den Dampf, der noch schwach aus der Punschschale aufstieg. Sogleich verdichtete sich dieser, wallte massenhafter empor zur Decke und senkte sich dann langsam wieder herab, alles um uns her erfüllend. Die Lampe erlosch, aber ein helles Licht ging jetzt von dem kleinen Zauberwesen aus, welches in der Mitte des Nebels schwebte und seinen Stab langsam über dem Köpfchen schwang. Plötzlich tauchte es aus der Nacht auf, verschwunden war meine Punschschale, verschwunden meine Stube, die Stühle rutschten unter uns weg – wir befanden uns in einem geräumigen, behaglich ausgestatteten Gemache, in dessen Mitte auf einmal ein ziemlich großer Christbaum mit erloschenen Lichtern stand. Keine Menschenseele war zugegen. Eine tiefe Stille herrschte ringsumher. Der Tisch, auf welchem der geputzte Baum stand, war mit Kinderspielzeug der verschiedensten Art bedeckt.

»Sie sind zu Bett gegangen«, sagte unsere kleine Führerin. »Soll der Zauber beginnen, Freund Weitenweber?« – Ich schaute mich nach meinem Freunde um; er stand weitbeinig da, die Hände in den Taschen, die Zigarre im Munde. Er nickte.

Die Elfe setzte sich leuchtend in die höchsten Zweige der Weihnachtstanne und lehnte sich an den Goldstern auf der Spitze und sah nachdenklich uns an. »Sie sind zu Bett, die Kinder, die Alten, die Freudigen, die Betrübten – ach, sie schlafen nicht alle –, aber die große Stadt ist still, so still, wie in diesem Augenblick der Platz da draußen im Walde, wo dieser Baum gewachsen ist. Meine Brüder und Schwestern, die dort wohnen, haben zu dieser Zeit weniger zu tun als wir, deren Reich die Gassen sind. Der Frühling schläft noch in den braunen Knospenhülsen an Busch und Baum wie meine Kinder in der Stadt in ihren Bettchen; die Käfer, die Schmetterlinge schlafen. Meine Geschwister da draußen haben jetzt nur für die braven Burschen, die Hasen, und die frommen Rehe zu sorgen und darauf zu achten, dass die herabsinkenden Schneeflocken die Gräser und Blumen und die junge Saat auf den Feldern hübsch zudecken, bis der Frühling alles aufweckt. Da draußen ist alles still; aber die große Stadt hat einen unruhigen Schlaf! Sie hat auch böse, böse Träume! Es schleichen Gestalten in den Gassen, finstern Herzens; es zählen die Kranken auf ihrem Schmerzenslager die Stunden, und die Verbrecher in den Kerkern rasseln mit ihren Ketten, und die Liebe ist noch wach und der Hass und das Glück und das Elend! Wir haben viel, viel zu tun in der großen Stadt!«

»Werde nicht elegisch, Kleine, du weißt, das kann ich nicht vertragen!«, sagte Weitenweber. »Zeige uns die Weihnacht!« – »Was ich sagte, gehört dazu.« – »Was du sagst, verstimmt mich. Ich liebe die Heiterkeit.« – Die Elfe brach in ein helles Gelächter aus, das wie ein silbernes Glöckchen klang, und schaukelte sich auf ihrem Zweige.

»Er liebt die Heiterkeit! Er liebt die Heiterkeit! Nun so hört! Vor kurzer Zeit war hier ein fröhliches Getöse. Dort hinter jener Tür lauschte ungeduldig pochenden Herzens eine Kinderschar, während hier der Vater und die Mutter diese Weihnachtstanne schmückten und die ältere Tochter alle die Puppen und Pferde und Trompeten und Trommeln und die andern Geschenke ordnete. ›Horch, wie sie trappeln!‹, sprach lachend der Vater. ›Bist du bald fertig, Marie?‹ – ›Gleich, dieser Honigkuchenmann will durchaus nicht festhängen. So, endlich!‹ – ›Hier Richards Trommel, hier die Puppen für die Mädchen, hier Eduards Harlekin!‹, rief freudig die Mutter. ›Alter, nun kannst du die Lichter anzünden!‹ Im nächsten Augenblick flammte der Baum in voller Pracht; das Weihnachtsglöckchen erschallte, und die Kinder stürzten jubelnd herein. Ich war dabei, ich gab acht, dass alles glücklich vonstattenging.« –

»Ja, ich hörte den Spektakel, als ich die Treppe hinaufstieg«, bemerkte Weitenweber. »Ich musste stehen bleiben, denn meine Taschen zogen mich fast zu Boden.« – »Hei, es war ein schöner Abend, und es kostete nachher Mühe genug, die Kinder zu Bett zu bringen. Aber nun schlafen sie, und wir haben das Reich und die Herrschaft. Nun sollen die Geister erwachen.«

Ihren Zauberstab schwingend, umschwebte die Elfe, welche mit zwei Groschen wahrhaftig billig genug bezahlt war, die geputzte Tanne, berührte hier einen vergoldeten Apfel, dort einen bunten Zuckermann, dort ein seltsamliches Tiergebild. Das umherliegende Spielzeug berührte sie ebenfalls – die Bleisoldaten in ihrer Schachtel, die Puppen, die Nussknacker, die Kobolde in ihren Schnupftabaksdosen. Und unter ihrem Zauberstabe ward alles lebendig. Ein Klingen und Singen ging durch das Gemach; die goldenen Früchte und Figuren schaukelten sich an ihren Zweigen, die Bleisoldaten marschierten heran, die Püppchen hüpften herzu, und nur Eduards Harlekin fehlte, ihn hatte sein glücklicher Besitzer mit zu Bett genommen und hielt ihn gar fest mit seinen kleinen Händen, so dass er dem Zauber nicht Folge leisten konnte.

»'s ist die Möglichkeit!«, sagte Weitenweber. »Was meinst du dazu, Hinkelmann? Schauderhafter Unsinn!« – Ich meinte gar nichts, der Kopf schwindelte mir. – »Nun sollen sie erzählen, wo sie herkommen!«, rief die Elfe. »Hört ihr wohl, ihr da zwischen den grünen Zweigen?« Die Äpfel und Nüsse schaukelten sich stärker, die Puppen knicksten, die Honigkuchenherren und -damen schlugen in die Hände, bis auf einen griesgrämigen Patron, der sie in den Taschen stecken ließ und die Beine wie ein X ausspreizte.

»Beginne du!«, sprach die Elfe, einen dickbackigen Apfel berührend, dessen gesunde rote Naturfarbe schon wieder bedeutend durch das aufgelegte Schaumgold lugte.

Der Apfel drehte sich sogleich unzählige Male an seinem Faden nach links, hielt dann einen Augenblick ein, besann sich, drehte sich dann ebenso lange nach rechts, kam endlich zur Ruhe und begann: »Ich komme vom Lande. In meiner Jugend war ich eine Blüte, weiß und rot und duftend. Hunderttausende meiner Geschwister schaukelten sich um mich her. Ich war schön und wusste es; Bienen, Käfer und Schmetterlinge sagten es mir oft genug. Ach, wo sind meine Blütenblätter geblieben? Der Wind trug sie von dannen, fort über den Garten, auf die staubige Heerstraße.

Sonnenschein und Regen habe ich genossen; Tausende meiner Geschwister habe ich sterben und vergehen sehen. Ich dachte auch zu sterben! Aber Sonnenschein und Regen stärkten mich, der Sturm konnte mir nichts anhaben; ich wuchs und gedieh, meine Wangen fingen an zu glühen. Nun bin ich hier, und ich weiß nicht, ob ich wache oder träume! Man hat mir Glanz gegeben. – Wer sagt mir, wo ich bin? Wer sagt mir, ob ich wache oder träume?«

Weitenweber seufzte: »Ich nicht!« – »Ja, wer sagt mir, ob ich wache oder träume!«, rief ich. – Die Elfe aber berührte, als der Apfel schwieg, seinen Nachbarn, einen missgünstig aussehenden gelben Honigkuchenkerl, mit einer bittern Mandel als Herz, und sagte: »Nun erzähle du!«

»Wer hat Ihnen das Recht gegeben, mich zu belästigen?«, schnarrte dieser. »Respekt, ich bin eine Standesperson, ein Staatsbürger erster Klasse! Lassen Sie mich in Ruhe!« – »Hei«, rief die Elfe, »du warst es, der sich gestern nicht aufhängen lassen wollte, du wolltest, als ich euch erweckte, die Hände nicht aus der Tasche ziehen!« – »Gute Nacht!«, schnarrte der süße Staatsbürger erster Klasse und drehte uns die Schattenseite zu. – »Höflichkeit ist eine schöne Tugend!«, bemerkte Weitenweber. »Darf ich Ihnen meine Visitenkarte einhändigen?« – »Ich bin süß, das weiß ich«, sagte der Honigkuchenherr, noch einmal über die Achsel schauend. »Ich habe die Kritik nicht zu fürchten.« – »Schlafen Sie wohl, Brummbär!«, rief ärgerlich meine Puppe. »Mögen Sie so bald als möglich verzehrt werden!« – »Es gibt auch noch hohle Zähne und schlechte Magen, das tröstet mich!«, sagte gähnend der süße Mann. –

»Lasst ihn, lasst ihn!«, riefen jetzt zwei Puppen, von denen die eine wie eine Balldame, die andere wie eine Bäuerin angetan war. »Wir wollen euch unsere Geschichten erzählen!« Und die Bäuerin begann: »Ich komme aus einer engen, dunkeln Gasse. Da befindet sich in einem hohen Hause ein kleines Stübchen. Da bin ich geboren. Am Fenster stehen fünf Blumentöpfe mit Schlingpflanzen. Die grünen Blätter winden sich in jedem Topfe über und um ein kleines Holzkreuz, auf welchem jedem ein Name geschrieben ist. Eine alte Frau sitzt am Fenster mit der Brille auf der Nase und näht. Ihr verdanken wir das Leben. Ein kleines Mädchen, ihre Enkelin, sitzt ihr zu Füßen und reicht ihr die bunten Zeugstückchen zu oder fädelt ihr die Nadel ein. Die alte Frau hatte vor wenigen Jahren noch eine zahlreiche Familie – jetzt lebten nur sie und das kleine Mädchen noch allein. Auf jedem Kreuzchen in den Blumenscherben steht der Name eines der Gestorbenen. Die alte Frau kann nicht mehr hinausgehen durch die weite Stadt zu dem Kirchhofe vor dem Tore, sie hat sich einen kleinen Kirchhof in ihrem Fenster angelegt. Das große Gesangbuch liegt auf dem kleinen Tischchen vor ihr, die alte Katze schnurrt zur Seite der Enkelin, welche mit leiser Stimme ein Schullied singt. Die Bratäpfel tanzen singend im Ofen, und von Zeit zu Zeit sucht einer das Weite und rollt hinab auf den Fußboden und hin über den weißen Sand. Das ist jedes Mal ein großes Ereignis in dem kleinen Zimmer. Das Kind springt lachend dem Flüchtling nach, der Kater macht schnurrend einen Buckel, die Großmutter aber hält mit ihrer Arbeit ein und schiebt die Brille auf die Stirn. Ist das nicht wie ein Blick in ein Märchen? Wir –«

»Wir sind aber nicht in dem kleinen Stübchen bei der

Großmutter und dem Kinde, der Katze und den Bratäpfeln geblieben!«, fiel hier die Balldame der Bäuerin ins Wort. »Wir sind endlich hinausgelangt in die große Welt, hinaus auf den Weihnachtsmarkt. Ei, das war etwas anderes! Da waren Lichter und Glanz, da war Leben, Hunderttausende von Menschen! Ich bin für die große Welt geboren, ich trage Krinoline. Deshalb bekam ich auch meinen Platz ganz vornan, den besten Platz, von welchem aus ich das ganze Getümmel überschauen konnte. Wie die Leute mich anstarrten! Ei, meine schönen weißen Schultern gefielen ihnen. Ich saß in dem ersten Rang, und der Käufer kam bald genug, eigentlich viel zu früh für mich; ich wäre gern noch an meinem Platz geblieben; ich bin für die große Welt geboren.«

Ein gewaltiger Seufzer Weitenwebers unterbrach hier die Sprecherin. Mein Freund hatte seine Brieftafel hervorgezogen und notierte sehr eifrig die Rede der Balldame, wobei die Zigarre sich in seinem linken Mundwinkel taktmäßig auf und ab bewegte.

»Ach, wer doch auch für die große Welt geboren wäre!«, ließ sich jetzt eine Stimme vernehmen, welche aus der Tiefe grabesähnlich hervorkam. Unsere kleine Elfe schaute von ihrem Zweige verwundert nieder, und ebenso taten alle Puppen und Püppchen; nur der Staatsbürger erster Klasse rührte sich nicht.

Auch ich sah mich nach dem Sprechenden um, mein Freund Weitenweber aber entdeckte ihn zuerst. Stöhnend klappte er seine lange Gestalt zusammen, bildete aus seinen unendlichen Beinen zwei spitze Winkel, legte die Hände auf die Knie und blickte ernsthaft und schweigend auf einen seltsamen schwarzen Burschen, welcher wehmütig und vergessen unten am Stamm der Weihnachtstanne stand. Er schien aus getrockneten Pflaumen zusammengesetzt zu sein, der Kopf bestand aus schlecht bemaltem Ton, die Haare glichen einem Büschel Schweinsborsten. Er hatte eine Art Besen in der Rechten, und mit der Linken setzte er eben eine Leiter an den Stamm der Weihnachtstanne, um daran hinaufzuklettern in die grünen geschmückten Zweige.

»Seht mal den! Seht mal den! O welch eine Nase! O welche Augen! O welches Haar! Seht seine Beine!«, erklang es von allen Ästen. – »Lasst ihn!«, rief die Elfe, ihren Stab ausstreckend. – »Er wird meine Robe beschmutzen«, sagte die Balldame, ängstlich hin und her trippelnd. – »Werft ihn hinunter; er riecht so übel!«, riefen die Marzipane, und der Lebkuchenmann wachte plötzlich auf aus seiner Erstarrung und schnarrte: »Schlagt ihn auf den Kopf, schlagt ihn auf den Kopf! Was will der Proletarier hier oben?«

»Kehren, kehren, kehren!«, rief der schwarze Pflaumenbursche unten und fasste die ersten grünen Zweige und schwang triumphierend seinen Besen. Alles rettete sich vor ihm so hoch als möglich hinauf, und nur die kleine Bäuerin blieb auf ihrem Platze. »Sie fürchten sich vor mir; sie wollen nichts von mir wissen – ich will kehren, kehren, kehren!«, sagte der schwarze Mann; aber die Elfe flatterte zu ihm hin, fasste mit ihrem weißen Händchen seine drohend aufgehobene Pfote und sang: »Lass sie, lass sie! Störe die Heilige Nacht nicht! Es sind Freunde hier, erzähle deine Geschichte!«

Der schwarze Bursche kauerte demütig nieder auf dem Zweige, welchen er erreicht hatte, und begann: »Aus einer dunkeln, feuchten Kellerwohnung komme ich; am hellsten

Tage fällt kein Sonnenstrahl hinein. Im Sommer läuft das Wasser in Tropfen von den schwarzen Wänden, und im Winter überziehen sich dieselben mit weißem Reiffrost. Da bin ich geboren. Als ich meine Geburtsstätte verließ, lag auf dem Strohlager im Winkel unter einem Stück grober Sackleinwand eine Leiche, und viele, viele hungrige Kinder kauerten verschüchtert umher. Am Tisch saß ein starker, kräftiger, aber bleicher und hohlwangiger Mann beim Schimmer einer elenden Lampe. Die Hand, die einen Stier niedergeschlagen hätte, bog den Draht, reihte die welken, schmutzigen Früchte auf, welche meine Glieder bilden. –

In dem Schneewind da draußen, in der kalten Winternacht, auf den eisigen Steinen sitzt ein armes kleines Kind, und vor ihm stehen meine Brüder in Reih und Glied aufmarschiert. O kauft sie, kauft sie, sie kosten nicht viel! Ihr seid gütig, ihr seid barmherzig, ihr scheut nicht das Ausgeben des Geldes, nur das Stehenbleiben und Suchen nach dem Geld scheut ihr. O kauft meine Brüder! Die Hand, die nach den Kupferpfennigen greift, ist bald wieder gewärmt; der Schnee, den der Nordwind über die Stadt treibt, ist schneidend; meine Brüder frieren, und das kleine Kind hat weder Schuh noch Strümpfe in der Winternacht.« –

»Die bewaffnete Macht werde ich aufrufen!«, schrie der Honigkuchenmann. – »Angetreten!«, rief eine dünne Stimme. »Schultert's Gewehr! Marsch! Marsch!«, und die Bleisoldaten rückten klirrend heran. Aber die Elfe berührte den süßen Kerl mit ihrem Stabe, und er musste sich zufriedengeben, auch die Bleisoldaten hielten es für angemessen, sich still in ihrer Schachtel in den Hinterhalt zu legen. Weitenweber aber kratzte sich hinter dem Ohre und schnitt

Gesichter wie ein Besessener.

»Christ ist geboren! Christ ist geboren!«, rief die Elfe. »Hört ihr die Glocken in der stillen Nacht? Christ ist geboren! Christ ist geboren! Hört ihr die Stimmen im Himmel, die Stimmen auf Erden? Christ ist geboren! Friede im Himmel und auf Erden und den Menschen ein Wohlgefallen!« – »Et nunc et semper et in saecula saeculorum!«, sang Weitenweber mit heiserer Stimme. »Wenn es nur schon so wäre!«

»Christ ist geboren! Christ ist geboren!«, rief die Elfe aufs Neue und erhob den Stab. Das Reich der Puppen war blitzschnell in die Dunkelheit, in das Nichts zurückgesunken. Graue Wolken umgaben uns, und wir wurden von ihnen getragen, und die Elfe schwebte in unserer Mitte. Ihre Gestalt ward größer und größer, ihre kindlichen Züge wurden ernst, behielten aber ihre unsägliche Schönheit. – Ein feierlicher Gesang, Orgelklänge und Glockengeläut ertönten leise, leise unter unsern Füßen und wie aus weiter Ferne. –

»Wir schweben über der Weihnachtserde, aber wir sehen sie nicht. Das Einzelne ist vergangen!«, sagte mein Geist, in dem mehr steckte, als ich bei seinem Einkauf vermutete. »Horcht, die katholische Kirche!«

»A solis ortus cardine
Ad usque terrae limitem
Christum canamus principem
Natum Maria virgine.«

erklang es, jetzt anschwellend, jetzt verhallend, wie aus

Hunderttausenden von Kirchen nah und fern. – »Horcht, die protestantische Kirche!«, rief die Elfe, und näher, voller, kräftiger brauste es auf:

»Vom Himmel hoch, da komm ich her,
Ich bring euch gute neue Mär,
Der guten Mär bring ich so viel,
Davon ich singen und sagen will!«

»Christ ist geboren! Christ ist geboren!«, sang die Elfe. »Der Morgen kommt, der Morgen kommt! Seht da!« – Aus dem Nebelmeer unter uns tauchte es auf: Türme, Kuppeln, Dächer, weißbeschneit, erschienen. Lichter blitzten hier und dort. Die Orgelklänge, der Gesang verhallte, aber ein dumpfes unbestimmtes Rauschen drang zu uns empor. Ein trübes Chaos, lag die große Stadt zu unsern Füßen, überdeckt von dem dunkel wallenden Wolkenschleier.

»Der Morgen kommt, der Morgen kommt! Friede allen Betrübten, allen Bekümmerten!«, sang die Elfe. – »Seht, die Krähen flattern um die Kirchtürme! Horcht, die Gassen rufen mich! Dort kommt das Licht!« – Ein roter Schein zuckte im Osten empor.

»Ich scheide, ich scheide!«, rief die Elfe. »Gruß dem Christmorgen!« – Sie zog den weißen Wolkenschleier, der sie umgab, über ihrem Haupt zusammen, die Umrisse ihrer Gestalt wurden unbestimmter – sie war verschwunden.

»Weitenweber!«, schrie ich entsetzt. Die Wolken, welche mich bis jetzt getragen hatten, wichen unter meinen Füßen, kopfüber schoss ich pfeilschnell herab auf das Häusermeer, grade auf eine fatale Kirchturmspitze zu – schrille, scheußliche Stimmen schlugen an mein Ohr. »Weitenweber!«, schrie ich. »Hülfe!« – Die Krähen um den Turm der Marienkirche fuhren krächzend auseinander, ich schlug nieder auf die Spitze der Wetterfahne und erwachte.

Tiefe Dunkelheit umgab mich, nichts rührte sich. Ich tastete mit zitternder Hand umher und fand, dass ich auf dem Fußboden saß. Hinter mir hatte ich die Lehne meines umgefallenen Stuhles. Eine geraume Zeit hindurch starrte ich verblüfft in die Nacht, bis sich allmählich meine fünf Sinne wieder zusammenfanden. Ein glühender Punkt in der Dunkelheit zog meine Aufmerksamkeit auf sich. Ein tiefer Seufzer ließ sich vernehmen. – »Weitenweber!«, rief ich.

Der glühende Punkt bewegte sich ein wenig. – »Was gibt's?«, fragte die grabesähnliche Stimme meines Freundes. – »Was ist aus der Lampe geworden?« – »Ausgegangen vor einer Stunde.« – »Weitenweber!« – »Nun?« – »Ich glaube, ich bin mit dem Stuhl umgefallen!« – »Scheint so.« – »Ach – Weitenweber!« – »Bist du nicht bald fertig?« – »Ich habe einen seltsamen Traum gehabt.« – »So? Freut mich ungemein! Es mag schönes Zeug gewesen sein! Dass du dich nicht unterstehst, ihn zu Papier zu bringen – hast dem ›Chamäleon‹ grade genug Abonnenten verjagt! Der Stoff ist zu Ende – oh!«

Ich erhob mich taumelnd und renkte meine Glieder ein wenig wieder ein. Dann gelang es mir, nach Überwindung mancher Schwierigkeiten, Licht anzuzünden. Wahrhaftig, ich befand mich in meinem Zimmer, und an meinem langen Freund war auch durchaus keine Veränderung zu bemerken. Berge von Zigarrenasche und Wolken von Zigarrendampf umgaben ihn; übrigens steckten seine Hände noch immer in den Hosentaschen, streckten sich seine Beine noch immer so weit als möglich in die Unendlichkeit hinaus. Sein Hut stand noch immer unter seinem Stuhl. –

Ich kann es nicht leugnen, der Blick, welchen ich auf die Puppe neben der leeren Punschbowle warf, war etwas scheu und misstrauisch. – Ich seufzte, Weitenweber seufzte. –

Schöne Damen, bittet für uns! –

Ray Bradbury

Segne mich, Vater, denn ich habe gesündigt

Es war am Heiligabend, als Pfarrer Mellon kurz vor Mitternacht wieder aufwachte, nachdem er erst ein paar Minuten geschlafen hatte. Ein sonderbares Gefühl drängte ihn, aufzustehen, hinzugehen und die Tür seiner Kirche zu öffnen, ganz weit, dass der Schnee hereinwehte, und sich dann in den Beichtstuhl zu setzen und zu warten.

Zu warten, worauf? Wer wusste das? Wer hätte es sagen können? Aber der Drang war so unglaublich stark, dass er sich einfach nicht verleugnen ließ.

»Was ist nur los?«, knurrte er leise, während er sich anzog. »Ich werde anscheinend verrückt. Wer will denn, wer muss um diese Zeit – und warum, zum Kuckuck, soll ich –«

Er zog sich dennoch an, ging dennoch hin, die Kirchentür zu öffnen, und stand ehrfürchtig vor dem herrlichen Kunstwerk da draußen, schöner als alle Bilder der Geschichte, einem Gobelin von Schnee, spitzendurchwirkt, der sich sanft über die Hausdächer legte und den Laternen Mützen aufsetzte und die Autos, die geduckt am Straßenrand standen und auf den Segen warteten, mit Schals umwickelte. Der Schnee legte sich auf die Trottoirs, auf seine Lider, sein Herz. Er hielt unwillkürlich den Atem an ob der launischen Pracht, dann drehte er sich um und ging, von Schnee gefolgt, und suchte Zuflucht im Beichtstuhl.

Einfaltspinsel, schalt er sich. Närrischer Alter. Mach, dass du hier *rauskommst*. Geh wieder zu Bett!

Doch dann hörte er es. Ein Geräusch an der Tür, schlurfende Schritte auf dem Steinboden und endlich ein klammes Rascheln, als jenseits der Trennwand jemand im Beichtstuhl Platz nahm. Pfarrer Mellon wartete.

»Segne mich, Vater«, flüsterte eine Männerstimme, »denn ich habe gesündigt.«

Die Bitte kam so schnell, dass Pfarrer Mellon in der ersten Verblüffung nur erwidern konnte:

»Woher *wussten* Sie überhaupt, dass die Kirche offen ist und ich hier bin?«

»Ich habe gebetet, Hochwürden«, kam leise die Antwort. »Gott hat Sie geschickt, die Kirche aufzuschließen.«

Dagegen gab es nichts zu sagen, und so saßen der alte Priester und der hartgesottene alte Sünder, der er wohl war, ein paar lange Sekunden in der Kälte, während die Uhrzeiger gen Mitternacht rückten, und endlich wiederholte der Flüchtling aus der Finsternis:

»*Segne* den Sünder, Vater!«

Doch statt der üblichen Fragen und salbungsvollen Worte lehnte sich Pfarrer Mellon, während Weihnachten in Eile durch den Schnee nahte, ans Gitter und konnte sich nicht enthalten zu sagen:

»Es muss eine schlimme Sündenlast sein, die Sie mit sich herumtragen, wenn es Sie in einer solchen Nacht hinaustreibt auf eine unmögliche Mission, die dann doch noch möglich wurde, weil Gott Sie erhört und mich aus dem Bett gejagt hat.«

»Sie ist schlimm, Hochwürden. Sie werden sehen.«

»Dann sprich, mein Sohn«, entgegnete der Priester, »bevor wir beide hier erfrieren –«

»Nun gut –«, flüsterte die wintrige Stimme hinter der dünnen Trennwand. »Es war so – vor sechzig Jahren –«

»Sechzig?!«, rief der Priester. »Schon *so* lange her?«

»Sechzig!« Eine gepeinigte Stille folgte.

»Sprich weiter«, sagte der Priester, denn er schämte sich, weil er ihn unterbrochen hatte.

»In dieser Woche, vor sechzig Jahren«, sagte die graue Stimme, »als ich zwölf war, bin ich mit meiner Großmutter zum Weihnachtseinkauf gewesen, in einem kleinen Städtchen im Osten. Wir mussten den ganzen Weg hin und zurück zu Fuß gehen. Wer hatte denn damals ein Auto? Wir gingen also zu Fuß, und als wir mit den Geschenkpaketen zurückkamen, hat meine Großmutter irgendetwas gesagt, ich habe längst vergessen, was, aber ich bin wütend geworden und ihr fortgelaufen. Ich hörte sie von weitem nach mir rufen und dann ganz furchtbar schreien, ich soll zurückkommen, zurück zu ihr, aber ich wollte nicht. Schrecklich geheult hat sie, und ich wusste, dass ich ihr weh tat, worauf ich mir ganz stark und mächtig vorkam, und ich habe gelacht und bin nur noch schneller gerannt und war lange vor ihr zu Hause, und als sie ankam, hat sie gekeucht und geweint, als wollte sie gar nicht mehr aufhören. Da habe ich mich geschämt und bin weggerannt, um mich zu verstecken …«

Lange Stille.

»War es das?«, half der Pfarrer nach.

»Es ist eine lange Liste«, klagte die Stimme hinter der dünnen Wand.

»Dann sprich weiter«, sagte der Pfarrer mit geschlossenen Augen.

»So ähnlich habe ich es dann auch mit meiner Mutter gemacht, zu Silvester. Sie hat mich geärgert, da bin ich ihr fortgelaufen. Ich hörte sie rufen und habe nur gegrinst und bin noch schneller gelaufen. Warum? O Gott, warum?«

Der Priester wusste keine Antwort.

»War es das dann?«, fragte er endlich leise und fühlte sich seltsam angerührt von dem alten Mann hinter der Trennwand.

»An einem Tag im Sommer«, sagte die Stimme, »haben mich einmal ein paar Rabauken verprügelt. Als sie fort waren, sah ich auf einem Strauch zwei Schmetterlinge in inniger Umarmung, so schön! Mir war ihr Glück verhasst. Da habe ich sie gepackt und in meiner Hand zu Pulver zerrieben. Welche Schmach, Hochwürden!«

In dem Moment wehte ein Windstoß zur Kirche herein, und beide blickten auf und sahen in der Tür ein Weihnachtsgespenst aus Schnee umherwirbeln, das zu weißem Staub zerfiel und sich über das Pflaster verteilte.

»Das Schrecklichste kommt erst noch«, sagte der alte Mann aus dem Dunkel, wo er allein mit seinem Schmerz saß. Und er fuhr fort:

»Es war wieder in der Weihnachtswoche, und ich war dreizehn, als mein Hund Bo mir weggerannt und drei Tage fortgeblieben ist. Ich liebte ihn mehr als mein Leben. Er war ein besonderer Hund, so schön und treu. Und plötzlich war er fort, und alle Schönheit mit ihm. Ich habe gewartet. Ich habe geweint und gewartet und gebetet, ich habe innerlich geschrien. Er würde nie, nie mehr wiederkommen, das wusste ich! Und siehe da, in der Heiligen Nacht, als es schneite und Schneematsch auf den Straßen lag und Eiszapfen von den Dächern hingen, da vernahm ich morgens um zwei ein Geräusch im Schlaf und erwachte davon, und dann hörte ich ihn an der Tür kratzen! Fast hätte ich mir das Genick gebrochen, so schnell war ich aus dem Bett. Ich riss die Tür auf, und da stand mein Köter, bibbernd und aufgeregt und völlig verdreckt. Mit einem Schrei habe ich ihn ins Haus gerissen, die Tür zugeschlagen, mich auf die Knie geworfen und ihn weinend umarmt. Welch ein Geschenk! Ich rief seinen Namen, immer wieder, und er weinte und jaulte und winselte mit mir vor Freude. Und plötzlich war es aus. Wissen Sie, was ich getan habe? Können Sie sich das Entsetzliche vorstellen? Ich habe ihn verprügelt. Ja, verprügelt. Mit Fäusten, Händen, Fäusten, Händen, und angeschrien habe ich ihn: ›Was fällt dir ein, mich zu verlassen, wie konntest du weglaufen, wie kannst du mir so etwas antun, wie konntest du nur, wie konntest du?!‹ Und ich habe ihn geprügelt, und geschluchzt, und geprügelt, bis ich nicht mehr konnte, weil ich sah, was ich getan hatte, und er stand nur da und ließ sich alles gefallen, als wüsste er, dass er es verdient hatte, denn er hatte mich enttäuscht, und jetzt enttäuschte ich ihn, und da ließ ich von ihm ab, in Tränen aufgelöst und halb erstickt, und packte ihn wieder und drückte ihn an mich, aber jetzt rief ich: ›Verzeih mir, Bo, bitte vergib mir! Ich habe es nicht gewollt. Bitte, Bo, verzeih …‹

Aber, Hochwürden, er konnte mir doch nicht vergeben! Wer war er denn? Ein Tier nur, ein Hund, mein Liebling. Und er hat mich mit großen dunklen Augen angesehen, dass es mir das Herz verschloss, und verschlossen ist es bis heute geblieben vor Scham. *Ich* konnte *mir* nicht vergeben! All die Jahre, immer wieder die Erinnerung an meinen Liebling und wie ich ihn enttäuscht habe, und jeden Heiligabend kommt seitdem sein Geist wieder, das ganze Jahr sonst nicht, aber jeden Heiligabend sehe ich wieder den Hund, höre die Schläge und weiß, wie ich mich versündigt habe. O Gott!«

Und schluchzend verstummte der Mann.

Endlich wagte der alte Pfarrer das Wort an ihn zu richten: »Und darum sind Sie jetzt hier?«

»Ja, Hochwürden. Ist es nicht schlimm, ist es nicht furchtbar?«

Der Pfarrer konnte nicht antworten, weil auch ihm die Tränen übers Gesicht liefen und aus unerklärlichen Gründen der Atem stockte.

»Werden Sie mir vergeben, Hochwürden?«, fragte der andere.

»Ja.«

»Wirst *du* mir vergeben, Vater?«

»Ja. Aber ich will dir zuerst etwas sagen, mein Sohn. Mir ist es auch so ergangen, als ich zehn war. Meine Eltern – natürlich. Aber dann – dann ist mein Hund, die Liebe *meines* Lebens, mir weggelaufen, hat mich einfach verlassen, und ich habe ihn gehasst dafür, und als er wiederkam, habe ich ihn genauso geherzt und geprügelt und wieder geherzt. Das habe ich bis heute Abend noch niemandem erzählt. All die Jahre habe ich die Schmach für mich behalten. Ich habe meinem Beichtvater immer alles gesagt. Aber das *nie*. Und darum –«

Stille.

»Und *darum*, Vater?«

»Ach Gott, ach Gott, guter Mann! Der Herr wird uns vergeben. Schließlich und endlich haben wir es bekannt, es ausgesprochen. Und ich, auch ich will dir vergeben. Aber abschließend –«

Der alte Pfarrer konnte nicht weitersprechen, denn die Tränen strömten ihm jetzt nur so übers Gesicht.

Der Fremde auf der anderen Seite ahnte es wohl und fragte sehr bedächtig: »Soll *ich dir* vergeben, Vater?«

Der Priester nickte stumm. Vielleicht fühlte der andere den Schatten des Nickens, denn er sagte rasch: »Nun denn – es *ist* vergeben.«

Sie saßen beide noch eine ganze Weile im Dunkeln, und wieder erschien ein Gespenst an der Tür und zerfiel zu Schnee und verwehte.

»Bevor Sie gehen«, sagte der Priester, »kommen Sie noch auf ein Glas Wein zu mir?«

Die große Uhr auf dem Platz vor der Kirche schlug Mitternacht.

»Es ist Weihnachten, Vater«, sagte die Stimme hinter der Wand.

»Die schönste Weihnacht aller Zeiten, glaube ich.«

»Die schönste.«

Der alte Priester stand auf und verließ den Beichtstuhl.

Er wartete kurz, ob sich auch auf der anderen Seite etwas bewegte.

Nichts zu hören.

Der alte Priester runzelte die Stirn, griff nach der Tür und öffnete sie, um in den Beichtstuhl zu sehen.

Nichts und niemand war darin.

Er riss den Mund auf. Schnee wehte ihm über den Nacken.

Er streckte die Hand aus und tastete in die Dunkelheit.

Der Beichtstuhl war leer.

Im Umdrehen starrte er zur Kirchentür, dann lief er hin und sah hinaus.

Schnee dämpfte die Schläge der fernen Uhren, die spät die Stunde verkündeten. Die Straßen waren menschenleer.

Als er sich wieder umdrehte, sah er den hohen Spiegel im Kircheneingang.

In dem kalten Glas spiegelte sich ein alter Mann, er selbst.

Fast ohne nachzudenken, hob er die Hand zum Segen. Das Spiegelbild tat es ihm gleich.

Da wischte der alte Pfarrer sich über die Augen, drehte sich noch ein allerletztes Mal um und ging den Wein holen.

Und draußen war Weihnachten, und Schnee, überall.

Charles Dickens

Weihnachtslied

Marley war tot, so viel vorab. Daran besteht nicht der geringste Zweifel. Der Geistliche, der Schreiber, der Totengräber und der Hauptleidtragende hatten seine Bestattung schriftlich bezeugt. Scrooge hatte es schriftlich bezeugt. Und in der Londoner City war Scrooges Name so gut wie bares Geld bei allem, was er unternahm. Der alte Marley war so tot wie ein Türnagel.

Wohlgemerkt! Ich will nicht etwa behaupten, ich wüsste aus eigener Anschauung, was an einem Türnagel besonders tot sein sollte. Persönlich könnte ich dazu neigen, einen Sargnagel für das toteste Stück Metall im ganzen Eisenwarenhandel zu halten. Aber in dem Vergleich steckt die gesammelte Weisheit unserer Vorfahren, und fern sei mir, ihn mit frevlerischen Händen anzutasten und das Vaterland in den Ruin zu stürzen. Man wird mir also gestatten, nachdrücklich zu wiederholen, dass Marley so tot war wie ein Türnagel.

Wusste Scrooge, dass er tot war? Gewiss wusste er es. Wie hätte es anders sein sollen? Scrooge und er waren seit wer weiß wie vielen Jahren Partner gewesen. Scrooge war sein einziger Testamentsvollstrecker, sein einziger Nachlassverwalter, sein einziger Rechtsnachfolger, sein einziger Erbe und Vermächtnisnehmer, sein einziger Freund und sein einziger Hinterbliebener. Und selbst Scrooge war von dem traurigen Ereignis nicht so sehr am Boden zerstört, dass er es sich als ausgezeichneter Geschäftsmann hätte nehmen lassen, noch am Tag der Beerdigung ein unstreitig gutes Geschäft abzuschließen.

Die Erwähnung von Marleys Beerdigung bringt mich zu meinem Ausgangspunkt zurück. Es besteht kein Zweifel daran, dass Marley tot war. Das muss man sich mit aller Deutlichkeit vor Augen führen, denn sonst wäre an der Geschichte, die ich erzählen will, nichts Außergewöhnliches. Wären wir nicht felsenfest davon überzeugt, dass Hamlets Vater vor Beginn des Stücks starb, wäre sein nächtliches Herumspazieren im Ostwind auf seinen eigenen Befestigungen nicht bemerkenswerter als das plötzliche Auftauchen eines beliebigen Herrn mittleren Alters nach Einbruch der Dunkelheit an einem zugigen Ort – zum Beispiel auf dem Kirchhof von St. Paul's –, um den verzagten Geist seines Sohnes buchstäblich in Furcht und Schrecken zu versetzen.

Scrooge ließ den Namen des alten Marley nie übermalen. Jahre später stand er noch über der Tür des Kontors: Scrooge & Marley. Die Firma war unter dem Namen Scrooge & Marley bekannt. Manchmal nannten Leute, die neu im Geschäft waren, Scrooge Scrooge, und manchmal Marley, aber er hörte auf beide Namen. Ihm war es einerlei.

Oh! Was für ein knausriger Schinder war dieser Scrooge! Was für ein unnachgiebiger, knickriger, wucherischer, raffgieriger, habsüchtiger, geldgieriger, geiziger alter Sünder! Hart und kalt wie Feuerstein, aus dem kein Stahl jemals einen großherzigen Funken geschlagen hatte, verschlossen und wortkarg und einsiedlerisch wie eine Auster. Die Kälte seines Inneren hatte seine alten Züge vereist, seine spitze Nase gezwickt, seine Wangen zerknittert, seinen Gang versteift, hatte seine Augen gerötet und seine dünnen Lippen blau gefärbt und gellte bissig in seiner schrillen Stimme. Frostiger Rauhreif lag auf seinem Kopf und hing in seinen Augenbrauen und an seinem hageren Kinn. Die eigene niedrige Temperatur trug er immer mit sich herum; an den Hundstagen kühlte er sein Büro damit; und zu Weihnachten taute er es um keinen einzigen Grad auf.

Äußerliche Hitze und Kälte hatten wenig Einfluss auf Scrooge. Keine Wärme konnte ihn wärmen, keine Winterkälte konnte ihn abkühlen. Kein Wind war so beißend, kein Schneefall so unbeirrbar, kein prasselnder Regen so abweisend wie er. Garstiges Wetter konnte ihm nichts anhaben. Der unbarmherzigste Regen, Schnee, Hagel und Schneeregen konnten sich nur in einer Hinsicht brüsten, ihm überlegen zu sein: Sie zeigten sich oft verschwenderisch, und das tat Scrooge nie.

Niemand hielt ihn auf der Straße an und sagte freudig: »Mein lieber Scrooge, wie geht es Ihnen? Wann werden Sie mich besuchen?« Kein Bettler flehte ihn um eine kleine Gabe an, kein Kind fragte ihn nach der Uhrzeit, kein Mann und keine Frau hatten sich bei ihm auch nur ein einziges Mal in seinem Leben nach dem Weg zu diesem oder jenem Ort erkundigt. Sogar die Blindenhunde schienen Scrooge zu kennen; denn wenn sie ihn kommen sahen, zerrten sie ihren Schutzbefohlenen in Eingänge und Hinterhöfe und wedelten dabei mit dem Schwanz, als wollten sie sagen: »Lieber kein sehendes Auge haben als den bösen Blick, blinder Herr!«

Aber was scherte das Scrooge? Es kam ihm gerade zupass. Sich an den Rand des Menschengewühls und seiner Lebenswege zu drücken und sich jegliche menschliche Anteilnahme vom Leib zu halten, das war für Scrooge, was Schlauköpfe »kapital« nennen.

Vor langer, langer Zeit – es war ausgerechnet Heiligabend – saß Scrooge in seinem Kontor und arbeitete. Das Wetter war kalt, düster, beißend, neblig obendrein, und er hörte, wie die Leute in dem Hof draußen hin und her gingen und schnieften und sich mit den Händen an die Brust klopften und auf das Pflaster stampften, um sich die Füße zu wärmen. Die Uhren in der City hatten eben erst drei geschlagen, doch es war schon fast dunkel; es war den ganzen Tag nicht recht hell geworden; und in den Büroräumen ringsum flackerten Kerzen wie rötliche Schlieren in der dicken braunen Luft. Durch jede Spalte und jedes Schlüsselloch drang der Nebel herein, und draußen war er so dicht, dass die Häuser gegenüber bloße Phantome waren, obwohl der Hof kaum enger hätte sein können. Wenn man sah, wie die schmutzige Wolke sich schwer herabsenkte und alles verdüsterte, hätte man meinen können, Mutter Natur wohnte nebenan und braute in großem Maßstab.

Die Tür von Scrooges Kontor stand offen, damit er seinen Schreiber im Auge behalten konnte, der in einer trostlosen kleinen Zelle hinter dem Büro, einer Art Käfig, Briefe abschrieb. Scrooge hatte ein sehr kleines Feuer, doch das Feuer des Schreibers war noch viel kleiner, so dass es aussah wie eine einzige Kohle. Er konnte jedoch nichts nachlegen, denn die Kohlenkiste stand in Scrooges Zimmer; und jedes Mal, wenn der Schreiber mit der Kohlenschaufel hereinkam, drohte Scrooge ihm unweigerlich mit baldiger Kündigung. Woraufhin der Schreiber sich seinen weißen Wollschal um den Hals schlang und sich an der Kerze zu wärmen versuchte, was ihm nicht gelingen wollte, da er über keine lebhafte Phantasie gebot.

»Frohe Weihnachten, Onkel! Gott segne dich!«, rief eine fröhliche Stimme. Es war die Stimme von Scrooges Neffen, der so rasch hereingekommen war, dass Scrooge es gar nicht bemerkt hatte.

»Pah!«, sagte Scrooge. »Unfug!«

Scrooges Neffe war vom schnellen Gehen in Nebel und Frost so erhitzt, dass er geradezu glühte; sein Gesicht war gerötet und erfreulich anzusehen; seine Augen funkelten, und sein Atem erzeugte Rauchwölkchen.

»Weihnachten Unfug, Onkel!«, sagte Scrooges Neffe. »Das ist doch gewiss nicht dein Ernst.«

»O doch«, sagte Scrooge. »Frohe Weihnachten! Welches Recht hast du, froh zu sein? Welchen Grund hast du, froh zu sein? Du bist schließlich arm.«

»Wohlan denn«, erwiderte der Neffe gutgelaunt. »Welches Recht hast du, Trübsal zu blasen? Welchen Grund hast du, sauertöpfisch zu sein? Du bist schließlich reich.«

Da Scrooge nicht sogleich eine Antwort zur Hand hatte, sagte er noch einmal »Pah!«, und fügte hinzu: »Unfug.«

»Sei nicht verdrießlich, Onkel«, sagte der Neffe.

»Was soll ich sonst sein«, erwiderte der Onkel, »wenn ich in einer solchen Welt der Narren leben muss? Frohe Weihnachten! Pfui Schande, frohe Weihnachten! Was ist die Weihnachtszeit für dich anderes als eine Zeit, wo du Rechnungen ohne Geld begleichst, eine Zeit, wo du dich ein Jahr älter und keine Stunde reicher weißt, eine Zeit, wo du Bilanz ziehst und jeder einzelne Posten in deinen Rechnungsbüchern ganze zwölf Monate hindurch unfehlbar zu deinen Ungunsten ausfällt? Wenn es nach mir ginge«, sagte Scrooge ungehalten, »sollte jeder Schwachkopf, der ›Frohe Weihnachten‹ ruft, zusammen mit seinem eigenen Pudding gekocht und mit einem Stechpalmenzweig als Pflock im Herzen begraben werden. Jawohl!«

»Onkel!«, flehte der Neffe.

»Neffe!«, erwiderte der Onkel unerbittlich. »Feiere Weihnachten auf deine Weise, und lass es mich auf meine Weise feiern.«

»Feiern?«, wiederholte Scrooges Neffe. »Aber das tust du ja nicht.«

»Dann lass ich es eben bleiben«, sagte Scrooge. »Und dir wünsche ich alles Gute. Wie es dir dein Weihnachten all die Jahre beschert hat.«

»Gewiss gibt es viele Dinge, die mir Gutes hätten bescheren können und die ich nicht zu nutzen verstand«, erwiderte der Neffe, »darunter auch Weihnachten. Aber ich bin überzeugt, dass die Weihnachtszeit und das Christfest für mich noch jedes Jahr – abgesehen von der Verehrung, die dem heiligen Namen und dem Ursprung des Brauchtums gebührt, sofern man davon überhaupt absehen kann – immer eine gute Zeit war: eine Zeit der Nächstenliebe, des Verzeihens, der Barmherzigkeit und der Freude, die einzige Zeit, die ich im langen Kalender des Jahres kenne, zu der Männer und Frauen einmütig ihre verschlossenen Herzen weit zu öffnen und der Leute unterhalb ihrer zu gedenken scheinen, als wären sie wahrhaftig Mitreisende auf dem

Weg zum Grab und nicht eine andere Gattung von Geschöpfen auf einer anderen Reise. Und deshalb, Onkel, glaube ich, dass Weihnachten mir Gutes beschert hat und mir Gutes bescheren wird, auch wenn ich darum kein bisschen mehr Gold oder Silber in der Tasche habe; und ich sage: Gott segne es!«

Der Schreiber in dem Käfig klatschte unwillkürlich Beifall, wurde sich der Ungehörigkeit seines Tuns sogleich gewahr und schürte das Feuer, womit er den letzten schwachen Funken für immer löschte.

»Wenn ich noch einen Ton von *Ihnen höre*«, sagte Scrooge, »werden Sie zur Feier des Festtages umgehend Ihre Stellung verlieren. Du bist ja ein gewaltiger Redner, junger Mann«, fügte er an die Adresse seines Neffen hinzu. »Wie geschaffen für das Parlament.«

»Sei nicht so missmutig, Onkel. Komm! Besuche uns morgen zum Abendessen!«

Scrooge sagte, bevor er das tue, wolle er ihn lieber – ja, das tat er wirklich. Die ganze Wendung mit allen Worten, und er sagte, lieber wolle er ihn vorher in dieser mehr als misslichen Lage sehen.

»Aber warum?«, rief Scrooges Neffe. »Warum?«

»Warum hast du geheiratet?«, fragte Scrooge.

»Weil ich mich verliebt habe.«

»Weil du dich verliebt hast!«, knurrte Scrooge, als wäre das die einzige Sache auf der Welt, die noch abgeschmackter war als frohe Weihnachten. »Guten Tag!«

»Komm schon, Onkel, vor meiner Heirat hast du mich doch auch nie besucht. Warum soll sie der Grund sein, dass du diesmal nicht kommen willst?«

»Guten Tag«, sagte Scrooge.

»Ich will nichts von dir; ich bitte dich um nichts; warum können wir nicht Freunde sein?«

»Guten Tag«, sagte Scrooge.

»Ich bedaure von ganzem Herzen, dass ich dich nicht umstimmen kann. Wir hatten nie Streit miteinander. Aber ich habe zur Ehre des Weihnachtsfests diesen Versuch unternommen, und meine weihnachtliche Gesinnung werde ich bis zuletzt beibehalten. Und deshalb frohe Weihnachten!«

»Guten Tag!«, sagte Scrooge.

»Und ein glückliches neues Jahr!«

»Guten Tag!«, sagte Scrooge.

Sein Neffe verließ den Raum dennoch ohne ein böses Wort. An der Tür des Kontors blieb er stehen, um dem Schreiber frohe Weihnachten zu wünschen; und obwohl dem Schreiber noch so kalt sein mochte, war sein Herz wärmer als Scrooges, denn er erwiderte die guten Wünsche voller Herzlichkeit.

»Das ist noch so einer«, brummte Scrooge, der mithörte; »mein Schreiber – verdient fünfzehn Shilling die Woche, hat Frau und Familie und faselt von einem frohen Weihnachtsfest. Das bringt mich bald ins Tollhaus.«

Als der Irrenhäusler im Vorraum Scrooges Neffen hinausgelassen hatte, waren zwei andere Leute hereingeschlüpft. Es waren stattliche Herren, erfreulich anzusehen, die nun barhäuptig in Scrooges Büro standen. Sie hielten Bücher und Papiere in Händen und verneigten sich.

»Scrooge und Marley, wenn ich nicht irre«, sagte einer der beiden und warf einen Blick auf seine Liste. »Habe ich das Vergnügen mit Mr. Scrooge oder mit Mr. Marley?«

»Mr. Marley ist seit sieben Jahren tot«, erwiderte Scrooge. »Er ist heute auf den Tag vor sieben Jahren gestorben.«

»Wir bezweifeln nicht, dass seine Freigebigkeit von seinem überlebenden Partner fortgesetzt wird«, sagte der Herr und überreichte seine Empfehlungsschreiben.

Seine Worte trafen zweifellos zu, denn die Firmenpartner waren beide vom gleichen Schlag gewesen. Als er das ominöse Wort »Freigebigkeit« hörte, runzelte Scrooge die Stirn, schüttelte den Kopf und gab dem Herrn seine Empfehlungsschreiben zurück.

»Zu dieser festlichen Jahreszeit, Mr. Scrooge«, sagte der Herr und nahm einen Stift in die Hand, »ist es noch wünschenswerter als sonst, dass wir das Los der Armen und Mittellosen ein wenig lindern, denn sie leiden gegenwärtig große Not. Viele Tausende entbehren das Nötigste, und Hunderttausende entbehren die einfachsten Dinge, Sir.«

»Gibt es keine Gefängnisse?«, fragte Scrooge.

»Es gibt viele«, sagte der Gentleman und legte den Stift hin.

»Und die Armenhäuser?«, fragte Scrooge. »Sind sie noch in Betrieb?«

»Sie sind es. Aber«, erwiderte der Herr, »ich wünschte, ich könnte sagen, sie wären es nicht.«

»Tretmühle und Zwangsarbeit sind also nicht abgeschafft?«, sagte Scrooge.

»Das Gegenteil ist der Fall, Sir.«

»Aha! Was Sie vorhin sagten, ließ mich befürchten, diese nützlichen Einrichtungen seien versehentlich abgeschafft worden«, sagte Scrooge. »Ich bin sehr froh, dass dem nicht so ist.«

»Unter dem Eindruck, dass diese Anstalten dem niederen Volk nicht unbedingt christlichen Trost für Leib oder Seele spenden«, erwiderte der Herr, »sind einige von uns bestrebt, Spenden zu sammeln, um den Armen Speise und Trank und Heizmaterial zu kaufen. Wir haben diese Zeit gewählt, weil in der Weihnachtszeit die Not als besonders bitter empfunden wird und zugleich der Überfluss frohlockt. Welchen Betrag darf ich auf Ihren Namen verzeichnen?«

»Gar keinen!«, erwiderte Scrooge.

»Sie wünschen, anonym zu bleiben?«

»Ich wünsche, in Ruhe gelassen zu werden«, sagte Scrooge. »Da Sie mich fragen, was ich wünsche, Gentlemen, ist das meine Antwort. Ich treibe zu Weihnachten kein Allotria, und ich kann es mir nicht leisten, Tagedieben dazu zu verhelfen. Ich helfe, die Einrichtungen zu unterhalten, die ich erwähnte; sie sind kostspielig genug; und wer in Not ist, muss sich dorthin bequemen.«

»Viele können es nicht; und viele würden lieber sterben.«

»Wenn sie lieber sterben wollen«, sagte Scrooge, »dann hindert sie niemand, es zu tun und die überschüssige Bevölkerung zu vermindern. Im Übrigen – Sie müssen entschuldigen – ist mir das unbekannt.«

»Es könnte Ihnen aber bekannt sein«, bemerkte der Herr.

»Es geht mich nichts an«, erwiderte Scrooge. »Unsereins hat genug damit zu tun, seine eigenen Angelegenheiten zu verstehen und sich nicht in die anderer Leute einzumischen. Meine Angelegenheiten nehmen mich zur Gänze in Anspruch. Guten Tag, meine Herren!«

Die Herren begriffen, dass es aussichtslos war zu beharren, und gingen. Scrooge machte sich wieder an die Arbeit, sehr zufrieden mit sich selbst und gehobenerer Laune als üblich.

Unterdessen verdichteten Nebel und Dunkelheit sich so sehr, dass Leute mit brennenden Fackeln unterwegs waren und ihre Dienste anboten, den Kutschpferden zu leuchten und ihnen den Weg zu zeigen. Der alte Kirchturm, dessen grimmige alte Glocke durch ein Spitzbogenfenster in der Wand immer hinterhältig zu Scrooge hinunterspähte, wurde unsichtbar und schlug die Stunden und Viertelstunden in den Wolken mit bebendem Nachhall, als klapperte er in seinem eisigen Kopf dort oben mit den Zähnen. Die Kälte wurde durchdringend. Auf der Hauptstraße, an der Hofecke, reparierten Arbeiter die Gasleitungen, und sie hatten in einem Kohlenbecken ein großes Feuer entfacht, um das herum sich eine Gruppe zerlumpter Männer und Jungen versammelt hatte, die sich die Hände wärmten und verzückt in die Glut zwinkerten. Die Wasserpumpe war vereinsamt, und ihr Tropfwasser gefror trotzig zu misanthropischem Eis. Die Festbeleuchtung der Läden, in deren Schaufenstern Stechpalmenzweige und -beeren in der Wärme der Lampen knisterten, warf einen rötlichen Schein auf die bleichen Gesichter der Passanten. Das Gewerbe der Geflügelhändler und der Krämer wurde zu einem hellen Vergnügen: einem herrlichen Schauspiel, das es schier unmöglich machte zu glauben, so nüchterne Vorgänge wie Kauf und Verkauf könnten etwas damit zu tun haben. Der Lord Mayor von London in der Trutzburg des mächtigen Mansion House gab seinen fünfzig Köchen und Hausdienern Anweisung, eine Weihnachtsfeier auszurichten, wie es dem Haushalt eines Lord Mayor gebührte; und selbst der kleine

Schneider, dem der Lord Mayor am Montag zuvor eine Geldbuße von fünf Shilling auferlegt hatte, weil dieser sich auf der Straße betrunken und blutrünstig aufgeführt hatte, rührte in seiner Dachstube den Pudding für den kommenden Tag, während seine magere Frau sich mit dem Baby aufmachte, um das Rindfleisch zu kaufen.

Noch nebliger und kälter! Schneidend, stechend, beißend kalt. Hätte der gute Sankt Dunstan die Nase des bösen Feindes mit ein wenig solchen Wetters gezwickt, statt seine gewohnten Waffen zu benutzen, dann hätte dieser weiß Gott laut gebrüllt. Der Besitzer einer kümmerlichen jungen Nase, von der hungrigen Kälte benagt und zerbissen wie ein Knochen, an dem ein Hund nagt, bückte sich zu Scrooges Schlüsselloch, um ihn mit einem Weihnachtslied zu erfreuen, doch bei den ersten Tönen von

God bless you merry gentleman!
May nothing you dismay!

griff Scrooge so energisch nach seinem Lineal, dass der Sänger in Todesangst entfloh und das Schlüsselloch dem Nebel und Scrooges noch engerem Geistesverwandten, dem Frost, überließ.

Schließlich kam die Stunde, zu der das Kontor geschlossen wurde. Widerwillig stieg Scrooge von seinem Hocker und gab damit dem Schreiber in seinem Käfig wortlos zu verstehen, worauf dieser nur gewartet hatte, denn wie der Blitz löschte er seine Kerze und setzte seinen Hut auf.

»Sie wollen morgen den ganzen Tag frei haben, nehme ich an?«, sagte Scrooge.

»Wenn genehm, Sir.«

»Es ist nicht genehm«, sagte Scrooge, »und es ist nicht

fair. Wenn ich Ihnen dafür fünf Shilling vom Lohn abzöge, würden Sie das vermutlich nicht in Ordnung finden, oder?«

Der Schreiber lächelte verzagt.

»Aber ich«, sagte Scrooge, »soll mich damit abfinden, Ihnen einen Tageslohn zu zahlen, obwohl Sie nicht zur Arbeit kommen.«

Der Schreiber bemerkte, dass das ja nur einmal im Jahr vorkomme.

»Eine erbärmliche Ausrede dafür, einem anderen jeden fünfundzwanzigsten Dezember in die Tasche zu greifen!«, sagte Scrooge, während er seinen Übermantel bis zum Kinn zuknöpfte. »Aber ich nehme an, Sie bestehen darauf, den ganzen Tag zu bekommen. Seien Sie am Morgen darauf umso zeitiger wieder da!«

Das versprach der Schreiber; und Scrooge ging mit einem Knurren hinaus. Das Kontor war im Handumdrehen zugesperrt, und der Schreiber, dem die Enden seines weißen Schals um die Beine baumelten (denn einen Übermantel nannte er nicht sein Eigen), schlitterte am Ende von Cornhill hinter einer Reihe von Jungen eine Rutschbahn hinunter, zwanzig Mal hintereinander, zu Ehren von Heiligabend, und lief dann, so schnell ihn die Beine trugen, nach Camden Town, um zu Hause Blindekuh zu spielen.

Scrooge nahm sein freudloses Nachtmahl in dem gewohnten freudlosen Wirtshaus ein; und nachdem er alle Zeitungen gelesen hatte und sich den Rest des Abends mit seinem Kontobuch versüßt hatte, ging er nach Hause, um sich zu Bett zu begeben. Er wohnte in Räumlichkeiten, die früher seinem verstorbenen Partner gehört hatten. Es war eine düstere Wohnung in einem finsteren hohen Gebäude am Ende eines Hofs, wo es so wenig zu suchen hatte, dass man sich des Eindrucks nicht erwehren konnte, es hätte sich beim Versteckspielen mit anderen Häusern dorthin verirrt, als es noch jung war, und später nicht mehr hinausgefunden. Inzwischen war es alt und trübselig geworden, denn außer Scrooge bewohnte es niemand, und die anderen Räume waren als Büros vermietet. In dem Hof war es so finster, dass selbst Scrooge, der jeden Stein kannte, sich genötigt fand, sich mit den Händen vorwärtszutasten. Nebel und Frost hingen so undurchdringlich in dem schwarzen alten Eingang des Gebäudes, dass es aussah, als säße der Wettergott in kummervollem Brüten auf der Schwelle.

Unstreitig ist nun, dass an dem Türklopfer überhaupt nichts Besonderes war, abgesehen davon, dass er sehr groß war. Ebenso unstreitig ist, dass Scrooge ihn beim Kommen und Gehen abends und morgens dort vorzufinden pflegte, und nicht minder unstreitig ist, dass Scrooge so wenig von dem besaß, was man gemeinhin Phantasie nennt, wie irgendjemand sonst in der ganzen City von London, eingeschlossen sogar – und das will wahrhaftig etwas heißen – Stadtbehörde, Ratsherren und Gilden. Obendrein hatte Scrooge keinen Gedanken an Marley verschwendet, seit er am Nachmittag seinen vor sieben Jahren verstorbenen Partner erwähnt hatte. Angesichts all dessen soll man mir bitte einmal erklären – so man es denn kann –, wie es kam, dass Scrooge, als er den Schlüssel in das Türschloss steckte, in dem Türklopfer, ohne dass dieser irgendeine Verwandlung durchgemacht hätte, keinen Türklopfer erblickte, sondern Marleys Gesicht.

Marleys Gesicht. Es lag nicht in undurchdringlichem

Schatten wie die anderen Gegenstände in diesem Hof, sondern war von einem trüben Licht umgeben wie ein verdorbener Hummer in einem dunklen Keller. Es war nicht zornig oder grimmig, sondern sah Scrooge an, wie Marley ihn früher angesehen hatte, die gespenstische Brille auf die gespenstische Stirn hochgeschoben. Die Haare waren merkwürdig bewegt wie durch einen Atemhauch oder heiße Luft; dafür waren die Augen zwar weit aufgerissen, aber völlig unbewegt. Das und die fahle Hautfarbe verliehen dem Gesicht etwas Schreckliches, doch der Schrecken schien unabhängig von ihm und außerhalb seines Einflusses zu bestehen und nicht Teil seines Ausdrucks zu sein.

Als Scrooge den Blick fest auf diese Erscheinung gerichtet hielt, war sie plötzlich wieder ein Türklopfer.

Es wäre nicht redlich zu behaupten, er wäre nicht erschrocken oder sein Inneres wäre nicht von einem Grauen ergriffen worden, wie es Scrooge nicht einmal als Kind erlebt hatte. Doch er führte die Hand zu dem Schlüssel, den er losgelassen hatte, drehte ihn mit festem Griff, trat ein und entzündete die Kerze.

Er hielt inne und zögerte für einen Augenblick, bevor er die Tür schloss; er blickte zuerst vorsichtig hinter die Tür, als befürchtete er, dort Marleys Zopf in den Flur hängen zu sehen. Doch an der Rückseite der Tür war nichts weiter zu sehen als die Schrauben und Nüsse, mit denen der Klopfer befestigt war; und deshalb sagte Scrooge: »Pah, pah!« und schloss die Tür mit einem lauten Knall.

Der Knall dröhnte im Haus wie Donnerhall. Jedes Zimmer im Obergeschoss und jedes Fass im Keller des Weinhändlers schien eine eigene Salve von Echos abzufeuern.

Scrooge gehörte nicht zu denen, die sich vor Echos fürchten. Er sperrte die Tür ab und ging durch den Flur und die Treppe hinauf, ganz langsam, und putzte dabei die Kerze.

Natürlich gibt es die Redensart von der sechsspännigen Kutsche, mit der man eine solide alte Treppe hinauf- oder durch einen löcherigen jungen Parlamentsbeschluss hindurchfahren könnte, aber ich will allen Ernstes behaupten, dass man einen Leichenwagen diese Treppe hätte hinaufbugsieren können und zwar quer, mit dem Achsholz zur Wand und der Wagentür zum Treppengeländer, ohne die geringsten Schwierigkeiten. Dafür wäre die Treppe breit genug gewesen, und es wäre noch Platz übrig geblieben; was vielleicht der Grund dafür ist, dass es Scrooge scheinen wollte, als sähe er in der Düsternis einen Leichenwagen, der vor ihm die Treppe hinaufschwebte. Nicht einmal ein halbes Dutzend Straßenlaternen hätte den Eingang hell beleuchten können; man kann sich also denken, wie finster es dort mit Scrooges Talglicht war.

Scrooge stieg nach oben, ohne sich einen Deut darum zu scheren, denn Dunkelheit ist billig, und Scrooge war es zufrieden. Doch bevor er seine schwere Tür schloss, ging er durch seine Räume, um sich zu vergewissern, dass alles an seinem Platz war. Die Erinnerung an das Gesicht ließ ihm dies ratsam erscheinen.

Wohnzimmer, Schlafzimmer, Rumpelkammer. Alles, wie es sich gehörte. Niemand unter dem Tisch, niemand unter dem Sofa; ein kleines Feuer in dem Kamin; Löffel und Schüssel bereit; und das Töpfchen mit dünnem Haferbrei (Scrooge war erkältet) wartete auf dem Kaminvorsprung. Niemand unter dem Bett; niemand in der Ankleidekammer;

niemand in Scrooges Schlafrock, der in verdächtiger Haltung an der Wand hing. Rumpelkammer wie gewohnt. Altes Feuergitter, alte Schuhe, zwei Fischkörbe, dreibeiniger Waschtisch und ein Schürhaken.

Recht zufrieden schloss er die Tür und sperrte sich ein; sperrte sich mit doppeltem Umdrehen des Schlüssels ein, was nicht seine Art war. So gegen Überraschungen gewappnet, nahm er seine Halsbinde ab, schlüpfte in Schlafrock und Schlappen und Nachtmütze und setzte sich vor das Feuer, um seinen Haferbrei zu essen.

Es war in der Tat ein sehr bescheidenes Feuer, so gut wie nichts in einer so bitterkalten Nacht. Er musste sich ganz nah setzen, ja fast hineinsetzen, um auch nur den geringsten Eindruck von Wärme aus der kleinen Handvoll Brennstoff zu gewinnen. Es war ein alter Kamin, vor langer Zeit von einem holländischen Händler errichtet und rundherum mit wunderlichen holländischen Kacheln verkleidet, auf denen die Heilige Schrift dargestellt war. Da gab es Kains und Abels, die Töchter des Pharao, Königinnen von Saba, Engelsboten, die auf Wolken wie Federbetten durch die Lüfte herabstiegen, Abrahams, Belsazars, Apostel, die in Saucieren in See stachen, hunderte Gestalten, die seine Gedanken beschäftigen konnten; und dennoch erschien das Gesicht Marleys, der seit sieben Jahren tot war, wie der Stab des Propheten und verschlang das alles. Hätte man die Bilder von diesen glatten Kacheln wegwischen und durch die verstreuten Bruchstücke seiner Gedanken ersetzen können, dann wäre auf jeder von ihnen ein Abbild des Kopfs des alten Marley erschienen.

»Unfug!«, sagte Scrooge und ging im Zimmer auf und ab.

Nach mehreren Runden setzte er sich wieder. Als er im Sessel den Kopf zurücklegte, fiel sein Blick zufällig auf eine Klingel, die im Zimmer hing und nicht mehr in Gebrauch war und die aus einem längst vergessenen Grund mit einem Zimmer im obersten Stockwerk des Gebäudes in Verbindung stand. Mit großem Erstaunen und mit einer seltsamen, unerklärlichen Furcht sah er, wie diese Klingel hin und her zu pendeln begann. Anfangs pendelte sie so langsam, dass sie fast unhörbar blieb; doch bald ertönte sie laut, und alle Klingeln im Haus schlossen sich an.

Das mochte eine halbe oder eine ganze Minute gewährt haben, aber es kam ihm vor wie eine Stunde. Das Geklingel verstummte, wie es begonnen hatte: auf einen Schlag. Dann erfolgte ein klirrendes Geräusch von tief unten, ein Geräusch, als zerrte jemand eine schwere Kette über die Fässer im Keller des Weinhändlers. Daraufhin erinnerte Scrooge sich daran, gehört zu haben, dass Gespenster in verwunschenen Häusern Ketten mit sich schleppen sollten.

Die Kellertür wurde mit lautem Dröhnen aufgestoßen, und dann hörte er das Geräusch viel lauter im unteren Stockwerk; dann kam es die Treppe hoch; und dann kam es geradewegs auf seine Tür zu.

»Es ist und bleibt Unfug!«, sagte Scrooge. »Das glaube ich einfach nicht.« Dennoch erbleichte er, als es ohne Einhalt durch die schwere Tür hereinkam und in das Zimmer und bis vor seine Augen gelangte. Als es eintrat, zuckte die erlöschende Kerzenflamme auf, als riefe sie: »Ich kenne ihn! Marleys Geist!«, und fiel wieder in sich zusammen.

Dasselbe Gesicht, ohne Abstriche. Marley mit seinem Zopf, seiner üblichen Weste, seinen engen Hosen und seinen

Stiefeln; die Troddeln an seinen Stiefeln standen ab wie sein Zopf und seine Rockschöße und die Haare auf seinem Kopf. Die Kette, die er mitschleppte, war um seine Taille geschlungen. Sie war lang und wand sich um ihn herum wie ein Schwanz; und sie bestand (wie Scrooge bemerkte) aus Geldkassetten, Schlüsseln, Vorhängeschlössern, Rechnungsbüchern, Urkunden und schweren stählernen Sparbüchsen. Sein Körper war durchsichtig; und Scrooge, der ihn ansah, konnte durch seine Weste hindurch die zwei Knöpfe an der Rückseite seines Rocks sehen.

Scrooge hatte oft sagen hören, Marley habe kein Herz im Leibe, aber bis zu dieser Stunde hatte er das nicht geglaubt.

Und selbst jetzt glaubte er es nicht. Obwohl er das Phantom durchdringend betrachtete und sah, wie es vor ihm stand, obwohl er die frösteln machende Wirkung seiner todeskalten Augen spürte und sogar gewahrte, aus welchem Stoff das gefaltete Taschentuch bestand, das um Kopf und Kinn der Erscheinung gebunden war und das ihm zuerst nicht aufgefallen war, blieb er noch immer skeptisch und wehrte sich gegen seine Sinneswahrnehmung.

»Was soll das?«, sagte Scrooge brüsk und kalt wie immer. »Was willst du von mir?«

»Viel!« Das war Marleys Stimme, ganz ohne Zweifel.

»Wer bist du?«

»Frag mich, wer ich war.«

»Und wer *warst du*?«, sagte Scrooge etwas lauter. »Du siehst eigenartig aus – so anders.« Er war im Begriff gewesen zu sagen: *»wie ein Gespenst«*, und hatte im letzten Augenblick zu der unverfänglicheren Formulierung gegriffen.

»Im Leben war ich dein Partner Jacob Marley.«

»Kannst du – kannst du dich hinsetzen?«, fragte Scrooge mit zweifelndem Blick.

»Das kann ich.«

»Dann tu es.«

Scrooge fragte das, weil er nicht wusste, ob ein so durchsichtiger Geist in der Lage wäre, sich auf einen Stuhl zu setzen; und er dachte sich, falls dies unmöglich wäre, könnte es eine unangenehme Erklärung erforderlich machen. Aber der Geist nahm auf der anderen Seite des Kamins Platz, als täte er das alle Tage.

»Du glaubst nicht an mich«, bemerkte der Geist.

»So ist es«, sagte Scrooge.

»Welchen Beweis meines Vorhandenseins verlangst du über das Zeugnis deiner Sinne hinaus?«

»Das weiß ich nicht«, sagte Scrooge.

»Warum traust du deinen Sinnen nicht?«

»Weil Kleinigkeiten«, sagte Scrooge, »ihnen die Fassung rauben können. Eine kleine Magenverstimmung macht sie zu Betrügern. Du magst ein unverdautes Stück Rindfleisch sein, ein Klecks Senf, ein Krümel Käse, ein Stückchen halbgare Kartoffel. An dir ist mehr Magenbeschwerde als Graberde, was du auch sein magst!«

Scrooge war im Allgemeinen kein Scherzbold, und in diesem Augenblick war ihm in seinem Inneren alles andere als nach Scherzen zumute. In Wahrheit verhielt es sich so, dass er sich keck gab, um seine Anspannung und sein Entsetzen zu bändigen, denn die Stimme des Phantoms ging ihm schaurig durch Mark und Bein.

Auch nur einen Augenblick schweigend dazusitzen und diese unbeweglichen, glasigen Augen anzustarren, würde ihn vollends um den Verstand bringen, dachte sich Scrooge. Grauenhaft war auch die eigene Höllenatmosphäre, in der das Gespenst sich bewegte. Spüren konnte Scrooge sie nicht, aber vorhanden war sie zweifellos, denn obwohl der Geist völlig reglos dasaß, wehten seine Haare und seine Troddeln und seine Rockschöße wie im heißen Dunst eines Ofens.

»Siehst du diesen Zahnstocher?«, sagte Scrooge, der aus dem soeben erwähnten Grund schnell wieder die Initiative ergriff – er wollte den steinernen Blick der Erscheinung von sich ablenken, sei es auch nur für die Dauer einer Sekunde.

»Ich sehe ihn«, erwiderte der Geist.

»Du siehst aber nicht hin«, sagte Scrooge.

»Dennoch«, sagte der Geist, »sehe ich ihn.«

»Nun gut!«, erwiderte Scrooge. »Den muss ich nur verschlucken, um bis an das Ende meiner Tage von einer Legion Kobolde verfolgt zu werden, die ich ganz allein erschaffen habe. Unfug, sage ich dir – Unfug!«

Auf diese Worte hin stieß der Geist einen markerschütternden Schrei aus und schüttelte seine Kette mit einem so schrecklichen und grauenhaften Geräusch, dass Scrooge sich an seinem Sessel festhalten musste, um nicht ohnmächtig zu Boden zu stürzen. Doch um wie viel größer war sein Entsetzen, als das Phantom die Binde abnahm, die um seinen Kopf gewickelt war, als wäre sie zu warm, um im Haus getragen zu werden, und ihm der Unterkiefer auf die Brust klappte!

Scrooge fiel auf die Knie und schlug sich die Hände vor das Gesicht.

»Erbarmen!«, rief er. »Schreckliche Erscheinung, warum quälst du mich?«

»Weltlich gesinnter Mann!«, erwiderte der Geist, »glaubst du an mich oder nicht?«

»Ich glaube«, sagte Scrooge. »Ich muss es. Aber warum wandeln Geister auf der Erde, und warum suchen sie mich heim?«

»Jedem Menschen ist auferlegt«, erwiderte der Geist, »dass der Geist, der ihm innewohnt, sich unter seine Mitmenschen begibt und weit herumreist; und wenn sein Geist dies zu Lebzeiten versäumt hat, dann ist er dazu verdammt, es nach dem Tod zu tun. Er ist dazu verurteilt, durch die Welt zu wandern – oh, weh mir! – und mit anzusehen, woran er nicht teilhaben kann, woran er aber im Leben hätte teilhaben und daraus Glück hätte gewinnen können!«

Wieder stieß das Gespenst einen Schrei aus und schüttelte seine Kette und rang seine schemenhaften Hände.

»Du bist gefesselt«, sagte Scrooge zitternd. »Sag mir, warum.«

»Ich trage die Kette, die ich zu Lebzeiten geschmiedet habe«, erwiderte der Geist. »Ich habe sie Glied um Glied und Elle um Elle geschmiedet; ich habe sie aus freien Stücken angelegt und habe sie aus freien Stücken getragen. Kommt ihr Muster dir etwa unbekannt vor?«

Scrooge zitterte immer mehr.

»Oder sind dir vielleicht«, fuhr der Geist fort, »Gewicht und Länge der dicken Kette bekannt, die du selbst trägst? Vor sieben Weihnachtsabenden war sie genauso schwer und lang wie diese. Seitdem hast du an ihr weitergearbeitet. Es ist eine gewaltige Kette!«

Unwillkürlich suchte Scrooge mit dem Blick den Fußboden ab, als befürchtete er, von einer fünfzig bis sechzig

Klafter langen Eisenkette umgeben zu sein, doch er konnte nichts finden.

»Jacob«, sagte er flehend. »Alter Jacob Marley, erzähl mir noch mehr. Sprich mir Trost zu, Jacob.«

»Ich habe keinen Trost zu spenden«, erwiderte der Geist. »Trost kommt aus anderen Regionen, Ebenezer Scrooge, und wird anderen Menschen als dir von anderen Mittlern als mir überbracht. Und ebenso wenig kann ich dir alles erzählen, was ich gerne erzählen würde. Nur mehr wenig Zeit ist mir vergönnt. Ich darf nirgends rasten, bleiben, oder verweilen. Nie hat mein Geist sich über unser Kontor hinausbewegt – bedenke es wohl! –, nie hat mein Geist zeit meines Lebens das enge Loch unserer Wechselstube verlassen; und beschwerlich sind die Wege, die ich wandeln muss!«

Scrooge hatte die Angewohnheit, die Hände in die Hosentaschen zu stecken, wenn er nachdachte. Als er erwog, was der Geist gesagt hatte, tat er dies nun, doch ohne aufzustehen oder den Blick zu heben.

»Da hast du es wohl sehr langsam angehen lassen, Jacob«, bemerkte Scrooge in recht sachlichem Ton, wenngleich demütig und ehrerbietig.

»Langsam!«, wiederholte der Geist.

»Seit sieben Jahren tot«, sagte Scrooge nachdenklich. »Und die ganze Zeit unterwegs?«

»Die ganze Zeit«, sagte der Geist. »Ohne Rast und ohne Ruhe. Unablässige Folterqualen der Reue.«

»Du reist geschwind?«, fragte Scrooge.

»So schnell wie der Wind«, erwiderte der Geist.

»Dann müsstest du ja in sieben Jahren eine gewaltige Strecke zurückgelegt haben«, sagte Scrooge.

Als der Geist dies vernahm, stieß er abermals einen Schrei aus und klirrte in der nächtlichen Totenstille so grauenhaft mit seiner Kette, dass der Nachtwächter es zu Recht als Ruhestörung angezeigt hätte.

»Oh! Gefangen, gebunden und zwiefach in Eisen geschlossen bist du«, rief das Gespenst, »der du nicht weißt, dass unsterbliche Wesen sich unermessliche Zeiten lang in der Ewigkeit für unsere Welt abmühen müssen, bevor das Gute, das in ihr möglich ist, sich überhaupt zeigen kann. Der du nicht weißt, dass jeder Christ, der in seinem kleinen Wirkungskreis Gutes tut, sein sterbliches Leben als zu kurz befinden muss für all das Nützliche, was er tun könnte. Der du nicht weißt, dass selbst unendliche Reue keine Wiedergutmachung für die Vergeudung der Gelegenheiten im Lauf eines Lebens bedeuten kann! Und so wie du war auch ich! Oh! So war ich!«

»Aber du warst immer ein guter Geschäftsmann, Jacob«, stammelte Scrooge, denn er begann, die Worte des Gespensts auf sich selbst zu münzen.

»Geschäfte!«, rief der Geist und rang wieder die Hände. »Die Menschheit hätte mein Geschäft sein sollen. Die allgemeine Wohlfahrt, Nächstenliebe, Barmherzigkeit, Nachsicht und Wohlwollen hätten allesamt mein Geschäft sein sollen. Die Geschäfte meines Gewerbes waren nichts als ein Wassertropfen in dem allumfassenden Ozean meines eigentlichen Geschäfts!«

Es hielt seine Kette mit ausgestrecktem Arm in die Höhe, als wäre sie der Grund seines nutzlosen Kummers, und warf sie schwer auf den Boden.

»Zu dieser Zeit des verlaufenden Jahres«, sagte das Gespenst, »leide ich am meisten. Warum wanderte ich gesenkten Blicks durch die Scharen meiner Mitmenschen und sah nie zu dem gesegneten Stern hinauf, der die Weisen aus dem Morgenland zu einer ärmlichen Hütte führte? Gab es etwa keine armseligen Heime, zu denen sein Licht *mich* hätte führen können?«

Es erfüllte Scrooge mit großem Unbehagen, das Gespenst so entsetzlich klagen zu hören, und er begann schrecklich zu schlottern.

»Hör auf mich!«, rief der Geist. »Meine Zeit ist fast um.«

»Ich höre auf dich«, sagte Scrooge. »Aber sei nicht hart zu mir! Treibe es nicht zu bunt, Jacob! Bitte!«

»Wie es dazu kommt, dass ich vor dir in einer Gestalt erscheine, die du sehen kannst, darf ich dir nicht sagen. Unsichtbar saß ich so manchen Tag neben dir.«

Das war keine angenehme Vorstellung. Scrooge fröstelte, und er wischte sich den Schweiß von der Stirn.

»Dieser Teil meiner Buße fällt mir nicht leicht«, fuhr der Geist fort. »Ich bin heute Nacht hierhergekommen, um dich zu ermahnen. Du hast noch eine letzte Gelegenheit, meinem Schicksal zu entgehen. Eine Gelegenheit und eine Hoffnung, die ich dir verschaffe, Ebenezer.«

»Du warst mir immer ein treuer Freund«, sagte Scrooge. »Ich danke dir.«

»Drei Geister«, nahm der Geist den Faden wieder auf, »werden dich heimsuchen.«

Scrooges Miene wurde fast so griesgrämig wie die des Geistes.

»Ist das die Gelegenheit und die Hoffnung, von der du sprachst, Jacob?«, fragte er mit unsicherer Stimme.

»So ist es.«

»Ich – ich glaube, ich verzichte lieber«, sagte Scrooge.

»Ohne ihren Besuch«, sagte der Geist, »wirst du den Pfad, den ich gehe, nicht meiden. Erwarte den Ersten morgen, wenn die Glocke ein Uhr schlägt.«

»Könnte ich sie nicht alle auf einmal zu Besuch haben und die Sache hinter mich bringen, Jacob?«, schlug Scrooge vor.

»Erwarte den Zweiten in der Nacht darauf zur gleichen Stunde. Den Dritten in der Nacht darauf, wenn der zwölfte Schlag nicht mehr nachhallt. Mach dich darauf gefasst, mich nie wieder zu erblicken; und sei um deines eigenen Seelenheils willen darauf bedacht, nie zu vergessen, was heute zwischen uns geschah!«

Nachdem das Gespenst diese Worte gesprochen hatte, nahm es seine Binde vom Tisch und wand sie sich wieder um den Kopf. Scrooge hörte die Zähne der Erscheinung klappern, bis die Binde die Kiefer wieder zusammenpresste. Erst dann wagte er den Blick wieder zu heben und sah, dass sein übernatürlicher Besucher ihm in aufrechter Haltung gegenüberstand, die Kette um den Arm geschlungen.

Die Erscheinung entfernte sich rückwärts; und bei jedem ihrer Schritte hob sich das Fenster ein wenig mehr, bis es weit offen stand, als das Gespenst es erreichte. Das Gespenst winkte Scrooge zu sich, und er trat hinzu. Als sie zwei Schritt voneinander entfernt waren, hob Marleys Geist die Hand, um Scrooge zu bedeuten, näher solle er nicht kommen. Scrooge blieb stehen.

Weniger aus Gehorsam als vielmehr aus Furcht und Erstaunen: Denn indem der Geist die Hand hob, wurde

Scrooge sich verworrener Geräusche in der Luft gewahr, unzusammenhängender Klage- und Jammerlaute, unsagbar kummervoller und selbstanklägerischer Wehklagen. Nachdem das Phantom eine Weile gelauscht hatte, stimmte es in den düsteren Trauergesang ein und schwebte in die finstere, schwarze Nacht hinaus.

Scrooge folgte ihm zum Fenster, durch die Neugier verwegen geworden. Er blickte hinaus.

Die Luft war voller Phantome, die in rastloser Eile hierhin und dorthin unterwegs waren und dabei jammerten und klagten. Alle trugen sie Ketten wie Marleys Geist; einige (möglicherweise Regierungen, die sich schuldig gemacht hatten) waren aneinandergekettet; ohne Ketten war keines. Viele hatte Scrooge zu ihren Lebzeiten persönlich gekannt. Mit einem alten Gespenst in weißer Weste, an dessen Knöchel ein riesengroßer Geldschrank befestigt war und das jämmerlich weinte, weil es einer elenden Frau, die es unten auf der Erde mit ihrem Säugling auf einer Türschwelle sitzen sah, nicht helfen konnte, hatte er auf recht vertrautem Fuß verkehrt. Das Unglück all dieser Gespenster bestand fraglos darin, dass sie in menschliche Angelegenheiten einzugreifen und sie zum Guten zu wenden versuchten, die Macht dazu jedoch für immer verloren hatten.

Ob diese Wesen sich in Nebel auflösten oder ob Nebel sie zu umhüllen begann, hätte Scrooge nicht zu sagen gewusst. Doch die Gestalten entschwanden gleichzeitig mit ihren Stimmen; und die Dunkelheit war nun wieder dieselbe wie zuvor, als er nach Hause gegangen war.

Scrooge schloss das Fenster und untersuchte die Tür, durch die der Geist eingetreten war. Sie war doppelt abgesperrt, so, wie er sie eigenhändig abgesperrt hatte, und die Riegel waren nicht angetastet. Er wollte »Unfug!« sagen, verstummte jedoch bei der ersten Silbe. Und da er von der gerade überstandenen Aufregung oder von der Plackerei des Tages oder von dem Einblick in eine Welt des Unsichtbaren oder von der eintönigen Gesellschaft des Gespensts oder infolge der späten Stunde überaus ruhebedürftig war, ging er sogleich zu Bett, ohne sich vorher zu entkleiden, und schlief auf der Stelle ein.

ZWEITE STROPHE
Der erste der drei Geister

Als Scrooge erwachte, war es so dunkel, dass er beim Blick aus dem Bett das durchsichtige Fenster kaum von den undurchsichtigen Wänden seines Zimmers unterscheiden konnte. Er bemühte sich, die Dunkelheit mit seinen Luchsaugen zu durchdringen, als die Glocken einer benachbarten Kirche die vierte Viertelstunde schlugen. Nun wartete er auf den Schlag der Stunde.

Zu seinem großen Erstaunen schlug die schwere Glocke sechsmal, siebenmal, achtmal und so immer weiter bis zu zwölfmal, bevor sie innehielt. Zwölf Uhr! Es war nach zwei Uhr gewesen, als er zu Bett ging. Die Glocke schlug die falsche Stunde. Ein Eiszapfen war offenbar in das Uhrwerk geraten. Zwölf Uhr! Er berührte die Feder seiner Repetieruhr, um die über alle Maßen absurde Kirchturmuhr eines Besseren zu belehren. Der schnelle kleine Puls seiner Taschenuhr schlug zwölf Uhr und hielt inne.

»Es kann doch nicht sein«, sagte Scrooge, »dass ich einen ganzen Tag und bis tief in die nächste Nacht hinein geschlafen habe. Es kann doch nicht sein, dass der Sonne etwas zugestoßen ist und dass es zwölf Uhr mittags ist!«

Bei diesem erschreckenden Gedanken kroch er aus dem Bett und tastete sich zum Fenster. Er musste die Eisblumen mit dem Ärmel seines Schlafrocks wegreiben, um etwas zu sehen, und was er sah, war nicht viel. Zu erkennen war lediglich, dass es noch immer sehr neblig und ausnehmend kalt war und dass keine Geräusche von Leuten zu vernehmen waren, die hin und her liefen und Lärm machten, wie es unzweifelhaft der Fall gewesen wäre, wenn die Nacht den helllichten Tag verdrängt und von der Welt Besitz ergriffen hätte. Das war eine gewaltige Erleichterung, denn ein Wechsel, »zahlbar drei Tage nach Einreichen in erster Ausfertigung an Mr. Ebenezer Scrooge oder dessen Order« und so weiter, wäre so wertlos geworden wie ein lumpiges Wertpapier der Vereinigten Staaten, wenn es keine Tage mehr gegeben hätte, die man zählen konnte.

Scrooge ging wieder ins Bett und dachte und dachte und dachte darüber nach und nach und nach und konnte sich partout keinen Reim darauf machen. Je länger er nachdachte, desto ratloser wurde er; und je mehr er sich bemühte, nicht nachzudenken, desto mehr dachte er nach. Marleys Geist machte ihm ausnehmendes Kopfzerbrechen. Jedes Mal wenn er nach reiflicher Überlegung zu dem Schluss gelangte, es sei alles ein Traum gewesen, sprang sein Geist zurück wie eine starke Feder in ihre Ausgangsposition und präsentierte ihm abermals die nämliche Frage, die erwogen sein wollte: »War es ein Traum oder nicht?«

In diesem Zustand lag Scrooge, bis die Glocken drei Viertelstunden weiter gelangt waren und ihm unversehens einfiel, dass der Geist ihm einen Besuch für ein Uhr angekündigt hatte. Er beschloss, wach zu bleiben, bis die Stunde schlug; und in Anbetracht dessen, dass er im Augenblick genauso wenig einschlafen wie in den Himmel kommen würde, war das vielleicht die klügste Entscheidung, die er treffen konnte.

Die Viertelstunde zog sich so lange hin, dass er öfter als einmal überzeugt war, er sei weggedämmert, ohne es zu merken, und habe die Glocke nicht gehört.

»Ding, dong!«

»Viertel nach«, sagte Scrooge, der mitzählte.

»Ding, dong!«

»Halb!«, sagte Scrooge.

»Ding, dong!«

»Viertel vor«, sagte Scrooge.

»Ding, dong!«

»Die ganze Stunde«, sagte Scrooge triumphierend, »und weiter nichts!«

Das sagte er, bevor die Glocke die Stunde schlug, was sie nun mit einem tiefen, dumpfen, hohltönenden, melancholischen Schlag tat – eins. Im selben Augenblick blitzte Licht im Zimmer auf, und Scrooges Bettvorhänge wurden geöffnet.

Seine Bettvorhänge wurden, das kann ich versichern, von einer Hand geöffnet. Nicht der Vorhang zu seinen Füßen und nicht der Vorhang hinter seinem Rücken, sondern der, den er anblickte. Der Bettvorhang wurde geöffnet; und Scrooge, der zu einer halbaufgerichteten Haltung aufschrak, sah sich unmittelbar dem unirdischen Besucher gegenüber, der sie geöffnet hatte, so nahe, wie ich Ihnen jetzt nahe bin, und im Geist stehe ich unmittelbar an Ihrem Ellbogen.

Es war ein sonderbares Wesen – wie ein Kind und doch weniger wie ein Kind als wie ein alter Mann, betrachtet durch ein übernatürliches optisches Instrument, so dass es aussah, als wäre seine Gestalt dem Blick entschwunden und zur Größe eines Kindes geschrumpft. Seine Haare fielen ihm bis auf den Rücken und waren weiß wie Greisenhaar; doch zugleich wies das Gesicht keine einzige Falte auf, und die Haut war zart und blühend. Die Arme waren sehr lang und muskulös; die Hände ebenfalls, als wäre ihr Griff außergewöhnlich kraftvoll. Beine und Füße waren zierlich geformt und waren nackt und bloß wie die Arme. Die Erscheinung trug eine Tunika von reinstem Weiß; und um die Taille hatte sie einen glänzenden Gürtel gebunden, der herrlich funkelte. In der Hand hielt sie einen frischen grünen Stechpalmenzweig; und in seltsamem Widerspruch zu diesem winterlichen Wahrzeichen zierten Sommerblumen ihr Gewand. Doch das Sonderbarste an dem Wesen war, dass aus seinem Kopf ein leuchtend heller Lichtstrahl entsprang, der all diese Dinge sichtbar machte und der offenbar Anlass dafür war, dass es in seinen matteren Augenblicken ein großes Löschhütchen als Mütze benutzte, das es in diesem Moment unter den Arm geklemmt hielt.

Doch selbst das war noch nicht das Allersonderbarste, wie Scrooge bemerkte, als er mit gebannter Aufmerksamkeit den Geist betrachtete. Denn ihr Gürtel funkelte und glitzerte im einen Moment an dieser Stelle und im nächsten an jener, und was im einen Augenblick hell war, lag im nächsten im Dunkeln, so dass die ganze Gestalt von unbeständiger Beschaffenheit zu sein schien; im einen Augenblick war sie ein Ding mit einem Arm und im nächsten ein Ding mit einem Bein und im wieder nächsten ein Paar Beine ohne Kopf und darauf ein Kopf ohne Körper, und von diesen sich auflösenden Teilen war in dem dichten Dämmerschein, in dem sie zerflossen, kein Umriss erkennbar. Und während man dies noch bestaunte, war sie schon wieder sie selbst, klar und deutlich zu erkennen.

»Sir, sind Sie der Geist, dessen Kommen mir vorausgesagt wurde?«, fragte Scrooge.

»Der bin ich!«

Die Stimme war sanft und leise. Eigenartig leise, als käme sie aus großer Entfernung und nicht aus unmittelbarer Nähe.

»Wer und was sind Sie?«, wollte Scrooge wissen.

»Ich bin der Geist der vergangenen Weihnachten.«

»Längst vergangener Weihnachten?«, fragte Scrooge im Hinblick auf die Zwergengestalt des Geistes.

»Nein. Aus deiner Vergangenheit.«

Hätte man ihn gefragt, hätte Scrooge es vielleicht nicht erklären können, aber er verspürte ein ausgeprägtes Verlangen, den Geist mit seiner Kopfbedeckung zu sehen, und er bat ihn, sie aufzusetzen.

»Wie!«, rief der Geist. »Willst du so bald das Licht, das ich spende, mit weltlichen Händen löschen? Genügt es denn nicht, dass du zu jenen gehörst, deren Begierden diese Kappe gemacht haben und die mich zwingen, sie jahrelang tief in die Stirn gezogen zu tragen?«

Ehrerbietig versicherte Scrooge, dass er den Geist nicht habe kränken wollen und ihn nie im Leben absichtlich mit einem »Dämpfer« versehen habe. Dann fasste er sich ein Herz und fragte, welche Angelegenheit den Geist herführe.

»Dein Wohlergehen!«, sagte der Geist.

Scrooge erklärte sich ihm dafür sehr verbunden, konnte sich aber des Gedankens nicht erwehren, dass eine ungestörte Nachtruhe diesem Zweck weitaus dienlicher gewesen wäre. Der Geist hatte seine Gedanken offenbar belauscht, denn er sagte sogleich: »Dann eben deine Bekehrung. Nimm dich in Acht!«

Während er noch sprach, streckte er seine starke Hand aus und ergriff Scrooge sanft am Arm.

»Erhebe dich! Und komm mit mir!«

Wenig hätte es Scrooge genutzt einzuwenden, für Ausflüge zu Fuß seien Wetter und Stunde nicht gerade günstig, sein Bett sei warm, und die Außentemperatur liege weit unter dem Gefrierpunkt, mit Schlappen, Schlafrock und Nachtmütze sei er nur leicht bekleidet, und obendrein sei er zurzeit erkältet. Der Griff war zwar so sanft wie der einer Frau, aber dennoch unwiderstehlich. Scrooge erhob sich; doch als er sah, dass der Geist sich auf das Fenster zubewegte, ergriff er ihn flehend am Gewand.

»Ich bin sterblich«, gab Scrooge zu bedenken, »und kann fallen.«

»Lass dich von mir nur hier berühren«, sagte der Geist und legte seine Hand auf Scrooges Herz, »und du wirst sicher und behütet sein!«

Mit diesen Worten drangen sie durch die Mauer und gelangten auf eine offene Landstraße mit Feldern und Wiesen zu beiden Seiten. Die Stadt war spurlos verschwunden. Nichts war mehr von ihr zu sehen. Dunkelheit und Nebel waren mit ihr verschwunden, denn es war ein klarer, kalter Wintertag mit Schnee, der den Boden bedeckte.

»Du lieber Himmel!«, sagte Scrooge und schlug die Hände zusammen, als er sich umsah. »Hier bin ich aufgewachsen. Hier lebte ich als Kind!«

Der Geist sah ihn sanftmütig an. Seine zarte Berührung, so leicht sie gewesen war und so kurz sie gewährt hatte, wirkte in dem alten Mann noch immer nach. Er war sich zahlloser Gerüche gewahr, die in der Luft schwebten, jeder einzelne verknüpft mit zahllosen Gedanken und Hoffnungen und Freuden und Sorgen, die längst, längst vergessen waren!

»Deine Lippen zittern«, sagte der Geist. »Und was ist das da auf deiner Wange?«

Scrooge stammelte mit ungewohnt stockender Stimme, es sei ein Pickel, und er bat den Geist, ihn zu führen, wohin er wolle.

»Erinnerst du dich an den Weg?«, fragte der Geist.

»Und ob!«, rief Scrooge voller Inbrunst. »Ich fände ihn mit verbundenen Augen.«

»Wie merkwürdig, dass du ihn so lange Zeit vergessen hast!«, bemerkte der Geist. »Lass uns weitergehen.«

Sie gingen den Weg entlang; Scrooge erkannte jedes Tor, jeden Pfosten und jeden Baum, bis in der Ferne ein kleiner Marktflecken mit Brücke, Kirche und den Windungen eines Flusses sichtbar wurde. Nun waren zottelige Ponys zu sehen, die ihnen entgegentrotteten, mit Jungen auf dem Rücken, die andere Jungen begrüßten, die auf Bauernwagen und Karren daherkamen. All diese Jungen waren ausgelassen und riefen laut durcheinander, bis die weiten Felder so viel fröhliche Musik erfüllte, dass die frische Luft lachte, als sie es hörte.

»Dies sind nur die Schatten der Dinge, die einmal waren«, sagte der Geist. »Sie nehmen uns nicht wahr.«

Die fröhlichen Reisenden kamen näher; und bald erkannte und benannte Scrooge jeden von ihnen. Warum freute er sich über alle Maßen, sie zu sehen? Warum funkelte sein kaltes Auge, warum hüpfte sein Herz, als sie vorbeifuhren? Warum erfüllte ihn tiefe Freude, als sie einander frohe Weihnachten wünschten, wenn sie an Wegkreuzungen und Seitenwegen Abschied voneinander nahmen und nach Hause fuhren? Was hatte Scrooge mit Weihnachten zu schaffen? Pfui Schande, frohe Weihnachten! Was hatte es ihm je Gutes beschert?

»Die Schule ist nicht ganz verwaist«, sagte der Geist. »Ein einsames Kind, von seinen Freunden vergessen, befindet sich noch dort.«

Scrooge sagte, er kenne es. Und er schluchzte.

Sie verließen die Hauptstraße, schlugen einen wohlbekannten Seitenweg ein und erreichten bald ein Gebäude aus mattroten Ziegelsteinen mit einem kleinen, von einem Wetterhahn bekrönten Türmchen auf dem Dach und mit einer Glocke im Türmchen. Es war ein großes Haus, aber eines, das seine beste Zeit hinter sich hatte, denn die geräumigen Wirtschaftsgebäude standen leer, mit feuchten und bemoosten Wänden, zerbrochenen Fensterscheiben und verfallenen Toren. Geflügel gackerte und spreizte sich in den Stallungen, und in Remisen und Schuppen wuchs Gras aus allen Ritzen. Auch im Inneren des Gebäudes war von der alten Pracht nichts geblieben: Als sie den düsteren Eingangsraum betraten und durch die offenen Türen der vielen Räume spähten, sahen sie, dass die Zimmer nur notdürftig möbliert, kalt und öde waren. Ein erdiger Geruch hing in der Luft, und das Haus war von einer Unwirtlichkeit, dass sich unwillkürlich die Vorstellung aufdrängte, hier müsse man ständig bei Kerzenlicht aufstehen und bekomme nicht allzu viel zu essen.

Der Geist und Scrooge gingen durch den Eingangsraum zu einer Tür am anderen Ende des Hauses. Sie öffnete sich und enthüllte einen langen, kahlen, tristen Raum, dessen Kahlheit durch Reihen einfacher Pulte und Bänke aus Kiefernholz noch betont wurde. An einem davon saß ein einsamer Knabe und las im Licht eines schwachen Feuers; und Scrooge setzte sich auf eine Bank und weinte, als er sein armes vergessenes Ich, wie es einst gewesen war, erblickte.

Jedes lauernde Echo in dem Haus, jedes Quieken und Rascheln der Mäuse hinter der Wandvertäfelung, jedes Tropfen des halb aufgetauten Wasserhahns in dem öden Hinterhof, jedes Ächzen der kahlen Zweige der einsamen und trübseligen Pappel, jedes müßige Klappern der Tür eines leeren Vorratsspeichers, ja sogar jedes Knistern des Feuers besänftigte Scrooges Herz und ließ seine Tränen reichlicher fließen.

Der Geist berührte ihn am Arm und deutete auf sein jüngeres Ich, das ganz in seine Lektüre versunken war. Plötzlich stand ein Mann in fremdländischer Kleidung draußen vor dem Fenster, verblüffend lebensecht und deutlich zu erkennen, eine Axt im Gürtel und die Zügel eines mit Holz beladenen Esels in der Hand.

»Ha, das ist ja Ali Baba!«, rief Scrooge voller Begeisterung.

»Der gute alte brave Ali Baba! O ja, ich erinnere mich! Einst kam er zu Weihnachten zum ersten Mal her, als das einsame Kind dort drüben ganz allein hier zurückblieb – plötzlich war er da. Armer Junge! Und Valentine«, sagte Scrooge, »und sein wilder Bruder Orson; da sind sie! Und wie heißt er gleich, der im Schlaf in Unterhosen vor den Stadttoren von Damaskus abgesetzt wurde, sehen Sie ihn? Und der Kammerdiener des Sultans, bei dem die Dschinnen oben und unten vertauscht haben, da ist er und steht auf dem Kopf! Geschieht ihm ganz recht. Freut mich sogar. Warum wollte er auch die Prinzessin heiraten!«

Zu hören, wie Scrooge sich in aller Ernsthaftigkeit mit einer Stimme, die aufs Kurioseste zwischen Lachen und Weinen schwankte, über diese Dinge ereiferte, und seine lebhafte und strahlende Miene dabei zu sehen, das wäre wahrhaftig eine Überraschung für seine Geschäftsfreunde in der Londoner City gewesen.

»Da ist der Papagei!«, rief Scrooge. »Mit grünem Körper und gelbem Schwanz, und auf dem Kopf wächst ihm etwas, was wie Salat aussieht; da ist er! Armer Robinson Crusoe, so sagte er zu ihm, nachdem dieser die Insel umrundet hatte und wieder nach Hause kam. ›Armer Robinson Crusoe, wo bist du gewesen, Robinson Crusoe?‹ Der Mann dachte, er träumte, aber so war es nicht. Es war der Papagei, ja, der war es. Da ist Freitag, der auf den kleinen Bach zu und um sein Leben rennt! Hallo! Hoppla! Hallo!«

Und mit einer geistigen Beweglichkeit, die seinem sonstigen Charakter ausgesprochen fremd war, sagte er voller Mitleid mit seinem früheren Ich »Armer Junge!« und brach wieder in Tränen aus.

»Ich wünschte ...«, murmelte Scrooge, steckte die Hand in die Tasche und blickte um sich, nachdem er sich mit der Manschette des Nachthemdärmels die Augen gewischt hatte, »aber jetzt ist es zu spät.«

»Worum geht es?«, fragte der Geist.

»Ach, nichts«, sagte Scrooge. »Nichts. Gestern Abend hat ein Junge vor meiner Tür ein Weihnachtslied gesungen. Ich wünschte, ich hätte ihm etwas gegeben: Das ist alles.«

Der Geist lächelte versonnen, machte eine Handbewegung und sagte: »Sehen wir uns ein anderes Weihnachten an!«

Scrooges früheres Ich wurde bei diesen Worten größer, und der Raum wurde etwas dunkler und noch schmutziger. Die Wandvertäfelungen zogen sich zusammen, die Fensterscheiben barsten; Gipsbrocken fielen von der Decke, und die bloßen Balken wurden sichtbar; aber wie all das zustande kam, wusste Scrooge so wenig wie Sie oder ich. Er wusste nur, dass alles seine Richtigkeit hatte; dass alles so vor sich gegangen war; dass er abermals allein dort war, während alle anderen Jungen für die fröhliche Ferienzeit nach Hause aufgebrochen waren.

Diesmal las er nicht, sondern ging verzweifelt auf und ab. Scrooge sah den Geist an und blickte mit kummervollem Kopfschütteln ängstlich zu der Tür.

Sie wurde geöffnet; und ein kleines Mädchen, viel jünger als der Knabe, kam hereingesprungen, schlang ihm die Arme um den Hals, küsste ihn immer wieder und nannte ihn seinen »lieben, lieben Bruder«.

»Ich bin gekommen, um dich nach Hause zu holen, lieber Bruder!«, sagte das Kind und klatschte in seine kleinen

Hände und bog sich vor Lachen. »Nach Hause, nach Hause, nach Hause!«

»Nach Hause, kleine Fan?«, erwiderte der Junge.

»Ja!«, rief das Kind voller Seligkeit. »Nach Hause, wirklich und wahrhaftig! Nach Hause für immer und ewig. Vater ist so viel liebevoller als früher, dass es zu Hause wie im Himmel ist! Er sprach so freundlich mit mir, als ich neulich zu Bett ging, dass ich mich nicht fürchtete, ihn noch einmal zu bitten, dich nach Hause kommen zu lassen, und er hat ja gesagt und hat mich in einer Kutsche hergeschickt, damit ich dich abhole. Du bist bald ein erwachsener Mann«, sagte das Kind und riss die Augen auf, »du wirst nicht mehr hierher zurückkommen; aber zuerst einmal werden wir die ganze Weihnachtszeit zusammen sein und die fröhlichste Zeit der Welt miteinander verbringen.«

»Du bist ja schon eine richtige Frau, kleine Fan!«, rief der Junge.

Sie klatschte in die Hände und lachte und versuchte seinen Kopf zu berühren; aber da sie zu klein war, lachte sie wieder und stellte sich auf die Zehenspitzen, um ihn zu umarmen. Dann zog sie ihn in ihrem kindlichen Eifer zur Tür, und er folgte ihr bereitwillig.

Im Eingangsraum rief eine furchterregende Stimme: »Her mit Master Scrooges Kiste!«, und in dem Zimmer erschien der Schulmeister persönlich und musterte Master Scrooge mit grimmiger Herablassung und versetzte ihn mit seinem Händedruck in Angst und Schrecken. Dann begleitete er ihn und seine Schwester in das unstreitig modrigste und eisigste Loch, das je als Empfangszimmer gedient hat und wo die Landkarten an den Wänden und die Erd- und

Himmelsgloben in den Schaukästen vor Kälte wie mit einer Wachsschicht überzogen waren. Dort förderte er eine Karaffe verblüffend leichten Weins und einen Klotz verblüffend schweren Kuchens zutage und verabreichte den jungen Leuten Kostproben dieser Köstlichkeiten; außerdem schickte er einen schmächtigen Bediensteten hinaus, der dem Kutscher »etwas zu trinken« anbieten sollte, worauf dieser ausrichten ließ, er danke dem gnädigen Herrn, doch falls es sich um dieselbe Kredenz wie beim letzten Mal handeln sollte, nehme er davon lieber Abstand. Da Master Scrooges Koffer mittlerweile auf dem Dach der Kutsche festgezurrt war, nahmen die Kinder frohen Herzens Abschied von dem Schulmeister, stiegen ein und fuhren fröhlich durch die Einfahrt davon, und die schnellen Wagenräder wirbelten den Rauhreif und den Schnee von den dunklen Blättern der immergrünen Pflanzen auf, dass es nur so spritzte.

»Sie war immer ein zartes Geschöpf; ein Lufthauch hätte sie umblasen können«, sagte der Geist. »Aber sie hatte ein großes Herz!«

»Das hatte sie«, rief Scrooge. »Das ist wahr. Das kann ich nicht bestreiten, Geist. Weiß Gott nicht!«

»Sie starb als erwachsene Frau«, sagte der Geist, »und hatte Kinder, wenn ich mich nicht täusche.«

»Ein Kind«, erwiderte Scrooge.

»Gewiss«, sagte der Geist. »Ihren Neffen!«

Scrooge schien etwas unbehaglich zumute zu sein; und er erwiderte kurz angebunden: »Ja.«

Obwohl sie gerade erst die Schule verlassen hatten, befanden sie sich nun auf den geschäftigen Hauptstraßen einer Großstadt, wo Passanten wie Schatten hin und her eilten, wo Karren und Kutschen wie Schatten die Durchfahrt erkämpften und sich das typische Gerangel und Getöse einer Stadt abspielte. Die Auslagen der Geschäfte verrieten deutlich genug, dass abermals Weihnachtszeit war; doch es war Abend, und die Straßen waren beleuchtet.

Der Geist blieb vor der Tür eines bestimmten Warenhauses stehen und fragte Scrooge, ob er es kenne.

»Und ob!«, sagte Scrooge. »War ich hier nicht Lehrling?«

Sie gingen hinein. Beim Anblick eines alten Herrn mit Wollmütze, der an einem so hohen Pult saß, dass er mit dem Kopf an die Zimmerdecke gestoßen wäre, wenn er zwei Zoll größer gewesen wäre, rief Scrooge voller Aufregung: »Ha, das ist ja der alte Fezziwig! Der gute alte Fezziwig, wie er leibt und lebt!«

Der alte Fezziwig legte seine Feder beiseite und blickte zu der Uhr hinauf, die sieben Uhr anzeigte. Er rieb sich die Hände, rückte seine großzügig bemessene Weste zurecht, lachte in sich hinein von den Schuhen bis zum Organ des Wohlwollens, und rief mit gemütlicher, öliger, üppiger, fettiger und jovialer Stimme: »Holla, ihr da! Ebenezer! Dick!«

Scrooges früheres Ich, nun zum jungen Mann herangewachsen, kam geschwind herein, zusammen mit dem anderen Lehrling.

»Dick Wilkins, gewiss doch!«, sagte Scrooge zu dem Geist. »Aber natürlich. Das ist er. Dick hat mich sehr gern gehabt. Armer Dick. Ach je, ach je!«

»Holla, ihr beiden!«, sagte Fezziwig. »Heute wird nicht mehr gearbeitet. Heiligabend, Dick. Weihnachten, Ebenezer! Her mit den Fensterläden«, rief der alte Fezziwig und klatschte laut in die Hände, »und zwar geschwind!«

Kaum zu glauben, wie schnell die zwei Burschen sich an die Arbeit machten! Sie sausten mit den Fensterläden auf die Straße – eins, zwei drei –, hakten sie ein – vier, fünf sechs –, verriegelten und befestigten sie – sieben, acht, neun – und waren wieder im Haus, bevor man bis zwölf hätte zählen können, keuchend wie Rennpferde.

»Hopp, hopp!«, rief der alte Fezziwig und sprang mit staunenswerter Behendigkeit von seinem hohen Pult herunter. »Räumt alles weg, Jungen, und sorgt für Platz! Hopp, hopp, Dick! Auf geht's, Ebenezer!«

Wegräumen! Es gab nichts, was sie nicht weggeräumt hätten oder nicht hätten wegräumen können, während der alte Fezziwig ihnen zusah. Im Handumdrehen war es erledigt. Alles Bewegliche wurde weggeräumt, als müsste man es für alle Zeiten aus dem Weg schaffen; der Fußboden wurde gekehrt und mit Wasser besprengt, die Lampen wurden geputzt, Brennholz wurde im Kamin aufgeschichtet, und schon war das Warenhaus ein so gemütlicher und warmer und trockener und heller Ballsaal, wie man ihn sich an einem Winterabend nur wünschen konnte.

Herein kam ein Geiger mit Noten und ging zu dem hohen Pult und verwandelte es in ein Orchester und stimmte sein Instrument wie fünfzig Magenkoliken. Herein kam Mrs. Fezziwig, ein einziges breites und herzhaftes Lächeln. Herein kamen die drei Misses Fezziwig, strahlend und liebreizend. Herein kamen die sechs jungen Verehrer, deren Herzen sie gebrochen hatten. Herein kamen alle jungen Männer und Frauen, die in der Firma beschäftigt waren. Herein kam das Hausmädchen mit seinem Vetter, dem Bäcker. Herein kam die Köchin mit dem Busenfreund ihres

Bruders, dem Milchmann. Herein kam der Junge von gegenüber, von dem man annahm, er werde von seinem Herrn nicht ausreichend verköstigt, und er versuchte, sich hinter dem Mädchen aus dem Haus neben dem Nachbarhaus zu verstecken, von dem man wusste, dass seine Herrin ihm die Ohren langzog. Alle kamen sie herein, einer nach dem anderen: manche schüchtern, manche dreist, manche anmutig, manche linkisch, manche stürmisch, manche zögernd, doch herein kamen sie alle, auf diese oder jene Weise. Und auf ging es, zwanzig Paare auf einmal, links herum und rechts herum, mitten durch den Raum und wieder zurück, im Kreis herum und noch einmal herum in den unterschiedlichsten munter ausgeführten Figuren; und das alte Paar an der Spitze erschien immer da, wo es nicht hingehörte, und das nächste Paar tanzte daraufhin los, bis schließlich alle Paare das Paar an der Spitze waren und es kein Paar am Ende gab, um die Tanzfigur fortzusetzen. Wenn das erreicht war, klatschte der alte Fezziwig in die Hände, damit alle stillstanden, rief: »Wohl getan!«, und der Geiger tauchte sein erhitztes Gesicht in einen Krug Porter, der eigens zu diesem Zweck bereitstand. Doch als er wieder auftauchte, verschmähte er jede Ruhepause und legte auf der Stelle wieder los, obwohl die Tänzer noch gar nicht Aufstellung genommen hatten, als wäre der vorherige Geiger erschöpft auf einem Fensterladen nach Hause getragen worden und dieser hier ein nagelneuer Musikant, entschlossen, den anderen im Fiedeln zu übertreffen, koste es, was es wolle.

Noch mehr Tänze und Pfänderspiele und neue Tänze, und es gab einen Kuchen, und es gab Punsch, und es gab ein großes Stück kalten Braten und ein großes Stück kaltes Siedfleisch und Mince Pies und Bier in Strömen. Aber das große Ereignis des Abends kam nach Braten und Siedfleisch, als der Geiger (ein abgefeimter Schlaukopf, wohlgemerkt!, ein Mann, der besser wusste, was er zu tun hatte, als Sie oder ich es ihm hätten sagen können) *Sir Roger de Coverley* anstimmte. Denn da erhob sich Mr. Fezziwig, um mit Mrs. Fezziwig zu tanzen. Obendrein als das Paar an der Spitze; und es war ein ausgemacht hartes Stück Arbeit, das sie erwartete: drei- oder vierundzwanzig Paare, Leute, mit denen nicht zu spaßen war, Leute, die tanzen wollten und nicht etwa spazieren gehen.

Doch selbst wenn es doppelt so viele gewesen wären – was sage ich, viermal so viele! –, hätte der alte Fezziwig gezeigt, dass er ihnen gewachsen war, und Mrs. Fezziwig ebenso. Sie war in jeglicher Hinsicht seine ebenbürtige Gefährtin. Und wenn das nicht das höchste Lob ist, nennen Sie mir ein höheres, und ich will es verwenden. Fezziwigs Waden schienen wahrhaftig zu strahlen. Sie leuchteten bei jedem Tanzschritt wie Monde. Man hätte zu keinem Zeitpunkt voraussagen können, wo sie als Nächstes aufscheinen würden. Und als der alte Mr. Fezziwig und Mrs. Fezziwig den ganzen Tanz absolviert hatten – vorwärts, rückwärts, Handfläche an Handfläche, Verbeugung und Knicks und nach »Korkenzieher« und »Nadeleinfädeln« wieder an den Ausgangsplatz zurück –, sprang Fezziwig einen Entrechat, und zwar so gewandt, dass es aussah, als blinzelte er mit den Beinen, und kam auf die Füße, ohne zu straucheln.

Als es elf Uhr schlug, war der Hausball zu Ende. Mr. und Mrs. Fezziwig nahmen links und rechts von der Tür Aufstellung und schüttelten jedem Einzelnen die Hand, als er oder sie ging, und wünschten ihm oder ihr frohe Weihnachten. Als alle gegangen waren bis auf die zwei Lehrlinge, wurde auch ihnen ein frohes Fest gewünscht; und so erstarben die fröhlichen Stimmen, und die Jungen suchten ihre Betten auf, die sich unter einer Ladentheke im Hinterzimmer befanden.

Während der ganzen Zeit hatte Scrooge sich aufgeführt, als wäre er von Sinnen. Mit Herz und Seele hatte er sich in die Szene und in sein früheres Ich versenkt. Er bekräftigte alles, erinnerte sich an alles, erfreute sich an allem und war vor Aufregung völlig außer sich. Erst nun, da die strahlenden Mienen seines früheren Ichs und Dicks ihnen nicht mehr zugewendet waren, entsann er sich des Geistes und wurde sich gewahr, dass dieser ihn unverwandt ansah, indes das Licht über seinem Scheitel blendend hell brannte.

»Es braucht nicht viel«, sagte der Geist, »um diese Einfaltspinsel in Dankbarkeit zu versetzen.«

»Nicht viel?«, wiederholte Scrooge.

Der Geist bedeutete ihm, den zwei Lehrlingen zuzuhören, die einander darin überboten, Fezziwig zu preisen, und dann sagte er: »Stimmt es etwa nicht? Er hat nicht viel irdisches Geld dafür aufgewendet, vielleicht drei oder vier Pfund. Verdient er, dafür so gepriesen zu werden?«

»Darum geht es nicht«, sagte Scrooge, den die Bemerkung so sehr in Rage versetzt hatte, dass er wie sein früheres und nicht wie sein späteres Ich sprach. »Darum geht es nicht, Geist. Er hat es in der Hand, uns glücklich oder unglücklich zu machen, uns die Arbeit leicht oder beschwerlich zu machen, zum Vergnügen oder zur Mühsal. Wenn seine Macht nur in Worten und Blicken läge, in Dingen, die so geringfügig und unbedeutend sind, dass man sie unmöglich zusammenzählen und aufrechnen kann: Und wenn schon? Das Glück, das er spendet, ist nicht geringer, als wenn es ein Vermögen gekostet hätte!«

Er spürte den Blick des Geistes und verstummte.

»Was ist?«, fragte der Geist.

»Nichts weiter«, sagte Scrooge.

»Aber da ist etwas?«, fragte der Geist beharrlich.

»Nein«, sagte Scrooge, »nein. Ich wünschte nur, ich könnte in diesem Augenblick einige Worte mit meinem Schreiber wechseln. Das ist alles.«

Sein früheres Ich löschte die Lampen, als er diesen Wunsch äußerte; und wieder standen Scrooge und der Geist nebeneinander im Freien.

»Meine Zeit verrinnt«, bemerkte der Geist. »Schnell!«

Dies richtete sich weder an Scrooge noch an jemand anderen in Sichtweite, doch es wirkte sich unmittelbar aus. Denn abermals sah Scrooge sich selbst. Inzwischen war er älter geworden, befand sich im besten Mannesalter. Die schroffen, strengen Falten späterer Jahre waren noch nicht zu sehen, doch Sparsamkeit und Geiz hatten erste Spuren auf seinem Gesicht hinterlassen. Sein Blick war unstet, unruhig und gierig und offenbarte, welche Leidenschaft Wurzel in ihm geschlagen hatte und wohin der Schatten des wachsenden Baums fallen würde.

Er war nicht allein, sondern saß neben einem blonden jungen Mädchen in Trauerkleidung; Tränen standen in ihren Augen und schimmerten in dem Licht, das der Geist der vergangenen Weihnachten verströmte.

»Es spielt keine Rolle«, sagte sie sanft. »Für dich wenigstens. Ein Götzenbild ist an meine Stelle getreten; und sollte es dir in künftigen Zeiten Aufmunterung und Trost bieten können, wie ich es zu tun versucht hätte, dann habe ich keinerlei Anlass, mich zu grämen.«

»Was für ein Götzenbild soll an deine Stelle getreten sein?«, erwiderte er.

»Ein goldenes.«

»So ist es um die Gerechtigkeit der Welt beschaffen!«, sagte er. »Nichts bestraft sie härter als die Armut; und nichts verurteilt sie in ihrer Anmaßung strenger als das Streben nach Reichtum!«

»Du gibst zu viel auf die Welt«, antwortete sie freundlich. »All deine anderen Hoffnungen sind in der einen Hoffnung aufgegangen, dich dem niederträchtigen Tadel der Welt zu entziehen. Ich habe mit angesehen, wie du deine edleren Bestrebungen eine nach der anderen aufgegeben hast, bis dir nur mehr eine Liebe geblieben ist, die zum Gewinn. Ist es nicht so?«

»Und wenn schon!«, erwiderte er. »Selbst wenn ich so viel klüger geworden wäre, was hätte es schon zu bedeuten? Dir gegenüber habe ich mich nicht verändert.«

Sie schüttelte den Kopf.

»Oder?«

»Unser Abkommen wurde vor langer Zeit getroffen. Wir trafen es, als wir beide arm waren und uns damit abfanden, unser irdisches Glück mit Fleiß und Geduld zu erwerben. Du hast dich verändert. Als wir uns einander versprachen, warst du ein anderer.«

»Ich war noch jung«, sagte er verärgert.

»Dein eigenes Gefühl sagt dir, dass du nicht mehr der

bist, der du damals warst«, erwiderte sie. »Ich bin dieselbe geblieben. Was uns einst Glück verhieß, als wir eines Sinnes waren, kann nun, da wir entzweit sind, nur Elend über uns bringen. Wie oft und wie eindringlich ich darüber nachgedacht habe, spielt keine Rolle. Ich habe darüber nachgedacht, und ich kann dich freigeben.«

»Habe ich je verlangt, dass du mich freigibst?«

»In Worten? Nie. Niemals.«

»Und wie dann?«

»Durch deine veränderte Natur; deine veränderte Gesinnung; durch die veränderte Gemütsverfassung, durch deine neue Hoffnung als dein größtes Ziel. Durch alles, was meine Liebe in deinen Augen jemals erstrebenswert machte. Hätte zwischen uns nicht unser altes Band bestanden«, sagte das Mädchen und sah ihn sanftmütig, aber standhaft an, »sag mir, würdest du dich dann um mich bemühen und mich zu gewinnen trachten? Niemals!«

Diese Vermutung schien ihn zu überzeugen, obwohl er sich dagegen sträubte. Widerstrebend sagte er: »Das bildest du dir nur ein.«

»Ich wäre froh, wenn ich etwas anderes glauben könnte«, antwortete sie. »Weiß Gott! Wenn sogar ich das erkenne, dann weiß ich, wie stark und unabweisbar diese Wahrheit ist. Wärst du frei – heute, morgen, gestern –, könnte ich dann glauben, du würdest ein Mädchen ohne Mitgift wählen, du, der du sogar im vertraulichen Gespräch mit mir alles nach dem Maßstab des Gewinns beurteilst? Oder wenn du es wähltest und damit für einen Augenblick deinem eigenen Grundprinzip entgegenhandeltest – meinst du, ich wüsste nicht, dass du es unweigerlich bereutest und bedauertest?

Ich weiß es; und ich gebe dich frei. Schweren Herzens, eingedenk der Liebe zu dem, der du einst warst.«

Er wollte etwas sagen, doch mit abgewendetem Kopf fuhr sie fort.

»Dies mag – die Erinnerung an das, was war, lässt mich fast hoffen, dass es so ist – dich schmerzen. Für kurze, sehr kurze Zeit, bis du die Erinnerung daran aus deinem Gedächtnis tilgen wirst, freudig tilgen wirst, als wäre es die Erinnerung an einen unvorteilhaften Traum, aus dem man gern erwacht. Mögest du glücklich sein in dem Leben, das du dir erwählt hast!«

Sie verließ ihn; und sie schieden voneinander.

»Geist!«, sagte Scrooge »Zeigen Sie mir nicht noch mehr! Führen Sie mich nach Hause. Warum freut es Sie, mich zu quälen?«

»Nur eine Erscheinung noch!«, rief der Geist.

»Keine mehr!«, rief Scrooge. »Keine mehr. Bitte! Ich will sie nicht sehen. Zeigen Sie mir keine mehr!«

Doch der Geist umfasste ihn unnachgiebig mit seinen Armen und nötigte ihn zu sehen, was als Nächstes geschah.

Sie befanden sich an einem neuen Schauplatz: in einem Zimmer, nicht sonderlich groß oder schön, aber voller Behaglichkeit. Neben dem Winterfeuer saß ein schönes junges Mädchen, das dem Mädchen von zuvor so sehr glich, dass Scrooge es für seine Jugendliebe gehalten hätte, hätte er nicht gesehen, dass diese – mittlerweile eine schmucke Hausfrau – ihrer Tochter gegenübersaß. Der Lärm in diesem Zimmer war geradezu ohrenbetäubend, denn es waren mehr Kinder anwesend, als Scrooge in seiner Aufregung zu zählen vermochte; und anders als die berühmte Herde in dem

Gedicht waren es nicht etwa vierzig Kinder, die sich wie eines betrugen, sondern jedes einzelne Kind betrug sich wie vierzig Kinder. Die Folge war ein Getöse, das jeder Vorstellungskraft spottete; doch das schien niemanden zu stören; im Gegenteil lachten Mutter und Tochter von ganzem Herzen, und die Tochter begab sich in das Getümmel und wurde von den jungen Wegelagerern höchst unbarmherzig geplündert. Was hätte ich nicht dafür gegeben, einer von ihnen zu sein! Obwohl ich niemals so roh gewesen wäre, o nein! Nicht für alle Reichtümer der Welt hätte ich diese aufgesteckten Zöpfe angerührt und aus der Frisur gezerrt; und den teuren kleinen Schuh hätte ich ihr niemals vom Fuß gerissen, so wahr mir Gott helfe!, nicht einmal, um mein Leben zu retten. Und ihre Taille im Scherz zu umfassen, wie die freche junge Brut es tat, das hätte ich niemals gewagt; ich hätte gefürchtet, dass mein Arm sich zur Strafe um sie herum gekrümmt hätte und nie wieder gerade geworden wäre. Und dennoch hätte ich für mein Leben gern, das gebe ich zu, ihre Lippen berührt; hätte ich sie gern etwas gefragt, damit sie sie öffnete; hätte ich gern die Wimpern ihrer gesenkten Lider betrachtet, ohne sie zum Erröten zu bringen; hätte gern ihre gewellten Haare gelöst, von denen eine einzige Locke ein unschätzbares Andenken gewesen wäre: Kurzum, ich hätte gern, das gebe ich zu, die Freiheiten eines Kindes gehabt und wäre dabei gern Mann genug gewesen, ihren Wert zu ermessen.

Doch nun wurde an die Tür geklopft, und sogleich entstand ein solches Getümmel, dass sie mit lachender Miene und zerrupfter Kleidung von einer Gruppe rotgesichtiger und lärmender Kinder zur Tür gedrängt wurde, gerade rechtzeitig, um den Vater zu begrüßen, den ein Mann mit Weihnachtsspielsachen und Geschenken begleitete. Welch ein Geschrei und Gerangel, welch ein Ansturm auf den wehrlosen Träger! Mit Stühlen als Leitern erstürmten sie ihn, um seine Taschen zu leeren, um ihm die Pakete in braunem Packpapier zu entreißen, um sich an seinem Halstuch festzuhalten, sich ihm an den Hals zu hängen, ihm auf den Rücken zu trommeln und ihm voller Begeisterung gegen die Beine zu treten! Welch lautstarke Bekundungen von Erstaunen und Entzücken, die das Auspacken jedes Pakets begleiteten! Dann die Schreckensbotschaft, das Baby sei dabei ertappt worden, eine Puppenbratpfanne in den Mund zu stecken, und man müsse ernsthaft befürchten, dass es einen Spielzeugtruthahn, auf eine Porzellanplatte aus Holz geklebt, verschluckt habe! Die grenzenlose Erleichterung, als sich endlich herausstellte, dass es ein blinder Alarm gewesen war! Welch ein Jauchzen, welch eine Dankbarkeit, welch ein Freudenrausch! Allesamt gleichermaßen unbeschreiblich. Beschränken wir uns darauf, dass die Kinder mitsamt ihrer Aufregung nach und nach aus dem Wohnzimmer und Stufe für Stufe die Treppe hinauf in das oberste Stockwerk des Hauses gelangten, wo sie zu Bett gingen und so zur Ruhe fanden.

Und nun sah Scrooge aufmerksamer denn je zu, als der Herr des Hauses, dessen Tochter sich liebevoll an ihn schmiegte, mit ihr und ihrer Mutter an seinem Kamin Platz nahm; und als er daran dachte, dass ein solches Geschöpf, ähnlich anmutig und vielversprechend, ihn hätte Vater nennen und in dem herben Winter seines Lebens ein Frühlingsborn hätte sein können – da wurde sein Blick wahrhaftig sehr trübe.

»Belle«, sagte der Ehemann und wendete sich mit einem Lächeln zu seiner Frau, »heute Nachmittag habe ich einen alten Freund von dir gesehen.«

»Wer war das?«

»Rate!«

»Wie soll ich es wissen? Ha, ich weiß es doch«, fügte sie im gleichen Atemzug hinzu und lachte mit ihm zusammen. »Mr. Scrooge.«

»Es war in der Tat Mr. Scrooge. Ich kam am Fenster seines Kontors vorbei; und da es nicht verschlossen war und drinnen eine Kerze brannte, musste ich ihn wohl oder übel sehen. Sein Partner liegt im Sterben, wie man hört; und er saß dort ganz allein. Mutterseelenallein scheint er zu sein.«

»Geist!«, sagte Scrooge mit stockender Stimme, »bringen Sie mich fort von hier!«

»Ich sagte dir, dass dies die Geister der Vergangenheit sind«, sagte der Geist. »Mach nicht mir zum Vorwurf, dass sie sind, was sie sind!«

»Bringen Sie mich fort!«, rief Scrooge. »Ich kann es nicht ertragen!«

Er wendete sich um, und als er sah, dass der Geist ihn mit einem Gesicht anblickte, in dem auf merkwürdige Weise alle Gesichter enthalten waren, die er ihm gezeigt hatte, begann Scrooge mit ihm zu ringen.

»Lassen Sie mich! Bringen Sie mich zurück! Verfolgen Sie mich nicht mehr!«

Bei diesem Kampf – wenn man überhaupt von einem Kampf sprechen kann, denn der Geist zeigte sich völlig unbeeindruckt von allen Manövern seines Widersachers – fiel Scrooge auf, dass das Licht des Geistes hoch und hell brannte; und indem er dieses Licht undeutlich mit dem Einfluss des Geistes auf ihn selbst in Verbindung brachte, ergriff Scrooge den Löschhut und drückte ihn mit schneller Bewegung dem Geist auf den Kopf.

Der Geist verschwand vollständig unter dem Löschhut; doch obwohl Scrooge mit aller Macht zudrückte, konnte er das Licht nicht löschen, das ununterbrochen darunter hervordrang und sich auf dem Boden ausbreitete.

Er merkte, dass er erschöpft war und dass unbezwingbare Schläfrigkeit ihn überwältigte und, mehr noch, dass er sich in seinem eigenen Schlafzimmer befand. Er drückte den Löschhut ein letztes Mal, ließ ihn los, und er hatte kaum Zeit, auf sein Bett zu sinken, bevor er in tiefen Schlaf versank.

DRITTE STROPHE
Der zweite der drei Geister

Als er mitten aus einem unvorstellbar lauten Schnarchen erwachte und sich im Bett aufsetzte, um seine Gedanken zu sammeln, brauchte Scrooge niemand zu sagen, dass die Glocke im nächsten Augenblick wieder eins schlagen würde. Er ahnte, dass er rechtzeitig zu Bewusstsein gekommen war, um mit dem zweiten Boten zu konferieren, der ihm durch Jacob Marleys Vermittlung gesandt wurde. Als er jedoch feststellte, dass es ihn schauerte bei der Frage, welchen seiner Vorhänge das neue Gespenst aufziehen würde, schob er sie alle eigenhändig zur Seite; dann legte er sich wieder hin und hielt nach allen Seiten Ausschau. Denn er wollte den Geist bei seinem Erscheinen ansprechen und sich nicht überraschen und aus der Fassung bringen lassen.

Herren vom ungenierten Schlag, die sich etwas darauf zugutehalten, nicht von gestern zu sein, und die sich in der Regel jeder Lage gewachsen fühlen, drücken die ganze Bandbreite ihrer Abenteuerlust mit dem Begriff aus, sie seien zu allen Schandtaten bereit, vom Münzenwerfen bis zum Meuchelmord – gegensätzliche Extreme, zwischen denen sich zweifellos ein einigermaßen weites und breites Spektrum von Sujets eröffnet. Ohne Scrooge so viel Tollkühnheit zu unterstellen, wage ich dennoch zu behaupten, dass er mit allen nur denkbaren befremdlichen Erscheinungen rechnete und dass ihn vom Säugling bis zum Nashorn nichts sonderlich in Erstaunen versetzt hätte.

Da er auf fast alles vorbereitet war, war er keineswegs auf gar nichts vorbereitet; und als die Glocke eins schlug und kein Schemen erschien, erfasste ihn heftiges Zittern und Beben. Fünf Minuten, zehn Minuten vergingen, wuchsen zu einer Viertelstunde, und nichts geschah. Die ganze Zeit lag Scrooge da, inmitten eines rötlichen Lichtscheins, der auf das Bett gefallen war, als es ein Uhr geschlagen hatte, und der in seiner Eigenschaft als bloßes Licht beängstigender war als ein Dutzend Geister, denn Scrooge war völlig ratlos, was das Licht bedeutete oder was es im Schilde führte, und kurzzeitig hegte er die Besorgnis, in ebenjenem Augenblick ein interessanter Fall von Selbstentzündung zu sein, ohne den Trost der Gewissheit zu kennen. Zuletzt jedoch begann er sich zu denken – Sie oder ich wären gleich darauf gekommen, denn wer nicht in der Klemme steckt, ist immer schlauer und hätte immer das Richtige getan –, zuletzt begann er wie gesagt zu denken, dass Ursprung und Geheimnis dieses gespenstischen Lichtscheins sich im Nebenzimmer befinden müsse, denn von dort schien es bei näherer Betrachtung zu kommen. Dieser Gedanke setzte sich in seinem Kopf fest, und er stand leise auf und schlurfte in seinen Schlappen zur Tür.

Im selben Augenblick, in dem Scrooge die Türklinke berührte, rief ihn eine fremde Stimme beim Namen und forderte ihn auf einzutreten. Er gehorchte.

Es war sein Zimmer. Daran bestand kein Zweifel. Doch es hatte eine erstaunliche Verwandlung durchgemacht. Wände und Zimmerdecke waren mit Wintergrün so dicht behängt, dass der Raum aussah wie ein schattiger Hain, in dem allenthalben leuchtend rote Beeren glitzerten. Die frischen Blätter von Stechpalme, Mistel und Efeu warfen das Licht zurück, als wären überall kleine Spiegel verstreut, und ein Feuer prasselte so mächtig und sandte seinen Rauch den Schornstein hinauf, wie es das glanzlose Fossil von einem Kamin zu Scrooges und zu Marleys Lebzeiten noch nie und so manchen vergangenen Winter nicht mehr erlebt hatte. Auf dem Boden türmten sich zu einem regelrechten Thron Puter, Gänse, Wildbret, Geflügel, Schweinskopfsülzen, große Bratenstücke, Spanferkel, lange Wurstgirlanden, Mince Pies, Plumpuddings, Austernfässchen, glühend heiße Kastanien, rotbackige Äpfel, saftige Orangen, reife Birnen, riesengroße Dreikönigskuchen und Schüsseln voll siedend heißen Punschs, dessen köstlicher Dampf das Zimmer wie in Nebel hüllte. Auf diesem Lager saß in lockerem Ornat ein fideler Riese und bot einen prachtvollen Anblick; er hielt eine brennende Fackel in der Hand, einem Füllhorn nicht unähnlich, und erhob sie, damit ihr Licht auf Scrooge fiel, der durch den Türspalt hereinspähte.

»Komm herein!«, rief der Geist. »Komm herein!, und lerne mich kennen, Menschlein!«

Scrooge trat schüchtern ein und stand mit hängendem Kopf vor dem Geist. Er war nicht der verstockte Scrooge von ehedem; doch obwohl die Augen des Geistes klar und freundlich dreinblickten, erwiderte Scrooge den Blick mit Unbehagen.

»Ich bin der Geist der gegenwärtigen Weihnacht«, sagte der Geist. »Sieh mich an!«

Scrooge sah ihn ehrfürchtig an. Er war mit einem einfachen dunkelgrünen Umhang oder Mantel bekleidet, von weißem Pelzbesatz gesäumt. Dieses Gewand trug der Riese so nachlässig, dass seine breite Brust entblößt war, als wiese er jeden künstlichen Schutz, jede Verkleidung geringschätzig von sich. Seine Füße unter den reichen Falten des Gewands waren ebenfalls nackt, und auf dem Kopf trug er nichts weiter als einen Stechpalmenkranz, in dem da und dort blinkende Eiszapfen steckten. Seine dunkelbraunen Locken waren lang und ungebändigt, so frei und offen wie seine ausgestreckte Hand, seine lebhafte Stimme, sein ungezwungenes Gebaren und seine Fröhlichkeit. Um die Taille hatte er einen Gürtel mit einer alten Schwertscheide geschlungen, doch kein Stahl steckte darin, und sie war rostzerfressen.

»Meinesgleichen hast du wohl noch nie gesehen!«, rief der Geist.

»Noch nie«, antwortete Scrooge darauf.

»Bist du nie mit den jüngeren Mitgliedern meiner Familie

gewandelt? Ich meine (denn ich bin sehr jung) meine älteren, in den letzten Jahren geborenen Brüder?«, fragte das Phantom weiter.

»Ich glaube nicht«, sagte Scrooge. »Ich fürchte, nein. Haben Sie viele Brüder, weihnachtlicher Geist?«

»Über achtzehnhundert«, sagte der Geist.

»Eine erschreckend große Familie, wenn man sie verköstigen muss!«, murmelte Scrooge.

Der Geist der gegenwärtigen Weihnacht erhob sich.

»Geist«, sagte Scrooge demütig, »führen Sie mich, wohin Sie wollen. Letzte Nacht wurde ich genötigt mitzugehen, und ich habe eine Lektion gelernt, die nun Früchte trägt. Wenn Sie mich heute Nacht etwas lehren wollen, will ich es beherzigen.«

»Berühre mein Gewand!«

Stechpalme, Misteln, rote Beeren, Efeu, Puter, Gänse, Geflügel, Schweinskopfsülze, Fleisch, Ferkel, Würste, Austern, Pies, Puddings, Früchte und Punsch verschwanden alle auf der Stelle. Und genauso verhielt es sich mit Zimmer, Feuer, rötlichem Schein und nächtlicher Stunde, und schon standen sie am Weihnachtsmorgen in der Stadt auf der Straße, wo die Leute bei strenger Kälte eine unbeholfene, aber muntere und nicht unerfreuliche Musik machten, indem sie den Schnee vor ihren Häusern vom Straßenpflaster kratzten und ihn von ihren Hausdächern kehrten – wobei die Schneelawinen, die auf die Straße hinunterplumpsten und zu künstlichen kleinen Schneestürmen zerstoben, von den Jungen voller Vorfreude erwartet wurden.

Die Häuserfronten sahen recht finster aus, und die Fenster noch finsterer im Gegensatz zu der glatten weißen

Schneedecke auf den Dächern und dem etwas schmutzigeren Schnee auf dem Boden, der von den schweren Wagenrädern der Karren und Kutschen zu tiefen Furchen gepflügt war, Furchen, die einander dort, wo die großen Straßen einmündeten, zahllose Male kreuzten und die in dem dicken gelben Schlamm und dem vereisten Wasser gewundene Kanäle bildeten, die schwer zu verfolgen waren. Der Himmel war düster, und selbst die kürzesten Straßen erstickten in einem nasskalten schmutzig braunen Nebel, dessen schwerere Bestandteile als rußige Atome herniedernieselten, als hätten alle Kamine Großbritanniens auf Verabredung Feuer gefangen und loderten nun nach Herzenslust vor sich hin. Klima und Stadt hatten nichts sonderlich Heiteres an sich, und dennoch war eine Heiterkeit zu spüren, wie sie die klarste Sommerluft und die strahlendste Sommersonne vergeblich zu verströmen versucht hätten.

Denn die Leute, die auf den Hausdächern schaufelten, waren freudig und froh gestimmt, riefen einander von den Schutzgeländern aus fröhliche Worte zu und bewarfen einander hin und wieder scherzhaft mit einem Schneeball – weitaus bessere Wurfgeschosse als mancher wortreiche Scherz – und lachten herzlich, wenn er traf, und genauso herzlich, wenn er nicht traf. Noch hatten die Geflügelhändler geöffnet, und die Fruchtstände erstrahlten in all ihrer Pracht. Da gab es große, runde, schmerbäuchige Körbe voller Kastanien, geformt wie die Westen gemütlicher alter Herren, die an den Türen lümmelten und sich in ihrer apoplektischen Fülle bis auf die Straße verirrten. Da gab es kernige, braungesichtige, speckhüftige spanische Zwiebeln, die in ihrer Fettleibigkeit wie spanische Mönche glänzten und von ihren Fächern aus den vorbeigehenden Mädchen, die schüchtern zu dem aufgehängten Mistelbusch hinaufblickten, lüstern und verschlagen zuzwinkerten. Da gab es Birnen und Äpfel, zu üppigen Pyramiden aufgetürmt; da gab es dicke Traubenbündel, von den zuvorkommenden Krämern so verlockend an Haken aufgehängt, dass den Passanten das Wasser gratis im Mund zusammenlief; da gab es Berge von Haselnüssen, braun und moosgrün, deren Duft an einstmalige Waldspaziergänge erinnerte, bei denen man knöcheltief durch welkes Laub gestapft war; da gab es Norfolk-Biffins-Backäpfel, die dick und braun das Gelb der Orangen und Zitronen betonten und so saftig aussahen, dass sie geradezu danach zu verlangen und darum zu flehen schienen, in Papiertüten nach Hause mitgenommen und nach dem Abendessen verzehrt zu werden. Selbst die Goldfische und Silberfische, die zwischen diesen köstlichen Früchten in einer Schüssel zur Schau gestellt waren, schienen trotz ihrer Zugehörigkeit zu einer stumpfsinnigen und bleiblütigen Gattung zu spüren, dass etwas vor sich ging, und umschwammen wie gedrillt unablässig mit offenem Maul in träger und blutleerer Aufregung ihre kleine Welt.

Die Krämer! Oh, die Krämer! Sie hatten schon fast geschlossen, zwei Fensterläden vorgelegt oder einen; doch was für heimliche Blicke durch diese Spalten! Nicht nur dass die Waagschalen sich auf der Theke mit munterem Klang senkten oder dass Zwirn und Rolle sich so geschwind voneinander trennten oder dass die Blechbüchsen klappernd hin- und hergestellt wurden, als gehörten sie zur Darbietung eines Jongleurs, oder auch nur dass der vermischte Duft von Tee und Kaffee die Nase so delikat kitzelte oder die Rosinen von solcher Fülle und so erlesen waren und die Mandeln so überaus weiß und die Zimtstangen so lang und gerade und die anderen Gewürze so köstlich und die kandierten Früchte mit geschmolzenem Zucker so überzogen und verziert waren, dass sogar die kühlsten Betrachter vor Appetit schwach wurden und sich allein von diesem Anblick übersättigt fühlten. Und nicht nur dass die Feigen feucht und fleischig waren oder dass die französischen Pflaumen in ihren prunkvoll geschmückten Schachteln sittsam und herb erröteten oder dass alles appetitanregend und weihnachtlich herausgeputzt war, nein, auch die Kunden waren in der hoffnungsfrohen Erwartung dieses Tages so eilig und so aufgeregt, dass sie an den Ladentüren ineinanderstolperten, ihre Körbe wild gegeneinanderschlugen, ihre Einkäufe auf der Ladentheke liegen ließen und eilends wiederkamen, um sie zu holen – unzählige solcher kleinen Irrtümer begingen sie, und all das mit der denkbar besten Laune, und der Krämer und seine Angestellten waren so frisch und frei, dass die blankpolierten Herzen, mit denen ihre Schürzen hinten befestigt waren, ihre eigenen Herzen hätten sein können, die sie außen trugen, zur allgemeinen Besichtigung und als Fraß für weihnachtlich gesinnte Krähen, sollte diesen der Sinn danach stehen.

Doch schon bald riefen die Glockentürme all die braven Leute in Kirchen und Beträume, und sie kamen in Scharen die Straßen entlang, in ihrer besten Kleidung und mit ihren fröhlichsten Mienen. Und zur gleichen Zeit schwärmten von Dutzenden Nebenstraßen, Gassen und namenlosen Ecken zahllose Menschen aus, die ihr Abendessen in die Backstuben trugen. Der Anblick dieser armen Schwelger schien großes Interesse in dem Geist zu wecken, denn er stand mit Scrooge im Eingang einer Bäckerei, lüpfte die Topfdeckel der Eintretenden und streute Weihrauch aus seiner Fackel auf ihr Essen. Es war eine sehr ungewöhnliche Fackel, denn einige Male, als es zu gereizten Wortwechseln zwischen Essensträgern kam, die einander angerempelt hatten, sprengte er einige Tropfen aus seiner Fackel auf sie, und sogleich war ihre gute Laune wiederhergestellt, und sie sagten, es sei eine Schande, am Weihnachtstag zu streiten. Jawohl! Weiß Gott, das wäre es!

Und dann verstummten die Glocken, und die Bäckereien wurden geschlossen, doch die aufgetauten nassen Flecken an den Wänden oberhalb der Bäckeröfen, vor denen das Straßenpflaster rauchte, als würden sogar die Pflastersteine gegart, schafften eine wohltuende Vorahnung all dieser Mahlzeiten und ihres allmählichen Schmorens.

»Hat das, was Sie mit Ihrer Fackel verstreuen, ein bestimmtes Aroma?«, fragte Scrooge.

»Das hat es. Mein persönliches Aroma.«

»Passt es an diesem Tag zu jeder Art von Speise?«

»Zu jeder, die gütigen Herzens bereitet wird. Und am besten zu den Speisen der Armen.«

»Und warum das?«, fragte Scrooge.

»Weil sie es am dringendsten nötig haben.«

»Geist«, sagte Scrooge nach kurzem Nachdenken, »was ich nicht verstehe, ist, dass unter allen Wesen in den vielen Welten um uns herum ausgerechnet Sie die harmlosen Vergnügungen dieser Leute einschränken wollen.«

»Ich?«, rief der Geist.

»Sie wollen sie daran hindern, eine warme Mahlzeit an

jedem siebten Tag zu essen, der oft genug der einzige Tag der Woche ist, an dem bei ihnen überhaupt von einer Mahlzeit die Rede sein kann. Wollen Sie das etwa nicht?«

»Ich?«, rief der Geist.

»Sie wollen doch, dass diese Orte an Sonntagen geschlossen bleiben«, sagte Scrooge, »und das kommt auf das Gleiche heraus.«

»Ich soll das wollen?«, rief der Geist.

»Verzeihen Sie, wenn ich mich irre. Es geschah in Ihrem Namen oder zumindest im Namen eines Mitglieds Ihrer Familie«, sagte Scrooge.

»Es gibt Menschen auf deiner Erde«, erwiderte der Geist, »die sich anmaßen, uns zu kennen, und die ihre Taten des Eiferertums, des Stolzes, der Bosheit, des Hasses, des Neids, der Scheinheiligkeit und der Selbstsucht in unserem Namen begehen, obwohl sie uns und unserer Sippschaft samt Kind und Kegel so fremd sind, als hätten sie nie gelebt. Bedenke dies, und lege ihr Tun ihnen zur Last und nicht uns.«

Scrooge versprach es; und sie gingen weiter, unsichtbar wie zuvor, in die Vororte der Stadt. Es war eine auffallende Eigenschaft des Geistes (die Scrooge vor der Backstube bemerkt hatte), dass er trotz seiner Riesengröße bequem überall Platz fand und dass er unter einem niedrigen Dach genauso formvollendet als übernatürliches Wesen stand, wie er es in dem geräumigsten Saal getan hätte.

Vielleicht war es die Freude, die der gutherzige Geist daran hatte, seine Macht zu entfalten, oder seine freundliche, großzügige, herzliche Natur und das Mitgefühl, das er allen Armen entgegenbrachte, was ihn schnurstracks zu Scrooges Schreiber führte, denn dorthin wendete er seine

Schritte, und er nahm Scrooge mit, der sich an seiner Robe festhielt; und auf der Türschwelle blieb der Geist lächelnd stehen und segnete Bob Cratchits Zuhause mit den Spritzern aus seiner Fackel. Man denke nur! Bob verdiente nicht mehr als fünfzehn Shilling in der Woche, fünfzehn »Bob«; er steckte jeden Samstag nur fünfzehn Namensvettern ein; und dennoch segnete der Geist der gegenwärtigen Weihnacht sein Häuschen mit den vier Zimmern!

Dann erschien Mrs. Cratchit, Bob Cratchits Ehefrau, recht ärmlich herausgeputzt in einem zweimal gewendeten Kleid, aber tapfer mit Bändern geschmückt, denn die sind billig und machen für Sixpence viel her; sie deckte den Tisch, unterstützt von Belinda Cratchit, ihrer zweitältesten Tochter, die sich ebenfalls tapfer mit Bändern geschmückt hatte, während Master Peter Cratchit eine Gabel in den Topf mit Kartoffeln senkte, wobei ihm die Spitzen seines monströsen Hemdkragens in den Mund gerieten (Bobs Hemdkragen, zur Feier des Tages seinem Sohn und Erben überantwortet), insgeheim frohlockte, weil er so vornehm ausstaffiert war, und es kaum erwarten konnte, seine Weißwäsche in den eleganten Parks spazieren zu führen. Und nun kamen zwei jüngere Cratchits, ein Knabe und ein Mädchen, hereingestürmt und schrien, sie hätten draußen vor der Backstube die Gans gerochen und sie am Geruch erkannt; und in schwelgerische Träume von Salbei und Zwiebeln versetzt, tanzten die beiden um den Tisch herum und ließen Master Peter Cratchit hochleben, während er (keineswegs hoffärtig, obwohl sein Vatermörder ihn schier erstickte) in das Feuer blies, bis die faulenzenden Kartoffeln aufkochten und laut an den Topfdeckel klopften, damit man sie herausließ und pellte.

»Wo bleibt nur euer lieber Vater?«, sagte Mrs. Cratchit. »Und euer Bruder Tiny Tim? Und Martha war letztes Jahr eine ganze halbe Stunde früher zu Hause!«

»Hier ist Martha, Mutter«, sagte ein junges Mädchen, das zur Tür hereinkam.

»Hier ist Martha, Mutter!«, riefen die zwei jungen Cratchits. »Hurra! Martha, es gibt sooo eine Gans!«

»Du lieber Himmel, mein Schatz, wie spät du heute kommst!«, sagte Mrs. Cratchit, küsste ihre Tochter ein Dutzend Mal und nahm ihr geschäftig und diensteifrig Schal und Haube ab.

»Wir mussten gestern Abend eine Menge Arbeit fertig machen«, erwiderte das Mädchen, »und heute Morgen alles aufräumen, Mutter!«

»Nun gut! Hauptsache, du bist jetzt da«, sagte Mrs. Cratchit. »Setz dich ans Feuer, mein Schatz, und wärm dich auf, liebes Kind!«

»Nein, nein! Vater kommt«, riefen die zwei jungen Cratchits, die überall gleichzeitig waren. »Versteck dich, Martha, versteck dich!«

Und Martha versteckte sich, und ihr Vater, der kleine Bob, kam herein, und mindestens drei Fuß Schal hingen an ihm herunter, die Fransen nicht gerechnet; seine fadenscheinige Kleidung war gestopft und gebürstet, damit sie anständig aussah; und Tiny Tim saß auf seinen Schultern. Der arme Tiny Tim hielt eine kleine Krücke in der Hand, und seine Gliedmaßen waren von eisernen Schienen gestützt.

»Nanu, wo ist denn unsere Martha?«, rief Bob Cratchit und sah sich um.

»Sie kommt nicht«, sagte Mrs. Cratchit.

»Sie kommt nicht!« Bobs gute Laune erlitt einen merklichen Dämpfer. Er war den ganzen Rückweg von der Kirche über Tiny Tims Rennpferd gewesen und hatte den Heimweg im Galopp zurückgelegt. »Am Weihnachtstag kommt sie nicht!«

Martha konnte es nicht ertragen, seine Enttäuschung zu sehen, nicht einmal im Scherz, und sie trat verfrüht hinter der Kammertür hervor und lief in seine Arme, während die zwei jungen Cratchits Tiny Tim in die Mitte nahmen und ins Waschhaus entführten, damit er hörte, wie der Pudding im Waschkessel summte.

»Und wie hat der kleine Tim sich betragen?«, fragte Mrs. Cratchit, nachdem sie Bob für seine Leichtgläubigkeit gescholten hatte und nachdem Bob seine Tochter nach Herzenslust geherzt hatte.

»Er ist ein Goldjunge«, sagte Bob, »und mehr als das. Er kommt ins Grübeln, weil er so viel allein dasitzt, und denkt sich die seltsamsten Dinge aus, die du dir vorstellen kannst. Auf dem Heimweg hat er mir gesagt, dass er hofft, dass die Leute ihn in der Kirche gesehen haben, weil er verkrüppelt ist, und dass sie sich am Weihnachtstag vielleicht gern an denjenigen erinnern würden, der lahme Bettler gehen und Blinde sehen hieß.«

Bobs Stimme zitterte, als er ihnen das erzählte, und sie zitterte noch mehr, als er sagte, Tiny Tim werde allmählich stark und kräftig.

Die emsige kleine Krücke machte sich auf dem Fußboden vernehmbar, Tiny Tim war wieder da, bevor ein weiteres Wort fiel, und wurde von den kleinen Geschwistern zu seinem Hocker am Feuer eskortiert; und während Bob seine Manschetten aufkrempelte – als wäre es möglich, sie in einen noch jämmerlicheren Zustand zu versetzen, armer Kerl – und in einem Krug ein warmes Getränk aus Gin und Zitronen braute und es gut umrührte und zum Warmhalten auf den Kaminvorsprung stellte, ging Master Peter mit den allgegenwärtigen jungen Cratchits die Gans holen, und sie kehrten alsbald in feierlicher Prozession mit ihr zurück.

Nun folgte eine Geschäftigkeit, dass man hätte meinen können, eine Gans wäre der seltenste aller Vögel, ein gefiedertes Wundertier, neben dem ein schwarzer Schwan zur Bedeutungslosigkeit verkommen musste: Und in der Tat war sie in diesem Haushalt etwas Vergleichbares. Mrs. Cratchit machte die Bratensauce, die in einer kleinen Kasserolle bereitstand, zischend heiß; Master Peter stampfte die Kartoffeln mit unglaublicher Kraft; Miss Belinda süßte die Apfelsauce; Martha trocknete die heißen Teller ab; Bob setzte Tiny Tim neben sich an ein Eckchen des Tischs; die zwei jungen Cratchits rückten für alle die Stühle zurecht, bezogen ihren Posten und steckten sich jeder einen Löffel in den Mund, damit sie nicht nach Gänsebraten schrien, bevor sie an der Reihe waren. Zu guter Letzt wurden die Teller auf den Tisch gestellt, und das Tischgebet wurde gesprochen. Dann folgte atemlose Spannung, als Mrs. Cratchit ihren Blick langsam das Tranchiermesser entlangwandern ließ, bevor sie es der Gans in die Brust stieß; als sie es schließlich hineinstieß und als die sehnlich erwartete Füllung daraus hervorquoll, erhob sich an der ganzen Tafel entzücktes Murmeln, und sogar Tiny Tim, angestachelt von den zwei jungen Cratchits, klopfte mit dem Griff seines

Messers auf den Tisch und rief mit schwacher Stimme hurra!

Nie hatte es eine solche Gans gegeben. Bob sagte, er könne sich nicht vorstellen, dass je zuvor eine solche Gans gebraten worden sei. Ihre Zartheit und ihr Aroma, ihre Größe und ihr günstiger Preis waren Gegenstand allgemeiner Bewunderung. Unterstützt durch Apfelsauce und Kartoffelbrei war sie eine ausreichende Mahlzeit für die ganze Familie; und sie hatten tatsächlich, wie Mrs. Cratchit voller Entzücken feststellte, während sie ein winziges Knöchlein auf dem Teller betrachtete, noch nicht einmal alles aufgegessen! Aber jeder war satt geworden, insbesondere die jungen Cratchits, die bis über beide Ohren in Salbei und Zwiebeln getaucht waren! Doch nun wechselte Miss Belinda die Teller, und Mrs. Cratchit verließ das Zimmer allein – so nervös, dass sie keine Zeugen ertragen konnte –, um den Pudding aus dem Kessel zu holen und hereinzubringen.

Angenommen, er wäre nicht gar! Angenommen, er fiele auseinander, wenn sie ihn aus der Form nahm! Angenommen, jemand wäre über die Mauer des Hinterhofs geklettert und hätte ihn gestohlen, während sie sich an der Gans gütlich taten: eine Vorstellung, bei der die beiden jungen Cratchits totenbleich wurden! Die schlimmsten Schrecknisse wurden erwogen.

Hallo! Wie das dampfte! Der Pudding war aus dem Waschkessel genommen worden. Ein Geruch wie an einem Waschtag! Das war das Tuch. Ein Geruch wie in einem Gasthaus mit einem Pastetenbäcker im Nachbarhaus und einer Wäscherei im übernächsten Haus! Das war der Pudding. Eine halbe Minute darauf kam Mrs. Cratchit herein:

geröteten Gesichts, aber stolz lächelnd – mit dem Pudding, der hart und fest wie eine gesprenkelte Kanonenkugel in einem Fingerhut voll entzündeten Branntweins loderte und mit einem weihnachtlichen Stechpalmenzweig geschmückt war.

Oh, was für ein herrlicher Pudding! Bob Cratchit sagte, und er sagte es gelassen, er betrachte dies als den größten Erfolg Mrs. Cratchits seit ihrer Heirat. Mrs. Cratchit sagte, nun, da es ihr nicht mehr auf der Seele laste, könne sie gestehen, dass sie sich mit der Mehlmenge nicht ganz sicher gewesen sei. Jeder hatte etwas dazu zu sagen, aber niemand kam auf die Idee zu sagen oder zu denken, es wäre ein kleiner Pudding für eine große Familie. So etwas wäre glatte Ketzerei gewesen. Jeder Cratchit wäre bei der bloßen Vorstellung errötet.

Schließlich war das Abendessen beendet, der Tisch abgeräumt, der Herd gekehrt und das Feuer geschürt. Die Mischung in dem Krug war gekostet und für ausgezeichnet befunden, Äpfel und Orangen wurden auf den Tisch gestellt, und eine Schaufel Kastanien wurde in das Feuer geschoben. Dann sammelte sich die ganze Familie Cratchit um den Kamin zu etwas, was Bob einen Kreis nannte, womit er einen Halbkreis bezeichnete; und neben Bob Cratchit stand der Gläservorrat der Familie, zwei Wassergläser und ein Senfbehältnis ohne Henkel.

Diese Trinkgefäße erfüllten ihren Zweck für das warme Getränk aus dem Krug jedoch nicht schlechter, als es goldene Kelche getan hätten; und Bob schenkte es mit strahlender Miene aus, während die Kastanien im Feuer laut knisterten und zischten. Dann brachte Bob einen Trinkspruch aus:

»Frohe Weihnachten für uns alle, meine Lieben. Gott segne uns!«

Was die ganze Familie wiederholte.

»Gott segne uns und jeden Einzelnen von uns!«, sagte Tiny Tim als Letzter von allen.

Er saß ganz nah neben seinem Vater auf seinem kleinen Hocker. Bob hielt seine abgemagerte kleine Hand in der Hand, als wollte er das geliebte Kind bei sich behalten und befürchtete, es könnte ihm genommen werden.

»Geist«, sagte Scrooge mit einer Anteilnahme, die er nie zuvor empfunden hatte, »sagen Sie mir, ob Tiny Tim am Leben bleiben wird.«

»Ich sehe einen leeren Platz«, erwiderte der Geist, »in der tristen Kaminecke und eine Krücke ohne Besitzer, die sorgsam aufbewahrt wird. Wenn diese Schatten durch die Zukunft nicht verändert werden, wird das Kind sterben.«

»Nein, nein«, sagte Scrooge. »O nein, gütiger Geist! Sagen Sie, dass er verschont bleiben wird!«

»Wenn diese Schatten durch die Zukunft nicht verändert werden«, erwiderte der Geist, »wird ihn keiner aus meinem Geschlecht hier vorfinden. Was tut es schon zur Sache? Wenn er sterben muss, dann hindert ihn niemand, es zu tun und die überschüssige Bevölkerung zu vermindern.«

Scrooge ließ den Kopf hängen, als er die eigenen Worte von dem Geist zitiert hörte, und Reue und Kummer erfüllten ihn.

»Menschlein«, sagte der Geist, »wenn du im Herzen Mensch bist und nicht Stein, enthalte dich solch schändlicher Überheblichkeiten, solange du nicht weißt, welches der Überschuss ist und wo er sich befindet. Willst du entscheiden, welche Menschen leben und welche sterben sollen? Vielleicht bist du in den Augen des Himmels wertloser und weniger lebenstüchtig als Millionen solcher Kinder wie dieses hier. Herr im Himmel!, hören zu müssen, wie das Insekt auf dem Blatt die Überzahl seiner hungrigen Brüder im Staub anprangert!«

Scrooge beugte sich demütig unter dem Verweis des Geistes und senkte zitternd den Blick zu Boden. Doch sogleich blickte er wieder auf, denn er hörte seinen Namen.

»Mr. Scrooge!«, sagte Bob. »Ich hebe mein Glas auf Mr. Scrooge, den Spender unseres Festessens!«

»Spender unseres Festessens, ha!«, rief Mrs. Cratchit, deren Miene sich vor Zorn rötete. »Ich wünschte, er wäre hier. Ich würde ihm etwas sagen, woran er ordentlich zu kauen hätte, und ich hoffe, er würde sich die Zähne daran ausbeißen.«

»Mein Schatz«, sagte Bob, »denk an die Kinder; es ist Weihnachten.«

»Ja, gewiss, es ist Weihnachten«, sagte sie, »denn sonst käme niemand auf die Idee zu verlangen, auf die Gesundheit eines so abscheulichen, knickrigen, rücksichtslosen und herzlosen Menschen wie Mr. Scrooge zu trinken. Du weißt, dass er das ist, Robert! Niemand weiß es besser als du!«

»Mein Schatz«, erwiderte Bob sanftmütig, »es ist Weihnachten.«

»Um deinetwillen und dem Tag zu Ehren werde ich auf ihn trinken«, sagte Mrs. Cratchit, »nicht um seinetwillen. Möge er lange leben! Fröhliche Weihnachten und ein glückliches neues Jahr! – Und gewiss wird er sehr fröhlich und sehr glücklich sein, o ja!«

Die Kinder tranken nach ihr auf ihn. Es war das erste Mal, dass sie etwas ohne Herzlichkeit taten. Tiny Tim trank als Letzter, und er gab keinen Pfifferling darauf. Scrooge war das Ungeheuer schlechthin. Die Erwähnung seines Namens warf einen dunklen Schatten auf das Weihnachtsfest, der ganze fünf Minuten lang anhielt.

Als er sich verzogen hatte, waren sie zehnmal so fröhlich wie vorher, allein aus Erleichterung, den Unhold Scrooge erledigt zu haben. Bob Cratchit erzählte ihnen, dass er eine Anstellung für Master Peter im Auge habe, die sage und schreibe fünf Shilling und Sixpence wöchentlich einbringen würde, falls er sie ergatterte. Die zwei jungen Cratchits lachten unmäßig bei der Vorstellung von Peter als einem Geschäftsmann, und Peter blickte durch seine Kragenspitzen nachdenklich ins Feuer, als überlegte er, welche Investitionen er zu tätigen gedächte, wenn er in Besitz eines so staunenswerten Einkommens gelangte. Martha, die als armes Lehrmädchen bei einer Modistin arbeitete, erzählte dann, welche Arbeit sie zu tun hatte und wie viele Stunden am Stück sie arbeitete und dass sie beabsichtige, am nächsten Morgen lange im Bett zu bleiben und sich gründlich auszuruhen, denn sie hatte einen freien Tag, den sie zu Hause verbringen durfte. Und sie erzählte, dass sie vor einigen Tagen eine Gräfin und einen Edelmann gesehen habe und dass der Edelmann »ungefähr so groß wie Peter« gewesen sei, woraufhin Peter seinen Hemdkragen so hoch aufstellte, dass Sie, selbst wenn Sie zugegen gewesen wären, seinen Kopf nicht mehr gesehen hätten. Unterdessen wurden die heißen Kastanien und der Krug immer wieder herumgereicht, und dann sang Tiny Tim ein Lied von einem

Kind, das sich im Schnee verirrt hatte; seine Stimme war klagend und leise, und er sang recht hübsch.

Nichts an alledem war etwas Besonderes. Sie waren keine stattliche Familie; sie waren nicht gut gekleidet; ihre Schuhe waren alles andere als wasserdicht; ihre Kleidung war dürftig; und Peter hatte das Pfandleihhaus vielleicht oder sogar gewiss schon von innen gesehen. Aber sie waren glücklich, dankbar, einander zugetan und zufrieden mit dem Festtag; und als sie verblichen und in den hellen Funken aus der Fackel des Geistes zum Abschied noch glücklicher aussahen, hielt Scrooge den Blick bis zuletzt auf sie gerichtet und ganz besonders auf Tiny Tim.

Inzwischen wurde es dunkel, und es schneite ziemlich heftig; und als Scrooge und der Geist die Straßen entlanggingen, leuchtete der helle Schein prasselnder Feuer anheimelnd aus Küchen, Salons und den verschiedensten Räumen. Hier zeigte das flackernde Licht die Vorbereitungen für ein behagliches Abendessen, gewärmte Teller, die vor dem Feuer durchgebacken wurden, und tiefrote Vorhänge, die darauf warteten, zugezogen zu werden, um Kälte und Dunkelheit auszusperren. Dort liefen alle Kinder des Hauses in den Schnee hinaus, um ihre verheirateten Schwestern, Brüder, Cousins, Onkel und Tanten als Erste zu begrüßen. Hier wiederum zeichneten sich auf den Fensterjalousien die Schatten der Gäste ab, die sich einfanden, und dort trippelte eine Schar hübscher Mädchen – allesamt in Kapuzen und Pelzstiefeln und durcheinanderschwatzend – zum Haus eines nahen Nachbarn; und wehe dem ledigen Mann, der sie dort mit glühenden und strahlenden Gesichtern eintreten sah, und das wussten sie sehr wohl, die schlauen Hexen!

Angesichts der vielen Menschen, die unterwegs waren, um Freunde aufzusuchen, hätte man meinen können, niemand wäre zu Hause, der sie willkommen heißen konnte, wenn sie ankamen, doch stattdessen erwartete jedes einzelne Haus Besuch und hatte Scheite bis zur halben Höhe des Kamins im Feuer aufgetürmt. Gesegnet sollten sie sein, oh, wie der Geist frohlockte! Wie er seine breite Brust entblößte und seine große Handfläche ausstreckte und dahinflog und mit großzügiger Hand heiteren und unschuldigen Frohsinn auf alles verteilte, was sich in Reichweite befand! Selbst der Laternenanzünder, der sich beeilte, die dämmerige Straße mit Lichttupfern zu versehen, und der festlich gekleidet war, weil man ihn eingeladen hatte, lachte laut auf, als der Geist an ihm vorbeiflog, obwohl er sich nicht hätte träumen lassen, dass ihn noch etwas anderes als Weihnachten dazu veranlasst hatte!

Und dann standen sie ohne Vorwarnung des Geistes plötzlich auf einer trostlosen und menschenleeren Heide, wo ungeheure, ungeschlachte Gesteinsbrocken verstreut waren, als handelte es sich um die Grabstätte von Riesen; und Wasser floss, wohin es wollte, oder hätte es getan, wenn der Frost es nicht gefangen gehalten hätte; und nichts wuchs dort außer Moos und Stechginster und strähnigem, störrischem Gras. Tief im Westen hatte die untergehende Sonne einen feurigroten Streifen zurückgelassen, der für einen Augenblick die trostlose Szene anfunkelte wie ein mürrisches Auge und dann übellaunig tiefer, tiefer und noch tiefer sank, bis er in der dichten Finsternis schwärzester Dunkelheit verschwand.

»Was ist das für ein Ort?«, fragte Scrooge.

»Ein Ort, wo Bergleute leben, die im Inneren der Erde ihre schwere Arbeit verrichten«, erwiderte der Geist. »Aber sie kennen mich. Sieh nur!«

Licht fiel aus dem Fenster einer Hütte, und sie näherten sich geschwind. Sie durchquerten die Wand aus Lehm und Stein und trafen auf eine heitere Gesellschaft, die um ein brennendes Feuer versammelt saß: ein betagtes, ja hochbetagtes Paar mit Kindern und Kindeskindern und einer noch jüngeren Generation, alle in Feiertagskleidung herausgeputzt. Mit einer Stimme, die das Heulen des Windes auf der Einöde immer wieder übertönte, sang der alte Mann ihnen ein Weihnachtslied vor, das schon in seiner Kindheit sehr alt gewesen war; und ab und zu stimmten alle in den Refrain des Liedes ein. Sobald die anderen mitsangen, wurde die Stimme des Alten ganz munter und laut, und sobald sie verstummten, wurde sie wieder schwach und leise.

Hier verweilte der Geist nicht lange, sondern er forderte Scrooge auf, sich an seinem Gewand festzuhalten, flog über Heide und Moor und eilte wohin? Doch nicht auf das Meer hinaus? Auf das Meer hinaus. Scrooge warf einen Blick zurück und sah zu seinem Entsetzen das letzte Ende festen Landes, eine furchteinflößende Felsformation, hinter ihnen, und die Fluten tosten ohrenbetäubend, als sie in die schreckenerregenden Höhlen, die sie gebildet hatten, hineinbrausten und tobten und wüteten und ungestüm die Erde zu untergraben versuchten.

Etwa eine Meile von der Küste entfernt erhob sich ein einsamer Leuchtturm auf einer trübseligen Klippe aus abgesunkenen Felsbrocken, gegen die das ganze stürmische Jahr hindurch die Wasser brodelten und klatschten. Große

Büschel Seegras hatten sich an seinem Fuß verfangen, und Sturmvögel, für den Betrachter windgezeugt wie das Seegras meergezeugt, stiegen auf und umstürmten es wie die Wogen, über die sie hinwegflogen.

Doch selbst hier hatten zwei Leuchtturmwärter ein Feuer entzündet, das durch das Guckloch in der dicken Mauer einen hellen Strahl auf das furchtbare Meer hinaussandte. Sie reichten einander ihre schwieligen Hände über den ungeschlachten Tisch, an dem sie saßen, und wünschten einander frohe Weihnachten über ihrer Kanne Grog; und einer von ihnen, tatsächlich der Ältere, dessen Gesicht von den Unbilden des Wetters über und über gekerbt und genarbt war wie die Galionsfigur eines alten Schiffes, stimmte ein kräftiges Lied an, das wie ein Windsturm klang.

Wieder eilte der Geist weiter über das schwarze wogende Meer, weiter und weiter, bis sie fern jeden Ufers, wie er Scrooge sagte, auf ein Schiff stießen. Sie standen neben dem Steuermann am Steuerruder, neben dem Mann im Ausguck am Bug, neben den Offizieren auf Wache, dunklen, gespenstischen Gestalten bei ihren verschiedenen Aufgaben; doch jeder von ihnen summte eine Weihnachtsmelodie oder hatte einen weihnachtlichen Gedanken oder erzählte seinem Gefährten flüsternd von einem vergangenen Weihnachtstag, verbunden mit heimwärts gerichteten guten Wünschen. Jeder Mann an Bord, wach oder schlafend, gut oder schlecht, hatte an diesem Tag ein freundlicheres Wort an die anderen gerichtet als an jedem anderen Tag des Jahres, jeder hatte bis zu einem gewissen Grad an den Festtagsfreuden teilgenommen und hatte sich jener erinnert, die in der Ferne seiner gedachten, im Wissen, dass auch sie seiner freudig gedachten.

Für Scrooge, der dem Klagen des Windes lauschte und sich dachte, was für eine ernste Sache es sei, durch die einsame Dunkelheit über einen ungeahnten Abgrund zu fahren, dessen Tiefen so unergründliche Geheimnisse bargen wie der Tod – für Scrooge, der mit solchen Gedanken beschäftigt war, war es eine gewaltige Überraschung, ein herzhaftes Lachen zu hören. Noch größer war die Überraschung, als Scrooge in dem Lachenden seinen Neffen erkannte und sich selbst in einem hellen, trockenen, heiteren Raum wiederfand, in dem der Geist lächelnd neben ihm stand und den besagten Neffen mit wohlwollender Leutseligkeit betrachtete.

»Haha!«, lachte Scrooges Neffe. »Hahaha!«

Sollten Sie möglicherweise durch einen höchst unwahrscheinlichen Zufall jemanden kennen, der mit einem herzhafteren Lachen gesegnet ist als Scrooges Neffe, dann kann ich nur sagen, dass ich ihn auch gerne kennenlernen würde. Machen Sie mich mit ihm bekannt, und ich werde seine Bekanntschaft pflegen.

Es ist eine gerechte, anständige und edle Einrichtung der Dinge, dass zwar Krankheit und Kummer ansteckend sein können, aber nichts auf der Welt so unwiderstehlich ansteckend ist wie Gelächter und gute Laune. Wenn Scrooges Neffe auf diese Weise lachte: sich die Seiten hielt, den Kopf schieflegte und sein Gesicht zu den absonderlichsten Grimassen verzog, dann lachte Scrooges angeheiratete Nichte ebenso herzhaft wie er. Und all ihre Freunde standen ihnen in nichts nach und lachten lauthals und fröhlich mit.

»Haha! Hahahaha!«

»Er hat behauptet, Weihnachten wäre Unfug, so wahr

ich lebe!«, rief Scrooges Neffe. »Und er ist davon überzeugt!«

»Umso beschämender für ihn, Fred!«, sagte Scrooges Nichte empört. Gesegnet seien unsere Frauen; sie tun nichts halb. Sie meinen es immer ernst.

Sie war sehr hübsch, ausnehmend hübsch. Mit einem grübchenreichen, überrascht wirkenden, bezaubernden Gesicht, mit einem fülligen kleinen Mund, geradezu wie dafür geschaffen, geküsst zu werden – was er zweifellos wurde –, mit unzähligen kleinen Sommersprossen am Kinn, die miteinander verschmolzen, wenn sie lachte, und mit den fröhlichsten Augen, die man je im Kopf eines kleinen Geschöpfs zu sehen bekommen hatte. Alles in allem war sie – Sie wissen, was ich meine – einfach reizend, rundum. O ja, rundum!

»Er ist ein kurioser alter Knabe«, sagte Scrooges Neffe, »daran gibt es keinen Zweifel, und er ist nicht gerade der leutseligste Zeitgenosse, den man sich wünschen könnte. Aber mit seiner Übellaunigkeit straft er sich selbst am meisten, und dafür kann ich ihn eigentlich nur bedauern.«

»Er ist gewiss sehr reich, Fred«, sagte Freds Nichte in verschwörerischem Ton. »Du hast es jedenfalls immer behauptet.«

»Und wenn schon, mein Herz«, sagte Scrooges Neffe. »Sein Reichtum ist ihm von keinerlei Nutzen. Er tut nichts Gutes damit. Er macht sich das Leben nicht behaglich damit. Der Gedanke – haha –, uns jemals damit zu beglücken, macht ihm keine Freude.«

»Ich finde ihn unausstehlich«, bemerkte Scrooges Nichte. Ihre Schwestern und alle anderen anwesenden Damen äußerten die gleiche Ansicht.

»Oh, das sehe ich anders!«, sagte Scrooges Neffe. »Mir tut er leid; ich könnte ihm nicht einmal böse sein, wenn ich es wollte. Wer leidet unter seinen Launen und Grillen? Immer nur er selbst. Er hat sich in den Kopf gesetzt, uns nicht leiden zu können, und weigert sich, zu uns zum Essen zu kommen. Und was hat er davon? Nun ja, viel hat er vielleicht nicht verpasst.«

»Ich finde, er hat ein hervorragendes Abendessen verpasst«, unterbrach ihn Scrooges Nichte. Alle anderen pflichteten ihr bei, und man muss ihnen zugestehen, dass sie es beurteilen konnten, denn sie hatten gerade gegessen und saßen mit dem Dessert auf dem Tisch im Lampenlicht um das Feuer.

»Ha! Es freut mich, das zu hören«, sagte Scrooges Neffe, »denn ich traue diesen jungen Hausfrauen wenig zu. Was meinen Sie, Topper?«

Topper hatte eindeutig ein Auge auf eine der Schwestern von Scrooges Nichte geworfen, denn er antwortete, ein Junggeselle sei ein elender Außenseiter, dem es nicht zustehe, sich zu einem solchen Thema zu äußern. Woraufhin die Schwester von Scrooges Nichte – die dicke Schwester mit dem Spitzenlatz, nicht die mit den Rosen – errötete.

»Sprich weiter, Fred«, sagte Scrooges Nichte und klatschte in die Hände. »Er hört immer mittendrin auf. Was ist er nur für ein alberner Bursche!«

Scrooges Neffe erging sich in einer neuen Lachsalve, und da es unmöglich war, sich der Ansteckung zu entziehen, obwohl die dicke Schwester sich größte Mühe gab, sie mit Riechessig abzuwehren, folgte man einhellig seinem Beispiel.

»Ich wollte nur sagen«, sagte Scrooges Neffe, »dass alles, was er davon hat, dass er uns nicht leiden mag und keinen fröhlichen Abend mit uns verbringen will, darin besteht, dass er meiner Meinung nach ein paar angenehme Stunden versäumt, die ihm nicht schaden könnten. Ich bin mir sicher, dass ihm hier angenehmere Gefährten entgehen, als sie ihm seine Phantasie bescheren kann, wenn er in seinem schimmeligen alten Kontor oder in seiner schmutzigen Wohnung sitzt. Ich will ihm jedenfalls jedes Jahr wieder die Chance geben, ob es ihm passt oder nicht, denn er tut mir leid. Mag er Weihnachten verhöhnen, bis er stirbt, aber er wird nicht umhinkönnen, seine Meinung zu ändern – darauf wette ich, was ihr wollt –, wenn er sieht, dass ich Jahr für Jahr freundlich gesinnt zu ihm gehe und sage: Onkel Scrooge, wie geht es dir? Wenn es ihn damit dazu bewegen könnte, seinem armen Schreiber fünfzig Pfund zu hinterlassen, dann wäre das schon allerhand, und ich glaube, gestern habe ich ihn aufgerüttelt.«

Bei der Vorstellung, er hätte Scrooge aufgerüttelt, mussten nun alle Anwesenden laut lachen. Doch da sie von Grund auf gutmütig waren und es nicht sonderlich darauf ankam, worüber sie lachten, lachten sie ohnedies über alles, und Scrooges Neffe ermunterte sie darin und ließ fröhlich die Flasche herumgehen.

Nach dem Tee gab es etwas Musik. Sie waren eine musikalische Familie und wussten, was sie taten, wenn sie einen Wechselgesang oder einen Kanon anstimmten, das kann ich Ihnen versichern: ganz besonders Topper, der im Bass brummen konnte wie ein Opernsänger, ohne dass ihm die Stirnadern schwollen oder er einen roten Kopf bekam.

Scrooges Nichte spielte Harfe und spielte gut; und neben anderen Melodien spielte sie ein schlichtes Liedchen (nichts Besonderes, man könnte es innerhalb von zwei Minuten nachpfeifen), ein Lied, das dem Kind vertraut gewesen war, das Scrooge aus dem Internat abgeholt hatte, wie ihm der Geist der vergangenen Weihnachten in Erinnerung gerufen hatte. Als diese Töne erklangen, entsann er sich aller Dinge, die der Geist ihm gezeigt hatte; er wurde immer weicher; und er dachte sich, wenn er das Lied in früheren Zeiten öfter hätte hören können, hätte er vielleicht mit eigener Hand die Gunst des Lebens für sein eigenes Leben nutzen können und nicht Zuflucht bei dem Spaten des Totengräbers suchen müssen, der Jacob Marley beerdigt hatte.

Doch sie widmeten nicht den ganzen Abend der Musik. Nach einiger Zeit spielten sie Pfänderspiele; denn es tut gut, bisweilen zum Kind zu werden, und welcher Zeitpunkt wäre besser als Weihnachten, da sein mächtiger Begründer selbst ein Kind war! Halt! Zuerst wurde Blindekuh gespielt. Was sonst? Und dass Topper blind war, das glaube ich so wenig, wie ich glaube, dass seine Stiefel Augen hatten. Ich bin der Meinung, dass die Sache zwischen ihm und Scrooges Neffen abgekartet war und dass der Geist der gegenwärtigen Weihnacht eingeweiht war. Die Art und Weise, wie er die dicke Schwester mit dem Spitzenlatz verfolgte, war eine Zumutung für die Gutgläubigkeit der Menschennatur. Er warf das Kamingerät um, fiel über die Stühle, stolperte gegen das Klavier, verhedderte sich in den Vorhängen, und wohin sie sich wendete, dorthin wendete auch er sich. Er wusste immer, wo die dicke Schwester war. Er fing niemand anderen ein. Wäre man gegen ihn gestoßen, wie manche es taten, und stehen geblieben, dann hätte er so unglaubwürdig vorgegeben, einen zu erhaschen zu versuchen, dass es ein Affront für unseren Verstand gewesen wäre, und hätte sich sogleich wieder an die Verfolgung der dicken Schwester gemacht. Sie rief oft, es sei nicht fair; und das war es weiß Gott nicht. Doch als er sie schließlich einfing und als er sie trotz allen seidenen Geraschels und schnellen Vorbeieilens in eine Ecke drängte, aus der es kein Entkommen gab, da war sein Betragen besonders abscheulich. Denn dass er vorgab, sie nicht zu kennen, dass er ihren Kopfputz berühren müsse und sich darüber hinaus ihrer Identität vergewissern müsse, indem er einen bestimmten Ring an ihrem Finger und eine bestimmte Kette an ihrem Hals berührte, das war niederträchtig, das war haarsträubend! Ganz gewiss sagte sie ihm, was sie davon hielt, als sie hinter den Vorhängen gar so vertraulich standen, während ein anderer die Blindekuh war.

Scrooges Nichte nahm an dem Blindekuhspiel nicht teil, sondern saß behaglich auf einem großen Sessel mit Fußschemel in einer gemütlichen Ecke, und der Geist und Scrooge standen dicht hinter ihr. Doch an den Pfänderspielen beteiligte sie sich, und sie beschrieb ihr Liebchen mit jedem Buchstaben des Alphabets, dass es allen Bewunderung abnötigte. Und auch in dem Spiel, bei dem nach Wie, Wann und Wo gefragt wird, tat sie sich hervor und schlug zum heimlichen Entzücken von Scrooges Neffen ihre Schwestern um Längen – obwohl auch sie schlaue Mädchen waren, wie Topper hätte bestätigen können. Es waren an die zwanzig Leute anwesend, jung wie alt, und alle spielten mit, auch Scrooge; denn er ging so auf in dem, was er erlebte, dass er völlig vergaß, dass seine Stimme für ihre Ohren nicht vernehmbar war, und bisweilen mit seiner Antwort laut herausplatzte, und oft genug war seine Antwort zutreffend; denn die spitzeste Nadel, beste Whitechapel-Qualität, mit garantiert glatter Öse, war nicht spitzer als Scrooge, auch wenn er sich noch so große Mühe gab, stumpf zu erscheinen.

Es freute den Geist ungemein, Scrooge in dieser Verfassung zu sehen, und er betrachtete ihn so freundlich, dass Scrooge ihn wie ein Knabe anbettelte, noch bleiben zu dürfen, bis die Gäste aufbrachen. Doch das, sagte der Geist, sei nicht möglich.

»Hier, ein neues Spiel!«, sagte Scrooge. »Eine halbe Stunde, Geist, nur eine halbe Stunde!«

Das Spiel hieß Ja und Nein; Scrooges Neffe musste sich etwas ausdenken, und die anderen mussten herausfinden, was es war; er durfte ihre Fragen nur mit ja oder nein beantworten. Das Schnellfeuer aus Fragen, dem sie ihn unterzogen, förderte zutage, dass er an ein Tier dachte, ein lebendes Tier, ein ziemlich unangenehmes Tier, ein wildes Tier, ein Tier, das bisweilen grunzte und brummte und bisweilen sprach, das in London lebte und auf den Straßen umherstreifte, das nicht zur Schau gestellt wurde und nicht herumgeführt wurde und nicht in einer Menagerie wohnte und nicht auf dem Markt geschlachtet wurde und das kein Pferd war und kein Esel und keine Kuh und kein Ochse und kein Tiger und kein Hund und kein Schwein und keine Katze und kein Bär. Bei jeder neuen Frage, die ihm gestellt wurde, brach dieser Neffe in neues dröhnendes Gelächter aus, bis er sich vor Lachen nicht mehr halten konnte und von dem

Sofa aufstehen und mit den Füßen stampfen musste. Zuletzt geriet die dicke Schwester in ähnliche Zustände wie er und rief: »Ich weiß es! Ich weiß, was es ist, Fred! Ich weiß es!«

»Und was ist es?«, rief Fred.

»Es ist dein Onkel Scroo-oo-ge!«

Das war zweifellos richtig. Uneingeschränkte Bewunderung erfüllte alle Herzen, obwohl eingewendet wurde, die Frage »Ist es ein Bär?« hätte mit einem Ja beantwortet gehört, da eine verneinende Antwort zwangsläufig die Gedanken von Mr. Scrooge abwenden musste, angenommen, sie hätten sich in seine Richtung bewegt.

»Er hat uns viel Vergnügen verschafft, möchte ich behaupten«, sagte Fred, »und es wäre undankbar, nicht auf sein Wohl zu trinken. Hier habe ich ein Glas Glühwein zur Hand, und ich sage: Auf Onkel Scrooge!«

»Wohlan! Auf Onkel Scrooge!«, riefen die Gäste.

»Frohe Weihnachten und ein gutes neues Jahr für den alten Herrn, wo er sich auch befinden mag!«, sagte Scrooges Neffe. »Von mir wollte er es nicht hören, aber ich wünsche es ihm trotzdem. Auf Onkel Scrooge!«

Onkel Scrooge war unversehens so fröhlich und munter geworden, dass er der nichtsahnenden Gesellschaft zum Dank zugetrunken und ihr mit einer unhörbaren Ansprache gedankt hätte, wenn der Geist ihm Zeit dafür gelassen hätte. Doch die ganze Szene verging mit dem letzten Wort, das der Neffe sprach; und Scrooge und der Geist waren wieder allein auf ihren Wanderungen.

Viel sahen sie, und weit reisten sie, und viele Heime besuchten sie, und stets mit glücklichem Ausgang. Der Geist stand an Krankenbetten, und die Kranken waren heiter; auf fremder Erde, und die Heimat war nah; bei Menschen in Not, und ihre Hoffnung gab ihnen Geduld; bei den Armen, und die Armut wurde zu Reichtum. Im Armenhaus, im Hospital, im Kerker, in jeder Bleibe des Elends, wo der eitle Mensch in seiner kleinen und kurzlebigen Macht die Tür nicht verschlossen und den Geist nicht ausgesperrt hatte, hinterließ er seinen Segen und lehrte Scrooge seine Lehre.

Es war eine lange Nacht, falls es nur eine Nacht war, was Scrooge bezweifelte, denn die Weihnachtsfeiertage schienen in des Geists Gesellschaft alle ineinander überzugehen. Sonderbar war auch, dass der Geist älter wurde, zusehends älter, während Scrooge in seiner äußeren Erscheinungsform unverändert blieb. Diese Veränderung fiel Scrooge auf, doch er erwähnte sie nicht, bis sie ein Kinder-Dreikönigsfest verließen und ihm, als sie im Freien standen, auffiel, dass die Haare des Geistes weiß geworden waren.

»Ist das Leben der Geister so kurz?«, fragte Scrooge.

»Mein Leben auf diesem Erdenrund ist sehr kurz«, erwiderte der Geist. »Es endet heute Nacht.«

»Heute Nacht!«, rief Scrooge.

»Heute um Mitternacht. Hör nur! Die Zeit ist nahe!«

Im selben Augenblick läuteten die Glocken die drei Viertelstunden bis Mitternacht.

»Verzeih mir, wenn ich frage, wozu ich nicht berechtigt bin«, sagte Scrooge mit einem aufmerksamen Blick auf das Gewand des Geistes, »aber ich sehe etwas Eigenartiges, was nicht zu Ihnen gehört, unter Ihrem Rocksaum hervorlugen. Es ist ein Fuß oder eine Klaue!«

»Es könnte eine Klaue sein, wenn man das Fleisch daran bedenkt«, erwiderte der Geist voller Kummer. »Sieh her.«

Aus den Falten seines Gewands förderte er zwei Kinder zutage, erbärmliche, verkommene, erschreckende, scheußliche, elende Gestalten. Sie knieten zu seinen Füßen nieder und hielten sich an seinem Gewand fest.

»O Mensch! Sieh her. Sieh her, sieh hierher!«, rief der Geist.

Es waren ein Knabe und ein Mädchen. Fahl, mager, zerlumpt, vergrämt und gierig und zugleich unterwürfig vor Demut. Wo die Anmut der Jugend ihre Glieder hätte runden und ihnen frische Farbe hätte verleihen müssen, schien die bleiche, verdorrte Hand des Alters sie gezwickt und verzerrt und zerfurcht zu haben. Wo Engel hätten thronen können, lauerten Teufel, die drohend hervorlugten. Keine Veränderung, Entartung, Verderbtheit des Menschengeschlechts unter allen unerklärlichen Rätseln der Schöpfung hat je auch nur annähernd so entsetzliche und erschreckende Ungeheuer hervorgebracht.

Scrooge schrak voll Grauen zurück. Da sie ihm so brüsk präsentiert wurden, versuchte er zu sagen, es seien hübsche Kinder, doch die Worte blieben ihm im Hals stecken und weigerten sich, an einer so ungeheuerlichen Lüge teilzuhaben.

»Geist! Sind das Ihre Kinder?« Mehr brachte Scrooge nicht heraus.

»Es sind die Kinder der Menschen«, sagte der Geist und blickte zu ihnen hinunter. »Von ihren Vätern vernachlässigt, klammern sie sich flehentlich an mich. Der Junge heißt Unwissen. Das Mädchen heißt Not. Nimm dich in Acht vor ihnen und vor allen ihresgleichen, am meisten aber vor dem Jungen, denn auf seiner Stirn lese ich Untergang und

Verhängnis geschrieben, sofern die Schrift nicht gelöscht werden wird. Streitet es nur ab!«, rief der Geist und streckte die Hand zur Stadt hin aus. »Verleumdet jene, die euch darauf hinweisen! Räumt es ein, wenn dies euren persönlichen Interessen dient, und macht es dadurch noch schlimmer! Und harrt des Endes!«

»Haben sie keine Zuflucht, keine Hilfe?«, rief Scrooge.

»Gibt es keine Gefängnisse?«, sagte der Geist und verwendete zum letzten Mal Scrooges eigene Worte gegen ihn. »Und keine Armenhäuser?«

Die Glocke schlug zwölf Uhr.

Scrooge suchte mit dem Blick den Geist und konnte ihn nicht mehr finden. Als der letzte Glockenschlag erstarb, entsann er sich der Voraussage des alten Jacob Marley, und als er den Blick hob, sah er eine seltsame Erscheinung, verhüllt an Kopf und Körper, die wie ein Nebelschwaden den Boden entlang auf ihn zukroch.

VIERTE STROPHE
Der letzte der Geister

Langsam, gemessen und schweigend näherte sich die Erscheinung. Als sie ganz nahe war, fiel Scrooge auf die Knie, denn dieser Geist schien sogar die Luft, durch die er sich bewegte, mit Düsternis und Geheimnissen zu schwängern.

Er war in ein tiefschwarzes Gewand gehüllt, das seinen Kopf, sein Gesicht und seine Gestalt verbarg und nur eine ausgestreckte Hand erkennen ließ. Ohne diese Hand hätte man den Geist von der nächterlichen Finsternis und der

Dunkelheit um ihn herum kaum zu unterscheiden vermocht.

Als die Erscheinung neben ihn gelangte, hatte Scrooge den Eindruck, dass sie groß und stattlich war und dass ihre geheimnisvolle Gegenwart ihn mit einem unheimlichen Schauder erfüllte. Mehr konnte er nicht erkennen, denn der Geist sprach kein Wort und regte sich nicht.

»Befinde ich mich in Gesellschaft des Geistes der künftigen Weihnachten?«, fragte Scrooge.

Der Geist gab keine Antwort, sondern deutete mit der Hand nach unten.

»Sie wollen mir Schattenbilder der Dinge zeigen, die sich noch nicht ereignet haben, sich jedoch in der Zeit ereignen werden, die vor uns liegt«, fuhr Scrooge fort. »Ist es so?«

Die Falten des oberen Gewandteils zogen sich für einen Augenblick zusammen, als hätte der Geist den Kopf geneigt. Das war die einzige Antwort, die Scrooge erhielt.

Obwohl er mittlerweile die Gesellschaft von Gespenstern gewohnt war, fürchtete Scrooge sich vor der schweigenden Gestalt so sehr, dass seine Beine ihm fast den Dienst versagten, denn er konnte sich nur mühsam aufrecht halten, als er sich anschickte, dem Geist zu folgen. Der Geist wartete kurz, als wollte er sich über Scrooges Zustand vergewissern und ihm Zeit geben, sich zu fassen. Doch stattdessen wurde Scrooge nur noch elender zumute. Unsagbares und undeutliches Entsetzen erfüllte ihn bei dem Gedanken, dass hinter dem düsteren Grabtuch gespenstische Augen aufmerksam auf ihn geheftet waren, während er sich noch so sehr anstrengen und doch nichts weiter sehen konnte als eine geisterhafte Hand und einen Haufen Schwarz.

»Geist der Zukunft!«, rief er. »Sie fürchte ich mehr als die anderen Erscheinungen, die ich sah. Doch da ich weiß, dass es Ihr Bestreben ist, mir Gutes zu tun, und da ich hoffe, ein anderer Mensch zu werden, als ich bisher war, bin ich bereit, mit Ihnen zu gehen und es dankbaren Herzens zu tun. Wollen Sie nicht mit mir sprechen?«

Die Erscheinung blieb stumm. Die Hand deutete geradeaus.

»Führen Sie mich!«, sagte Scrooge. »Führen Sie mich! Die Nacht schwindet schnell, und Ihre Zeit ist kostbar, das weiß ich. Führen Sie mich, Geist!«

Die Erscheinung entfernte sich, wie sie gekommen war. Scrooge folgte ihr in dem Schatten ihres Gewands, der ihn, wie ihm schien, aufnahm und davontrug.

Es war fast, als gelangten sie nicht in die Stadt, sondern als sprösse die Stadt um sie herum aus dem Boden und umzingelte sie aus eigenem Antrieb. Aber sie waren in der Stadt, in ihrem innersten Bereich, in der Londoner City und mitten unter den Börsenhändlern, die hin und her eilten, mit dem Geld in den Hosentaschen klimperten, sich in Grüppchen unterhielten, auf die Taschenuhr sahen, versonnen mit ihren großen goldenen Siegeln spielten und dergleichen mehr, wie Scrooge es oft genug gesehen hatte.

Neben einer kleinen Ansammlung von Geschäftsleuten hielt der Geist inne. Scrooge sah, dass die Hand auf sie deutete, und trat näher, um ihrem Gespräch zu lauschen.

»Nein«, sagte ein großer, dicker Mann mit einem riesigen Kinn, »viel weiß ich nicht darüber. Ich weiß nur, dass er tot ist.«

»Wann ist er gestorben?«, fragte einer.

»Letzte Nacht, glaube ich.«

»Ja, woran litt er denn?«, fragte ein Dritter und nahm eine große Prise Schnupftabak aus einer ziemlich großen Schnupftabaksdose. »Ich dachte schon, er würde nie sterben.«

»Weiß der Himmel«, sagte der Erste und gähnte.

»Was wird aus seinem Geld?«, fragte ein rotgesichtiger Herr mit einem herabhängenden Auswuchs an der Nasenspitze, der wie die Halsfalten eines Truthahns schlabberte.

»Ich weiß es nicht«, sagte der Mann mit dem Riesenkinn und gähnte abermals. »Hat es vielleicht seiner Firma vermacht. *Mir* hat er es jedenfalls nicht vererbt. Mehr weiß ich nicht.«

Dieser Scherz wurde mit lautem Gelächter aufgenommen.

»Das wird sicherlich ein sehr wohlfeiles Begräbnis«, fuhr der Sprecher fort, »denn ich wüsste wahrhaftig nicht, wer daran teilnehmen könnte. Sollen wir uns zusammenschließen und hingehen?«

»Ich hätte nichts dagegen, vorausgesetzt, es gibt einen Lunch«, bemerkte der Herr mit dem Auswuchs an der Nase. »Aber wenn ich komme, muss ich versorgt werden.«

Wieder wurde gelacht.

»Nun gut, ich bin letzten Endes der Selbstloseste von uns allen«, sagte derjenige, der als Erster gesprochen hatte, »denn ich trage nie schwarze Handschuhe und esse nie einen Lunch. Aber wenn jemand mitkommt, gehe ich hin. Wenn ich es recht bedenke, wäre es sogar möglich, dass ich sein vertrautester Freund war, denn wir blieben stehen und unterhielten uns, wenn wir einander begegneten. Auf Wiedersehen!«

Sprecher und Zuhörer schlenderten davon und mischten sich unter andere Gruppen. Scrooge kannte die Männer, und fragend blickte er den Geist an.

Das Phantom bewegte sich weiter, zu einer Straße. Sein Finger deutete auf zwei Männer, die einander begegneten. Scrooge lauschte wieder in der Erwartung, eine Erklärung zu erhalten.

Auch diese Männer kannte er sehr wohl. Es waren Geschäftsleute, sehr wohlhabend und einflussreich. Er hatte großen Wert darauf gelegt, bei ihnen einen guten Ruf zu genießen – in geschäftlicher Hinsicht, nur in rein geschäftlicher Hinsicht.

»Wie geht es Ihnen?«, fragte der eine.

»Und wie geht es Ihnen?«, erwiderte der andere.

»Nun ja!«, sagte der Erste. »Der alte Knicker hat endlich das Zeitliche gesegnet, nicht wahr?«

»Das habe ich auch gehört«, erwiderte der Zweite. »Kalt, finden Sie nicht auch?«

»Passend zur Weihnachtszeit. Sie fahren wohl nicht Schlittschuhe?«

»Nein, nein. Habe andere Sorgen. Guten Tag!«

Kein weiteres Wort. Das war ihre Begegnung, ihre Unterhaltung, ihr Abschied.

Zuerst wollte es Scrooge erstaunlich erscheinen, dass der Geist so offenbar unwichtigen Gesprächen Bedeutung zumessen sollte, doch dann dachte er sich, sie müssten eine verborgene Bedeutung besitzen, und begann zu überlegen, worin sie bestehen mochte. Auf den Tod seines alten Partners Jacob konnten sie sich kaum beziehen, denn der gehörte der Vergangenheit an, und das Reich dieses Geistes war die

Zukunft. Ebenso wenig wollte ihm jemand einfallen, der unmittelbar mit ihm zu tun hatte und auf den sie zugetroffen hätten. Doch in der Gewissheit, dass sie auf jeden Fall eine moralische Botschaft zum Zweck seiner Besserung enthielten, beschloss er, kein Wort, das er hörte, und nichts, was er sah, zu vergessen und insbesondere den eigenen Schatten zu beobachten, wenn er sich zeigte. Denn er hegte die Erwartung, dass das Betragen seines künftigen Ich ihm den fehlenden Schlüssel verschaffen und ihm die Lösung all dieser Rätsel ermöglichen würde. Er sah sich nach seinem Ebenbild um, doch an seinem gewohnten Platz stand ein Fremder, und obwohl die Uhr eine Stunde anzeigte, zu der er für gewöhnlich dort anzutreffen war, sah er in der Menge, die hereinströmte, niemanden, der ihm geglichen hätte. Doch das überraschte ihn nicht allzu sehr, denn er hatte in Gedanken bereits beschlossen, sein Leben zu ändern, und er dachte und hoffte, dem, was er sah, zu entnehmen, dass er sein neues Vorhaben in die Tat umgesetzt hatte.

Ruhig und dunkel stand das Phantom mit ausgestreckter Hand neben ihm. Als er sich aus seinen Gedanken riss, konnte er sich ob der Richtung der Hand und ihrer Nähe zu ihm des Eindrucks nicht erwehren, dass unsichtbare Augen ihn durchdringend betrachteten. Das machte ihn schaudern und vor Kälte schlottern.

Sie verließen das geschäftige Treiben und suchten einen verrufenen Teil der Stadt auf, den Scrooge noch nie zuvor betreten hatte, obwohl ihm die Lage und der üble Ruf des Viertels bekannt waren. Die Straßen waren eng und schmutzig, die Häuser und Geschäfte heruntergekommen und die Bewohner halb nackt, betrunken, verkommen und hässlich.

Gassen und Durchgänge ergossen ihren widerlichen Gestank, ihren Schmutz und ihr Leben auf die abgelegenen Straßen, als wären sie lauter Abtrittsgruben, und das ganze Viertel stank nach Verbrechen, Elend und Armut.

Tief in dieser Höhle der Verkommenheit ragte unter dem schrägen Dach eines Anbaus ein schäbiger Laden hervor, in dem mit Alteisen, Lumpen, Flaschen, Knochen und fettigem Abfall gehandelt wurde. Auf dem Fußboden des Ladens lagen rostige Schlüssel, Nägel, Ketten, Scharniere, Feilen, Waagschalen, Gewichte und Eisenabfälle jeglicher Art aufgehäuft. Geheimnisse, die kaum einer gern ergründet hätte, verbargen sich unter Bergen von unansehnlichen Lumpen, unter Klumpen verrotteten Fetts und in Grüften von Knochen. Inmitten der Waren, mit denen er handelte, saß an einem Kohleofen aus alten Ziegeln ein grauhaariger Schurke von beinahe siebzig Jahren, der zum Schutz vor der kalten Luft von draußen einen schmutzigen Vorhang aus den verschiedensten Fetzen und Lumpen an eine Leine gehängt hatte und in aller Gemütlichkeit eines friedlichen Feierabends seine Pfeife rauchte.

Scrooge und das Phantom erblickten diesen Mann im selben Augenblick, in dem sich eine Frau mit einem schweren Bündel in den Laden stahl. Kaum war sie eingetreten, kam eine zweite Frau mit einer ähnlichen Last herein; und ihr folgte auf dem Fuß ein Mann in verschossenem Schwarz, der vom Anblick der zwei Frauen nicht weniger verstört war als zuvor die beiden vom Anblick der jeweils anderen. Nach kurzem sprachlosen Erstaunen, das auch den alten Mann mit der Pfeife überkommen hatte, brachen die drei Besucher in Gelächter aus.

»Die Zugehfrau soll als Erste drankommen!«, rief die Frau, die zuerst eingetreten war. »Die Wäscherin soll als Zweite drankommen; und der Leichenbestatter soll als Dritter drankommen. Sieh nur, alter Joe, was für ein Zufall! Da treffen wir drei uns bei dir, als hätten wir uns verabredet!«

»Ihr könntet euch an keinem geeigneteren Ort treffen«, sagte der alte Joe und nahm die Pfeife aus dem Mund. »Kommt in den Salon. Du bist nicht zum ersten Mal Gast hier, und die zwei anderen sind auch keine Fremden. Wartet, bis ich die Ladentür geschlossen habe. Ha! Wie sie quietscht! Manchmal denke ich, dass ihre Angeln rostiger sind als alles übrige Alteisen, und ich wette, dass keine Knochen hier so alt sind wie meine eigenen. Haha! Wir sind alle die Richtigen für unsere Arbeit, auserwählt und verlesen. Kommt herein in den Salon! Kommt herein!«

Der Salon war die Stelle hinter dem Vorhang aus Lumpen. Der alte Mann schürte das Feuer mit einer alten Treppengeländerstrebe, und nachdem er seine funzelige Lampe mit dem Stiel seiner Pfeife geputzt hatte (denn es war dunkel), steckte er sich die Pfeife wieder in den Mund.

Während er so beschäftigt war, warf die Frau, die gesprochen hatte, ihr Bündel auf den Boden und setzte sich in prahlerischer Manier auf einen Hocker, stemmte die gekreuzten Arme auf die Knie und blickte die zwei anderen frech und herausfordernd an.

»Und wenn schon! Und wenn schon, Mrs. Dilber!«, sagte sie. »Jeder hat das Recht, für sich zu sorgen. Er war das beste Vorbild!«

»Das ist wahrhaftig wahr!«, sagte die Wäscherin. »Keiner mehr als er.«

»Dann stehen Sie nicht so da und starren mich an, als fürchteten Sie sich, gute Frau! Was soll das nützen? Wir werden einander doch nicht etwa am Zeug flicken wollen, oder?«

»Wahrhaftig nicht!«, sagten Mrs. Dilber und der Mann wie aus einem Mund. »Weiß Gott nicht.«

»Sehr gut!«, rief die erste Frau. »Gut so. Wer soll sich um diese paar Sachen schon grämen? Ein Toter doch wohl nicht!«

»Weiß Gott nicht«, sagte Mrs. Dilber lachend.

»Wenn der elende alte Knicker sie nach seinem Tod hätte behalten wollen«, fuhr die Frau fort, »warum war er dann zu Lebzeiten kein Mensch? Wenn er es gewesen wäre, hätte er jemanden gehabt, der sich um ihn gekümmert hätte, als er auf dem Totenbett lag, statt ganz allein den letzten Schnaufer zu tun.«

»Da sagen Sie die lautere Wahrheit«, sagte Mrs. Dilber. »Es ist die gerechte Strafe für ihn.«

»Ich wünschte, sie wäre schwerer ausgefallen«, erwiderte die erste Frau. »Und das wäre sie auch, das können Sie mir glauben, wenn ich mehr in die Finger bekommen hätte. Mach das Bündel auf, alter Joe, und sag mir, was es wert ist. Sag es frei heraus. Es macht mir nichts aus, als Erste dran zu sein, und es macht mir nichts aus, dass sie es zu sehen bekommen. Wir wussten ganz genau, dass wir uns bedienen würden, bevor wir uns hier wiedergesehen haben, oder etwa nicht? Mach das Bündel auf, Joe.«

Doch der Edelmut ihrer Gefährten ließ das nicht zu, und der Mann in verschossenem Schwarz ging voran und zeigte seine Beute vor. Es war nicht viel. Ein paar Siegel, ein Bleistiftbehälter, ein Paar Manschettenknöpfe und eine Brosche von geringem Wert, mehr war es nicht. Die Gegenstände wurden von Joe einer nach dem anderen untersucht und geschätzt, und er schrieb mit Kreide die Beträge an die Wand, die er dafür zu geben bereit war, und addierte sie zu einer Summe, als er merkte, dass nichts mehr dazukam.

»Hier ist Ihre Abrechnung«, sagte Joe, »und ich würde keinen Sixpence mehr drauflegen, selbst wenn ich dafür in kochendes Wasser geworfen würde. Wer ist die Nächste?«

Die Nächste war Mrs. Dilber. Betttücher und Handtücher, einige Kleidungsstücke, zwei altmodische Silberlöffel, eine Zuckerzange und Stiefel. Ihre Abrechnung wurde auf die gleiche Weise an die Wand gemalt.

»Damen gebe ich immer zu viel. Das ist meine Schwäche, und das wird noch mein Ruin sein«, sagte der alte Joe. »Hier ist Ihre Abrechnung, und wenn Sie einen Penny mehr verlangen und den Preis hochtreiben wollen, würde ich meine Freigebigkeit auf der Stelle bereuen und Ihnen eine halbe Krone abziehen.«

»Und jetzt mach *mein* Bündel auf, Joe«, sagte die erste Frau.

Joe kniete sich hin, um es bequemer öffnen zu können, und nachdem er eine Unzahl Knoten gelöst hatte, zog er eine große schwere Rolle dunklen Stoffs heraus. »Und was haben wir da?«, fragte Joe. »Das sind ja Bettvorhänge.«

»Ha!«, erwiderte die Frau lachend und beugte sich über ihre gekreuzten Arme vor. »Bettvorhänge!«

»Willst du etwa behaupten, du hättest sie runtergenommen, mit den Ringen und allem, während er dort lag?«, sagte Joe.

»So ist es in der Tat«, erwiderte die Frau. »Warum nicht?«

»Du bist dazu bestimmt, dein Glück zu machen«, sagte Joe, »und du wirst dein Glück machen, da bin ich mir sicher.«

»Jedenfalls werd ich nicht tatenlos herumstehen, wenn ich mir einen Vorteil verschaffen kann, und erst recht nicht bei einem Menschen wie ihm, Joe, das kannst du mir glauben«, erwiderte die Frau ungerührt. »Gib acht, dass kein Öl auf die Decken tropft.«

»Seine Decken?«, fragte Joe.

»Wem sollen sie sonst gehören?«, erwiderte die Frau. »Er wird sich ohne sie schon nicht verkühlen, nehme ich an.«

»Ich hoffe, er ist an keiner ansteckenden Krankheit gestorben, ha? He?«, sagte der alte Joe, hielt in seinem Tun inne und blickte auf.

»Da kannst du unbesorgt sein«, erwiderte die Frau. »So versessen bin ich weiß Gott nicht auf seine Gesellschaft, dass ich wegen solcher Sachen bei ihm herumwühlen würde, wenn es so wäre. Ha! Dieses Hemd kannst du prüfen, bis dir die Augen weh tun, aber du wirst kein Loch entdecken und keine einzige abgetragene Stelle. Es war sein bestes Hemd, und es ist ein schönes Hemd. Es wäre vergeudet worden, wenn ich die Sache nicht in die Hand genommen hätte.«

»Was meinst du mit ›vergeudet‹?«, fragte der alte Joe.

»Es ihm anziehen, damit er drin beerdigt wird, was sonst?«, erwiderte die Frau mit kurzem Auflachen. »Irgendjemand war dumm genug, das zu tun, aber ich habe es ihm wieder ausgezogen. Der Teufel soll mich holen, wenn Kattun für diesen Zweck nicht gut genug ist. Und dem Toten steht er keinen Deut schlechter. Hässlicher als vorher kann er darin auch nicht aussehen.«

Scrooge lauschte diesem Austausch voller Entsetzen. Wie sie um ihre Diebesbeute herum saßen in dem spärlichen Licht, das die Lampe des Alten spendete, betrachtete er sie mit einem Abscheu und einem Ekel, die kaum größer hätten sein können, wenn sie obszöne Dämonen gewesen wären, die einen Leichnam fledderten.

»Haha!«, lachte die erste Frau, als der alte Joe einen Flanellbeutel voll Geld hervorholte und die einzelnen Beträge auf den Fußboden abzählte. »Das ist das Ende vom Lied! Er hat alle von sich weggescheucht, solange er am Leben war, so dass wir nun, wo er tot ist, von ihm profitieren können! Hahaha!«

»Geist!«, sagte Scrooge, der von Kopf bis Fuß schauderte. »Ich verstehe, ja, ich verstehe. Das Los dieses Unglücklichen könnte mein eigenes Los sein. Mein Leben hat bislang in diese Richtung geführt. – Gütiger Himmel, was ist das!«

Er wich voller Grauen zurück, denn die Szenerie hatte sich verändert, und er stand so nah an einem Bett, dass er es fast berührte; auf dem Bett lag etwas mit einem zerschlissenen Laken Zugedecktes, das trotz seiner Stummheit in schrecklicher Sprache verkündete, was es war.

In dem Raum war es sehr dunkel, zu dunkel, als dass man irgendetwas genauer hätte erkennen können, obwohl Scrooge sich neugierig umsah, als wollte er unbedingt in Erfahrung bringen, um was für einen Raum es sich handelte. Fahles Licht fiel geradewegs auf das Bett, auf dem der Leichnam dieses Mannes lag, geplündert und beraubt, unbewacht, unbeweint, einsam und verlassen.

Scrooge blickte zu dem Phantom. Seine Hand wies unverwandt auf den Kopf des Toten. Das Tuch war so nachlässig über ihn gelegt, dass die leiseste Berührung, für die Scrooge nur einen Finger rühren musste, das Gesicht enthüllt hätte. Er spielte mit dem Gedanken, dachte sich, wie leicht es zu tun wäre, und hätte es am liebsten getan, doch es stand ebenso wenig in seiner Macht, den Schleier wegzuziehen wie das neben ihm stehende Gespenst zu verscheuchen.

O kalter, kalter, starrer, schrecklicher Tod, errichte hier deinen Altar und schmücke ihn mit Schrecknissen, wie sie dir zu Gebote stehen: denn dies ist dein Reich! Doch kein einziges Haar des geliebten, geachteten und verehrten Kopfes vermagst du für deine schrecklichen Zwecke zu krümmen, keinen seiner Züge vermagst du zu entstellen. Die Hand ist schwer, gewiss, und fällt, wenn man sie loslässt, und Herz und Puls schlagen nicht mehr; doch die Hand *war* offen und großzügig und ehrlich, das Herz war tapfer, warm und zärtlich, und der Puls war der eines Mannes. Führe deinen Schlag, Schatten, führe ihn! Und sieh, wie seine guten Taten aus der Wunde sprießen, die auf Erden unsterbliches Leben säen werden!

Keine Stimme sprach diese Worte in Scrooges Ohr, und dennoch hörte er sie, als er auf das Bett blickte. Und er dachte: Wenn dieser Mann in diesem Augenblick auferweckt werden könnte, was wären dann seine ersten Gedanken? Geiz, Gewinnsucht, Habgier? Sie haben ihm wahrhaftig ein edles Ende bereitet!

Er lag in dem dunklen, leeren Haus, und nicht ein Mann, nicht eine Frau, nicht ein Kind konnte sagen: Er war in dieser oder jener Hinsicht gut zu mir, und ich werde gut zu ihm sein, weil ich mich eines guten Wortes von ihm entsinne. Eine Katze kratzte an der Tür, und unter der Kaminplatte war das Nagen von Ratten zu vernehmen. Was sie im Zimmer des Todes wollten und warum sie so unruhig und verstört waren, das wollte Scrooge sich lieber nicht ausmalen.

»Geist!«, sagte er, »das ist ein fürchterlicher Ort. Wenn ich ihn verlasse, nehme ich die Lehre mit, die er mir erteilt hat, glauben Sie mir. Lassen Sie uns gehen!«

Doch noch immer deutete der Geist mit ausgestrecktem Finger auf den Kopf.

»Ich verstehe Sie«, antwortete Scrooge, »und ich täte es, könnte ich es tun. Aber es steht nicht in meiner Macht, Geist. Ich habe keine Kraft.«

Wieder war ihm, als sähe der Geist ihn an.

»Wenn es irgendjemanden in der Stadt gibt, dem der Tod dieses Mannes eine Gefühlsregung eingibt«, sagte Scrooge verzweifelt, »dann, Geist, zeigen Sie mir diesen Menschen, ich flehe Sie an!«

Die Erscheinung breitete ihr dunkles Gewand vor ihm aus wie einen Flügel, und als sie es senkte, enthüllte sie ein Zimmer im Tageslicht, in dem sich eine Mutter mit ihren Kindern befand.

Sie erwartete jemanden, erwartete ihn besorgt und ungeduldig; sie ging im Zimmer auf und ab, zuckte bei jedem Geräusch zusammen, sah aus dem Fenster, blickte auf die Uhr, versuchte, sich vergeblich mit ihrer Näharbeit zu beschäftigen und konnte selbst die Stimmen der spielenden Kinder kaum ertragen.

Schließlich vernahm sie das lange erwartete Klopfen. Sie

eilte zur Tür und empfing ihren Ehemann, einen Mann, dessen junges Gesicht schon von Sorgen gezeichnet und verhärmt war. Doch nun zeigte seine Miene einen sonderbaren Ausdruck, etwas wie ernstes Frohlocken, dessen er sich schämte und das zu unterdrücken er sich bemühte.

Er setzte sich zum Abendessen, das für ihn am Feuer warm gehalten worden war; und als sie ihn mit zaghafter Stimme fragte, was es Neues gebe (und sie fragte es erst nach langem Schweigen), schien er ratlos zu sein, wie er antworten solle.

»Sind es gute Nachrichten«, fragte sie, um ihm das Sprechen zu erleichtern, »oder schlechte?«

»Schlechte«, antwortete er.

»Wir sind am Ende?«

»Nein. Es besteht noch Hoffnung, Caroline.«

»Sollte er einlenken«, sagte sie erstaunt, »dann bestünde allerdings Hoffnung! Wenn ein solches Wunder einträte, wäre alles möglich.«

»Er kann nicht mehr einlenken«, sagte ihr Ehemann. »Er ist tot.«

Sie war ein sanftmütiges und geduldiges Geschöpf, wenn man ihrer Miene glauben durfte; doch mit gefalteten Händen sagte sie, sie sei in tiefster Seele dankbar, dies zu hören. Im nächsten Augenblick betete sie um Vergebung, und es tat ihr leid, aber das erste Gefühl war aus ihrem Herzen gekommen.

»Was das halbbetrunkene Weib gesagt hat, von dem ich dir gestern Abend erzählt habe, als ich zu ihm vorgelassen werden wollte, um eine Woche Aufschub zu erwirken, und was ich für eine bloße Ausrede hielt, um mich fernzuhalten, scheint wahr gewesen zu sein. Er war nicht nur todkrank, sondern lag im Sterben.«

»Wer wird unsere Schuld von ihm übernehmen?«

»Ich weiß es nicht. Aber bis dahin werden wir das Geld zur Hand haben; und selbst wenn es nicht so wäre, würde es an ein Wunder grenzen, wenn wir in seinem Nachfolger einen ebenso unbarmherzigen Gläubiger vorfänden, wie er es war. Heute Nacht können wir mit leichtem Herzen schlafen, Caroline!«

Ja. Sie mochten es beschönigen, wie sie wollten, ihre Herzen waren erleichtert. Die Kinder verstummten und umringten die Eltern, um zu hören, was sie nicht recht verstehen konnten, doch auch ihre Mienen hellten sich auf; die Familie war sichtlich glücklicher, weil dieser Mann gestorben war! Die einzige durch diesen Tod bewirkte Gefühlsregung, die der Geist ihm zeigen konnte, war Erleichterung.

»Geist, zeigen Sie mir ein wenig Zärtlichkeit in Zusammenhang mit einem Todesfall«, sagte Scrooge, »denn andernfalls wird mich die dunkle Kammer, die wir soeben verlassen haben, allezeit heimsuchen.«

Der Geist führte ihn Straßen entlang, die seinen Füßen vertraut waren; und unterwegs sah Scrooge sich nach sich selbst um, doch er war nirgends zu sehen. Sie betraten das Haus des armen Bob Cratchit, die Behausung, die er schon zuvor aufgesucht hatte, und sahen Mutter und Kinder am Feuer sitzen.

Still. Sehr still. Die lauten kleinen Cratchits saßen so still wie Standbilder in ihrer Ecke und sahen zu Peter auf, der ein Buch vor sich liegen hatte. Mutter und Töchter waren mit Nähen beschäftigt. Aber sie waren gar so still!

›Und er nahm ein Kind und stellte es mitten unter sie.‹

Wo hatte Scrooge diese Worte gehört? Er hatte sie nicht geträumt. Der Junge musste sie vorgelesen haben, als er und der Geist über die Schwelle gekommen waren. Warum las er nicht weiter?

Die Mutter legte ihre Näharbeit auf den Tisch und führte die Hand vor das Gesicht.

»Die Farbe tut meinen Augen weh«, sagte sie.

Die Farbe? Ach, armer Tiny Tim!

»Jetzt geht es wieder besser«, sagte Cratchits Ehefrau. »Bei Kerzenlicht tränen sie so, und ich möchte um nichts in der Welt eurem Vater tränende Augen zeigen, wenn er nach Hause kommt. Er kommt sicher schon bald.«

»Eigentlich sollte er schon hier sein«, antwortete Peter und schloss sein Buch. »Aber ich glaube, er ist die letzten Abende ein wenig langsamer gegangen als sonst, Mutter.«

Wieder waren alle sehr still. Schließlich sagte die Mutter mit heiterer Stimme, die nur einmal zitterte: »Ich erinnere mich, dass er mit – dass er mit Tiny Tim auf den Schultern sehr schnell gehen konnte.«

»Ich erinnere mich auch«, rief Peter. »Das tat er oft.«

»Ich auch!«, rief ein anderes Kind. Alle erinnerten sich.

»Aber er war sehr leicht zu tragen«, fuhr sie fort, über ihre Arbeit gebeugt, »und sein Vater hat ihn so sehr geliebt, dass es ihm nicht schwerfiel, kein bisschen schwerfiel. Und da ist ja euer Vater!«

Sie lief hinaus, um ihn willkommen zu heißen; und der kleine Bob in seinem Schal – er hatte ihn dringend nötig, der arme Bursche – kam herein. Sein Tee wartete bereits auf dem Kaminvorsprung, und alle wetteiferten darin, ihm zur

Hand zu gehen. Dann kletterten die zwei jungen Cratchits ihm auf den Schoß, und beide Kinder legten ihre kleine Wange an seine, als wollten sie sagen: Nimm es dir nicht zu sehr zu Herzen, Vater! Sei nicht traurig!

Bob war sehr fröhlich mit ihnen und sprach mit der ganzen Familie in heiterem Ton. Er sah die Näharbeiten auf dem Tisch und lobte Mrs. Cratchits und der Mädchen Fleiß und Geschicklichkeit. Lange vor Sonntag würden sie fertig sein, sagte er.

»Sonntag! Warst du heute dort, Robert?«, fragte seine Frau.

»Ja, mein Herz«, erwiderte Bob. »Ich wünschte, du wärst dabei gewesen. Es hätte dir gutgetan zu sehen, wie grün es dort ist. Aber du wirst es ja noch oft sehen. Ich habe ihm versprochen, sonntags hinzugehen. Mein armer kleiner Junge!«, weinte Bob. »Mein kleiner Junge!«

Er verlor alle Fassung. Er konnte nicht anders. Sein Kind war ihm noch so nahe, dass er nicht anders konnte.

Er verließ das Zimmer und ging die Treppe hinauf in das Zimmer im oberen Stockwerk, das freundlich beleuchtet und weihnachtlich geschmückt war. Dicht neben dem Kind stand ein Stuhl, und es sah aus, als sei vor nicht langer Zeit jemand darauf gesessen. Der arme Bob setzte sich, und als er ein wenig nachgedacht und seine Beherrschung wiedererlangt hatte, küsste er das kleine Gesicht. Er fand sich in das, was geschehen war, und ging recht ruhig wieder hinunter.

Sie setzten sich um das Feuer und redeten; die Mutter und die Töchter arbeiteten noch. Bob erzählte ihnen von der außergewöhnlichen Herzlichkeit des Neffen Mr. Scrooges, den er bisher höchstens einmal gesehen hatte und der ihm an diesem Tag auf der Straße begegnet war und der ihn, weil er ein wenig – »nun ja«, sagte Bob, »ein wenig niedergeschlagen« – ausgesehen hatte, gefragt hatte, was ihm solchen Kummer bereitet habe. »Woraufhin«, sagte Bob, »ich es ihm erzählt habe, weil er ein so freundlicher Herr ist. ›Das tut mir von Herzen leid für Sie, Mr. Cratchit‹, hat er gesagt, ›und es tut mir von Herzen leid für Ihre gute Frau.‹ Übrigens weiß ich gar nicht, woher er das gewusst hat.«

»Was gewusst hat, mein Schatz?«

»Nun, dass du eine gute Frau bist«, erwiderte Bob.

»Das weiß doch jeder!«, sagte Peter.

»Sehr gut gesagt, mein Junge!«, rief Bob. »Das will ich wahrhaftig hoffen. ›Von Herzen leid‹, hat er gesagt, ›für Ihre gute Frau. Wenn ich Ihnen irgend nützlich sein kann‹, hat er gesagt und hat mir seine Karte gegeben, ›das ist meine Adresse. Bitte üben Sie keine Zurückhaltung.‹ Und das war so reizend von ihm«, rief Bob, »nicht weil er etwas für uns tun könnte, sondern weil er es so freundlich gesagt hat. Es war wahrhaftig fast so, als hätte er unseren Tiny Tim gekannt und fühlte mit uns.«

»Ganz gewiss ist er ein guter Mensch!«, sagte Mrs. Cratchit.

»Das würdest du noch entschiedener sagen«, erwiderte Bob, »wenn du ihn gesehen und gesprochen hättest. Es würde mich nicht überraschen, wahrhaftig und tatsächlich nicht, wenn er Peter eine bessere Stelle besorgen könnte.«

»Stell dir das vor, Peter«, sagte Mrs. Cratchit.

»Und dann«, rief eines der Mädchen, »wird Peter heiraten und sich selbständig machen.«

»Ach was!«, gab Peter grinsend zurück.

»Das ist gar nicht so unwahrscheinlich«, sagte Bob, »früher oder später, auch wenn es noch ein wenig dauern mag, mein Lieber. Aber wie und wann wir auch auseinandergehen werden, bin ich mir sicher, dass wir unseren armen Tiny Tim nie vergessen werden – nicht wahr? – und diesen ersten Verlust, den wir alle erlitten haben.«

»Niemals, Vater!«, riefen alle.

»Und ich weiß«, sagte Bob, »ich weiß, meine Lieben, wenn wir daran denken, wie geduldig und wie gutherzig er war, obwohl er nur ein kleines, kleines Kind war, dann werden wir auch niemals leichtfertig untereinander in Streit geraten und darüber den armen Tiny Tim vergessen.«

»Nein, Vater, gewiss nicht!«, riefen wieder alle.

»Das macht mich sehr froh«, sagte der kleine Bob, »sehr froh!«

Mrs. Cratchit küsste ihn, seine Töchter küssten ihn, die zwei kleinen Cratchits küssten ihn, und er und Peter schüttelten einander die Hand. Du Geist Tiny Tims, dein kindliches Wesen war von Gott gesandt!

»Gespenst«, sagte Scrooge, »etwas sagt mir, dass unser Abschied kurz bevorsteht. Ich weiß es, obwohl ich nicht weiß, woher. Sagen Sie mir, wer der Mann war, den wir tot liegen sahen!«

Der Geist der künftigen Weihnachten versetzte ihn wieder in eine andere Zeit, wie ihn dünkte – denn es schien kein Zusammenhang unter diesen späteren Gesichten zu bestehen bis auf den, dass sie alle die Zukunft betrafen –, jedoch wie schon zuvor unter Geschäftsleute. Er selbst allerdings war nicht zu sehen. Wahrhaftig säumte der Geist nicht mehr, sondern eilte geschwind weiter, als wolle er bald entschwinden, bis Scrooge ihn bat, für einen Augenblick innezuhalten.

»Dieser Hof«, sagte Scrooge, »durch den wir gerade eilen, ist der Hof, an dem sich meine Arbeitsstätte befindet, und zwar seit geraumer Zeit. Ich erkenne das Haus. Lassen Sie mich sehen, was in künftigen Zeiten aus mir geworden sein wird.«

Der Geist hielt inne; seine Hand deutete in eine andere Richtung.

»Das Haus ist dort drüben!«, rief Scrooge. »Warum zeigen Sie in die andere Richtung?«

Der Finger deutete unerbittlich weiter in dieselbe Richtung.

Scrooge eilte zum Fenster seines Kontors und sah hinein. Es war ein Kontor, aber nicht seins. Die Einrichtung war eine andere, und auf dem Stuhl saß ein anderer. Das Phantom deutete weiter in dieselbe Richtung.

Scrooge gesellte sich wieder zu ihm; er fragte sich, warum er nicht mehr in seinem Büro war und wohin er gegangen sein mochte, und dann erreichten sie ein eisernes Tor. Er blieb stehen und sah sich um, bevor er durch das Tor ging.

Ein Friedhof. Hier also lag der Elende, dessen Namen er nun erfahren würde, unter der Erde. Es war ein würdiger Ort. Von Häusermauern eingeschlossen, von Gras und Unkraut überwuchert, diesem Auswuchs des Todes, nicht des Lebens der Pflanzenwelt, erstickt von zu vielen Gräbern, überfüllt und übersättigt. Ein würdiger Ort!

Der Geist stand zwischen den Gräbern und deutete auf eines hinunter. Zitternd näherte sich Scrooge. Das Gespenst war unverändert, doch Scrooge fürchtete allmählich, in der feierlichen Gestalt des Phantoms eine neue Bedeutung zu erkennen. »Bevor ich näher zu dem Grabstein trete, auf den Sie zeigen«, sagte er, »beantworten Sie mir eine Frage. Sind dies die Schatten der Dinge, die sein werden, oder nur die Schatten derer, die sein können?«

Der Geist deutete weiter auf das Grab, an dem er stand.

»Der Weg des Menschen lässt ein bestimmtes Ende voraussehen, wenn er beibehalten wird«, sagte Scrooge. »Aber wenn man diesen Weg verlässt, verändert sich auch das Ende. Sagen Sie, dass es sich so mit dem verhält, was Sie mir zeigen!«

Der Geist regte sich nicht.

Scrooge schlich zitternd auf ihn zu; sein Blick folgte dem Finger, und auf dem Grabstein des vernachlässigten Grabes las er seinen eigenen Namen: EBENEZER SCROOGE.

»Bin *ich* der Mann, der auf dem Bett lag?«, rief er auf den Knien.

Der Finger deutete von dem Grab zu ihm und wieder zurück.

»Nein, Geist! O nein, nein!«

Der Finger deutete auf das Grab.

»Geist!«, rief Scrooge und klammerte sich an das Gewand des Phantoms, »hören Sie mich an! Ich bin nicht der, der ich war. Ich werde nicht der sein, der ich geworden wäre ohne dieses Einschreiten. Warum sollten Sie mir das hier zeigen, wenn es keine Hoffnung für mich gäbe?«

Zum ersten Mal schien die Hand zu beben.

»Guter Geist«, fuhr Scrooge fort und warf sich vor dem Gespenst auf den Boden, »Ihre Natur verwendet sich für mich und erbarmt sich meiner. Bestätigen Sie mir, dass ich die Schatten, die Sie mir gezeigt haben, durch ein verändertes Leben noch abwenden kann!«

Die mitfühlende Hand zitterte.

»Ich werde Weihnachten in meinem Herzen in Ehren halten und will es das ganze Jahr über beherzigen. Ich werde in Vergangenheit, Gegenwart und Zukunft leben. Die Geister aller drei Zeiten sollen in mir lebendig sein. Ich werde mich den Lehren, die sie mir erteilt haben, nicht verschließen. Oh, sagen Sie mir, dass ich die Inschrift dieses Grabsteins tilgen darf!«

In seiner Seelenqual ergriff er die Hand des Gespensts. Es versuchte sich loszureißen, doch in seinem eindringlichen Flehen hielt Scrooge die Hand umklammert. Aber der Geist war stärker und stieß ihn von sich.

Scrooge hob die Hände zu einer letzten inständigen Bitte, sein Geschick gewandelt zu finden, als er eine Veränderung mit Kapuze und Gewand des Geistes vor sich gehen sah. Die Gestalt fiel ein, sank in sich zusammen und schrumpfte zu einem Bettpfosten.

FÜNFTE STROPHE
Das Ende der Geschichte

Jawohl! Und es war sein eigener Bettpfosten. Es war sein eigenes Bett in seinem eigenen Zimmer. Und das Beste und Schönste daran war, dass die Zeit, die vor ihm lag, seine eigene Zeit war, in der er Wiedergutmachung üben konnte!

»Ich werde in Vergangenheit, Gegenwart und Zukunft

leben!«, wiederholte Scrooge, als er aus dem Bett kletterte. »Die Geister aller drei Zeiten sollen in mir lebendig sein. O Jacob Marley! Der Himmel und die Weihnachtszeit seien dafür gepriesen! Ich sage es auf den Knien, alter Jacob, auf den Knien!«

Er war so aufgeregt und so sehr von seinen guten Vorsätzen durchdrungen, dass seine brüchige Stimme ihm fast den Dienst versagte. Bei seinem Ringen mit dem Geist hatte er heftig geweint, und sein Gesicht war tränennass.

»Sie sind nicht heruntergerissen«, rief Scrooge und nahm einen seiner Bettvorhänge in die Arme, »sie sind nicht heruntergerissen mitsamt den Ringen und allem. Sie sind hier; und ich bin hier; die Schatten der Dinge, die hätten sein können, lassen sich noch vertreiben. Sie sollen vertrieben werden. Ich weiß, dass ich sie vertreiben werde!«

Unterdessen machten seine Hände sich an seinen Kleidungsstücken zu schaffen, wendeten ihr Inneres nach außen, zogen sie verkehrt herum an, zerrissen sie, verlegten sie und stellten die absonderlichsten Dinge mit ihnen an.

»Ich weiß nicht, was ich tun soll!«, rief Scrooge, und er lachte und weinte im selben Atemzug und machte mit seinen Strümpfen einen wahren Laokoon aus sich. »Ich fühle mich leicht wie eine Feder, ich bin so glücklich wie ein Engel, ich bin so fröhlich wie ein Schuljunge. Mir ist so schwindelig wie einem Betrunkenen. Frohe Weihnachten jedem Einzelnen! Ein glückliches neues Jahr aller Welt. Hallo! Hoppla! Hallo!«

Er war in das Wohnzimmer gehüpft, und da stand er nun, ganz und gar atemlos.

»Da ist das Töpfchen, in dem der Haferbrei war!«, rief

Scrooge, sprang wieder los und hüpfte um den Kamin herum. »Da ist die Tür, durch die Jacob Marleys Geist hereinkam! Da ist die Stelle, wo der Geist der gegenwärtigen Weihnachten saß! Da ist das Fenster, aus dem ich die ruhelosen Geister sah! Es ist alles richtig, es ist alles wahr, es ist alles so geschehen. Hahaha!«

Für jemanden, der seit so vielen Jahren keine Übung hatte, war es ein prachtvolles, ein ganz ausgezeichnetes Lachen. Der Vater einer langen Reihe großartiger Lachsalven!

»Ich weiß nicht, welchen Tag wir heute haben!«, sagte Scrooge. »Ich weiß nicht, wie lange ich unter den Geistern geweilt habe. Ich weiß überhaupt nichts. Ich bin der reinste Säugling. Macht nichts. Mich stört es nicht. Dann bin ich eben ein Säugling. Hallo! Hoppla! Hallo!«

In seinen Begeisterungsausbrüchen unterbrachen ihn die Kirchenglocken mit den muntersten Glockenklängen, die er je gehört hatte. Tscheng, klong, bumm, bumm, ding, dong, dingeling. Dingeling, dong, ding, bumm, bumm, klong, tscheng! Oh, herrlich, herrlich!

Er lief zum Fenster und streckte den Kopf hinaus. Kein Nebel, kein Dunst: klare, helle, fröhliche, muntermachende Kälte, Kälte, die im Takt klirrte, damit das Blut dazu brauste, goldener Sonnenschein, himmlischer Himmel, süße frische Luft, fröhliche Glocken. Oh, herrlich. Herrlich!

»Welcher Tag ist heute?«, rief Scrooge zu einem Jungen in Festtagskleidung hinunter, der in den Hof geschlendert sein mochte, um sich umzusehen.

»Wie?«, erwiderte der Junge, völlig verblüfft.

»Welcher Tag ist heute, mein junger Freund?«, fragte Scrooge.

»Heute?«, erwiderte der Junge. »Na, WEIHNACHTEN.«

»Es ist Weihnachten!«, sagte sich Scrooge. »Ich habe es nicht versäumt. Die Geister haben alles in einer Nacht vollbracht. Sie sind zu allem fähig, gewiss. Natürlich sind sie das. Natürlich. Hallo, mein junger Freund!«

»Hallo!«, erwiderte der Junge.

»Kennst du den Geflügelhändler an der Ecke der übernächsten Straße?«, fragte Scrooge.

»Na, und ob!«, erwiderte der Knabe.

»Ein kluger Junge!«, sagte Scrooge. »Ein erstaunlicher Junge! Weißt du, ob der Mastputer schon verkauft ist, der dort aushing? Nicht der kleine Mastputer, sondern der große?«

»Der, der so groß ist wie ich?«, gab der Junge zurück.

»Was für ein entzückender Junge!«, sagte Scrooge. »Es ist ein Vergnügen, sich mit ihm zu unterhalten. Ja, mein Hübscher.«

»Der hängt noch dort«, erwiderte der Junge.

»Er hängt noch dort?«, sagte Scrooge. »Dann geh hin, und kauf ihn.«

»DA BRAT MIR EINER 'NEN STORCH!«, rief der Junge verblüfft.

»Nein, nein«, sagte Scrooge, »ich meine es ernst mit dem Puter. Geh hin und kauf ihn, und sag ihnen, sie sollen ihn herbringen, damit ich ihnen sagen kann, an welche Adresse er geliefert werden soll. Bring mir den Mann hierher, und du bekommst einen Shilling. Bringst du ihn in weniger als fünf Minuten, bekommst du eine halbe Krone!«

Der Junge flitzte davon wie der Blitz. Ja, selbst ein Blitz dürfte sich schwertun, so blitzschnell zu sein wie er.

»Ich schicke ihn Bob Cratchit!«, flüsterte Scrooge, der sich die Hände rieb und sich vor Lachen kaum auf den Beinen halten konnte. »Er soll nicht erfahren, wer der Absender ist. Der Puter ist zweimal so groß wie Tiny Tim. Nicht einmal Joe Miller hat je mit einem Scherz für so viel Heiterkeit gesorgt!«

Die Schrift, mit der er die Adresse schrieb, war nicht sehr leserlich, aber zuletzt gelang es ihm irgendwie, den Zettel zu beschriften, und dann ging er hinunter, um die Haustür für den Boten des Geflügelhändlers zu öffnen. Während er dort unten stand und wartete, fiel sein Blick auf den Türklopfer.

»Ich werde ihn lieben, solange ich lebe!«, rief Scrooge und tätschelte den Klopfer. »Ich habe ihn früher nie beachtet. Was für einen grundehrlichen Gesichtsausdruck er hat! Ein großartiger Türklopfer! – Da kommt der Puter! Hallo! Hoppla! Einen schönen guten Tag! Frohe Weihnachten!«

Was für ein Puter! Niemals hätte dieser Vogel auf seinen Beinen stehen können. Sie wären innerhalb einer Minute unter ihm eingeknickt wie Siegelwachsstangen.

»Ha, unmöglich, den nach Camden Town zu tragen«, sagte Scrooge. »Sie müssen eine Droschke nehmen.«

Das Kichern, mit dem er dies sagte, und das Kichern, mit dem er die Droschke bezahlte, und das Kichern, mit dem er den Jungen entlohnte, wurde nur noch von dem Kichern übertroffen, mit dem er sich atemlos wieder in seinen Sessel setzte und kicherte, bis ihm die Tränen kamen.

Das Rasieren war keine leichte Sache, denn seine Hand zitterte weiterhin erheblich; und das Rasieren erfordert Konzentration, selbst wenn man dabei nicht herumtanzt.

Doch selbst wenn er sich die Nasenspitze abgeschnitten hätte, hätte er einfach ein Stück Pflaster daraufgeklebt und wäre es völlig zufrieden gewesen.

Er legte seine »Festtagskleidung« an, und dann ging er auf die Straße hinaus. Mittlerweile waren die Leute geschäftig unterwegs, wie er es mit dem Geist der gegenwärtigen Weihnacht geschaut hatte; und Scrooge, der mit den Händen auf dem Rücken einherwandelte, betrachtete jedermann mit freudigem Lächeln. Kurzum, er wirkte so unwiderstehlich fröhlich, dass mehrere gutgelaunte Passanten sagten: »Guten Morgen, Sir! Und frohe Weihnachten!« Und oft erzählte Scrooge später, von allen beglückenden Tönen, die er je gehört hatte, hätten diese in seinen Ohren am beglückendsten geklungen.

Er war nicht weit gegangen, als er vor sich den stattlichen Herrn sah, der am Vortag in sein Kontor gekommen war und gesagt hatte: »Scrooge und Marley, wenn ich nicht irre?« Es versetzte ihm einen Stich ins Herz, wenn er daran dachte, wie der alte Herr ihn ansehen würde, wenn er ihn ansprach; doch er wusste, welcher Weg vor ihm lag, und er schlug ihn ohne Zaudern ein.

»Mein lieber Herr«, sagte Scrooge, indem er schneller ging und den alten Herrn bei beiden Händen ergriff. »Guten Tag! Ich hoffe, Sie waren gestern erfolgreich. Es war sehr freundlich von Ihnen. Frohe Weihnachten, Sir!«

»Mr. Scrooge?«

»Ja«, sagte Scrooge. »Das ist mein Name, und ich fürchte, er dürfte in Ihren Ohren nicht angenehm klingen. Gestatten Sie mir, Sie um Verzeihung zu bitten. Und seien Sie so gütig –«, und er flüsterte ihm ins Ohr.

»Lieber Himmel!«, rief der alte Herr, als traute er seinen Sinnen nicht. »Mein lieber Mr. Scrooge, ist das Ihr Ernst?«

»Nicht ein Farthing weniger«, sagte Scrooge. »Und Sie dürfen mir glauben, dass eine große Menge Nachzahlungen darin enthalten ist. Wollen Sie mir diesen Gefallen tun?«

»Mein lieber Sir«, sagte der alte Herr und schüttelte Scrooge die Hand, »ich weiß nicht, was ich sagen soll angesichts solcher Groß–«

»Sagen Sie einfach gar nichts«, erwiderte Scrooge. »Besuchen Sie mich. Versprechen Sie mir das?«

»Ganz gewiss!«, rief der alte Herr. Und es stand außer Frage, dass er es ernst meinte.

»Ich danke Ihnen«, sagte Scrooge. »Ich bin Ihnen sehr verbunden. Ich danke Ihnen unendlich. Gott behüte Sie!«

Er ging zur Kirche und ging auf den Straßen spazieren und sah zu, wie die Leute hin und her eilten; er tätschelte Kindern den Kopf und fragte Bettler aus und sah in die Küchen der Häuser und zu den Fenstern hinauf; und er stellte fest, dass ihm alles Vergnügen bereitete. Nie hätte er sich träumen lassen, dass ihn ein Spaziergang – oder sonst etwas – so glücklich machen konnte. Gegen Nachmittag wendete er seine Schritte zum Haus seines Neffen.

Er ging ein Dutzend Male an der Tür vorbei, bis er den Mut fasste, an die Tür zu klopfen. Doch er wagte es: »Ist Ihre Herrschaft zu Hause, liebes Kind?«, sagte Scrooge zu dem Hausmädchen. Reizendes Mädchen! Sehr reizend.

»Ja, Sir.«

»Und wo ist Ihr Herr?«, fragte Scrooge.

»Er ist im Speisezimmer, Sir, zusammen mit der gnädigen Frau. Ich bringe Sie nach oben, bitte schön.«

»Danke. Er kennt mich«, sagte Scrooge, die Hand bereits auf der Klinke der Speisezimmertür. »Ich gehe hinein, liebes Kind.«

Er drückte die Klinke vorsichtig und streckte vorsichtig das Gesicht zur Tür herein. Sie schauten auf den Tisch (der festlich gedeckt war), denn junge Hausherren sind in solchen Dingen immer schrecklich nervös und wollen sich vergewissern, dass sie nichts vergessen haben.

»Fred!«, sagte Scrooge.

Du liebes bisschen, wie zuckte seine angeheiratete Nichte zusammen! Scrooge hatte für einen Augenblick ganz vergessen, dass sie in der Ecke mit den Füßen auf dem Schemel saß, denn sonst hätte er sie um nichts in der Welt so zu erschrecken gewagt.

»Ich kann es nicht fassen!«, rief Fred. »Wer kommt denn da?«

»Ich bin es. Dein Onkel Scrooge. Ich bin zum Essen gekommen. Lässt du mich herein, Fred?«

Ihn hereinlassen? Er konnte von Glück sagen, dass ihm nicht der Arm abgeschüttelt wurde. Nach fünf Minuten fühlte er sich wie zu Hause. Herzlicher hätte es nicht sein können. Seine Nichte sah genauso aus wie von ihm erinnert. Ebenso Topper, als er eintrat. Ebenso die dicke Schwester, als auch sie eintrat. Ebenso alle, als sie eintraten. Herrliches Fest, herrliche Spiele, herrliche Einmütigkeit, herr-li-ches Glücksgefühl!

Dennoch war er am nächsten Morgen früh im Kontor. O ja, wirklich früh. Wenn es ihm nur gelänge, als Erster da zu sein und Bob Cratchit beim Zuspätkommen zu ertappen! Das hatte er sich nämlich in den Kopf gesetzt.

Und es gelang ihm; jawohl! Es schlug neun Uhr. Kein Bob. Viertel nach neun. Kein Bob. Er kam ganze achtzehneinhalb Minuten zu spät zur Arbeit. Scrooge saß da mit weit geöffneter Tür, um Bob seinen Käfig betreten zu sehen.

Den Hut riss Bob vom Kopf, bevor er die Tür geöffnet hatte, und den Schal vom Hals. Im Handumdrehen saß er auf seinem Hocker und fuhr mit der Feder über das Papier, als wollte er die neunte Stunde nachholen.

»Hallo!«, knurrte Scrooge in seinem altgewohnten Ton, soweit er ihn wieder annehmen konnte. »Was hat das zu bedeuten, dass Sie um diese Tageszeit hier erscheinen?«

»Es tut mir sehr leid, Sir«, sagte Bob. »Ich weiß, ich habe mich verspätet.«

»Sie haben sich verspätet?«, wiederholte Scrooge. »Ja. Das denke ich auch. Kommen Sie bitte her.«

»Es ist nur einmal im Jahr, Sir«, sagte Bob flehentlich und kam aus dem Käfig. »Es soll nicht wieder vorkommen. Ich war gestern ein wenig fidel, Sir.«

»Jetzt will ich Ihnen etwas sagen, mein Freund«, sagte Scrooge. »So etwas werde ich nicht länger dulden. Und deshalb«, fuhr er fort, sprang von seinem Hocker und versetzte Bob einen solchen Stoß in die Rippen, dass dieser in den Käfig zurücktaumelte, »und deshalb werde ich Ihren Lohn erhöhen!«

Bob zuckte zusammen und rückte näher zu dem Lineal. Er hatte die kurzzeitige Eingebung, Scrooge damit niederzuschlagen, ihn festzuhalten und den Leuten im Hof zuzurufen, er benötige ihre Hilfe und eine Zwangsjacke.

»Frohe Weihnachten, Bob!«, sagte Scrooge mit unmissverständlichem Ernst und klopfte ihm auf den Rücken. »Ein froheres Weihnachten, mein lieber Bob, als ich Ihnen all die Jahre bereitet habe! Ich werde Ihren Lohn erhöhen, und ich will Ihre Familie unterstützen, und noch heute Nachmittag wollen wir Ihre Situation bei einer Schüssel dampfenden Weihnachtspunschs besprechen, Bob! Schüren Sie das Feuer, und besorgen Sie einen zweiten Eimer Kohlen, bevor Sie den nächsten i-Punkt setzen, Bob Cratchit!«

Scrooge hielt sein Wort. Er tat alles, was er gesagt hatte, und unendlich viel mehr, und für Tiny Tim, der nicht starb, war er ein zweiter Vater. Er wurde ein so guter Freund, ein so guter Vorgesetzter und ein so guter Mensch, wie ihn die gute alte Londoner City oder sonst eine gute alte Groß-, Mittel- oder Kleinstadt in der guten alten Welt je erlebt hat. Manche Leute lachten über die Veränderung, die in ihm vorgegangen war, aber er ließ sie lachen und scherte sich nicht darum; denn er war klug genug zu wissen, dass nichts auf dieser Erdkugel geschieht, was von Bestand ist, ohne dass manche Leute anfangs nach Herzenslust darüber lachen müssen; und da er wusste, dass sie und ihresgleichen ohnedies immer blind sein würden, hielt er es für besser, dass sie die Augen vor Lachen verzogen als aus weniger erquicklichen Ursachen. Sein eigenes Herz lachte, und das genügte ihm vollauf.

Verkehr mit Geistern und geistigen Substanzen pflegte er nie wieder, sondern befolgte für alle Zeiten das Prinzip völliger Enthaltsamkeit; und alle sagten von ihm, wenn jemand wisse, wie Weihnachten zu begehen sei, dann er. Möge dies auch von uns gesagt werden können, von uns allen! Und, wie Tiny Tim bemerkte, Gott segne uns und jeden Einzelnen von uns!

Muriel Spark

Der Laubkehrer

Hinter dem Rathaus befindet sich ein bewaldeter Park, der gegen Ende November anfängt, sich in eine dünne blaue Wolke zu hüllen, und normalerweise schwebt er in diesem Dunst bis Mitte Februar. Ich gehe jeden Tag vorbei und sehe in diesem Nebelschleier Johnnie Geddes das Laub zusammenkehren. Hin und wieder hält er inne, wirft seinen langen Kopf hoch und sieht ungehalten zu dem Blätterhaufen hin, als dürfte es ihn nicht geben. Dann fegt er weiter. Diese Tätigkeit hatte er während der Jahre gelernt, die er in der Anstalt verbrachte; man hatte ihm stets diese Arbeit gegeben, und als er entlassen wurde, ließ der Stadtrat ihn das Laub zusammenkehren. Die unwillige Kopfbewegung wirkt an ihm aber ganz natürlich, denn sie gehört, seit der Zeit, da er der vielversprechendste und lebhafteste und lautstärkste Hochschulabsolvent seines Semesters war, zu seinen Gewohnheiten. Er sieht viel älter aus, als er tatsächlich ist, denn vor nicht ganz zwanzig Jahren gründete Johnnie die Gesellschaft zur Abschaffung des Weihnachtsfestes.

Johnnie wohnte damals bei seiner Tante. Ich ging zur Schule, und in den Weihnachtsferien gab Miss Geddes mir das neueste Pamphlet ihres Neffen zu lesen, das den Titel *Wie man zu Weihnachten reich wird* trug. Das klang zwar sehr einleuchtend, doch es stellte sich heraus, dass man zu Weihnachten dadurch reich wird, dass man Weihnachten abschafft, und so dachte ich über Johnnies Schrift nicht weiter nach.

Das war aber bloß sein erster Versuch. Drei Jahre später hatte er bereits seine Gesellschaft der Abolitionisten gegründet. Sein neues Buch, *Weihnachten – unser Untergang*, war in der Stadtbibliothek außerordentlich begehrt, und schließlich kam auch ich an die Reihe. Diesmal überzeugte Johnnie mich wirklich, und die meisten Leute gaben sich nach der Lektüre des Buches völlig geschlagen. Kürzlich erstand ich für Sixpence ein antiquarisches Exemplar, und obgleich so viel Zeit seither vergangen ist, liefert es noch immer den schlüssigen Beweis dafür, dass Weihnachten ein nationales Verbrechen ist. Johnnie legt dar, dass jede Bevölkerungseinheit des Landes zwangsläufig verhungern wird innerhalb jener Zeit, die umgekehrt proportional ist zu derjenigen, in der eine von sechs Produktionseinheiten kein Spielzeug mehr herstellt, mit dem die Strümpfe der Bildungsempfängereinheiten gefüllt werden können, wenn Sie verstehen, was er meint. Er zitiert erschreckende Statistiken, um zu zeigen, dass 1,024 Prozent der Zeit, die alljährlich zu Weihnachten mit unbekümmerten Einkäufen und gedankenlosem Kirchgang vergeudet wird, die Nation ihrem Untergang um fünf Jahre näher bringt. Einige Leser protestierten, doch Johnnie vermochte ihre verworrenen Argumente abzuschmettern. Währenddessen wurde die Gesellschaft zur Abschaffung des Weihnachtsfestes immer größer. Indes, Johnnie war besorgt. Nicht nur wütete in jenem Jahr das Weihnachtsfest wie gewohnt im ganzen Land, er verfügte auch über geheime Hinweise, dass zahlreiche Mitglieder den Eid, sich des Festes zu enthalten, gebrochen hatten.

Da beschloss er, einen Schlag gegen die eigentlichen Wurzeln des Weihnachtsfestes zu führen. Er quittierte seinen Job bei den Wasserwerken. Er gab seine Karriere auf und zog sich, von ein paar Freunden finanziell unterstützt, für zwei Jahre zurück, um die Ursprünge des Weihnachtsfestes zu studieren. Dann schrieb er, überglücklich, sein nächstes und letztes Buch, in dem er darlegte, dass Weihnachten entweder eine Erfindung der frühen Christen war, um die Heiden versöhnlich zu stimmen, oder eine Erfindung der Heiden, um die frühen Christen versöhnlich zu stimmen – ich weiß nicht mehr, welche Version es war. Entgegen dem Rat seiner Freunde gab Johnnie seinem Buch den Titel *Weihnachten und Christentum*. Verkauft wurden achtzehn Exemplare. Johnnie hat sich davon nie recht erholt, und in dieser Zeit geschah es, dass seine Verlobte, eine glühende Abolitionistin, ihm zu Weihnachten einen selbstgestrickten Pullover schickte. Er schickte ihn nebst einem Exemplar der Statuten der Gesellschaft zurück, woraufhin sie den Ring zurückschickte. In jedem Fall aber war die Gesellschaft während Johnnies Abwesenheit von einer gemäßigten Fraktion unterwandert worden. Diese Gemäßigten wurden schließlich immer gemäßigter, und der ganze Verein löste sich auf.

Bald danach verließ ich die Gegend, und es vergingen einige Jahre, ehe ich Johnnie wiedersah. An einem Sonntagnachmittag im Sommer schlenderte ich in der Menge umher, die gekommen war, die Redner von Hyde Park zu hören. Eine kleinere Gruppe umringte einen Mann, der ein Transparent mit der Aufschrift ›Kreuzzug gegen Weihnachten‹ trug. Seine Stimme war schreckenerregend; sie trug außergewöhnlich weit. Das war Johnnie. Jemand aus der Menge sagte mir, Johnnie sei jeden Sonntag da, äußere sich sehr heftig über Weihnachten und werde wohl bald wegen Verwendung anstößiger Ausdrücke festgenommen werden. Wie ich aus der Presse erfuhr, wurde er bald wegen Verwendung anstößiger Ausdrücke festgenommen. Ein paar Monate später hörte ich, dass der arme Johnnie in einer Nervenheilanstalt sei, weil er nur noch Weihnachten im Kopf habe und nicht aufhören könne, seine Meinung darüber lautstark kundzutun.

Danach verlor ich ihn aus dem Sinn, bis ich vor etwa drei Jahren, im Dezember, in die Nähe des Ortes zog, in dem Johnnie seine Jugend verbracht hatte. Am Tag vor Weihnachten machte ich mit einem Bekannten einen Nachmittagsspaziergang, wobei ich darauf achtete, was sich während meiner Abwesenheit verändert hatte und was nicht. Wir kamen an einem langgestreckten, großen Haus vorbei, das früher für seine Waffenkammer bekannt war, und ich sah, dass die eisernen Tore weit offen standen.

»Früher waren sie immer geschlossen«, sagte ich.

»Jetzt ist eine Anstalt darin untergebracht«, sagte mein Bekannter. »Die leichten Fälle dürfen draußen arbeiten, und die Tore bleiben offen, um ihnen ein Gefühl von Freiheit zu vermitteln.«

»Aber innen drin wird alles abgeschlossen«, sagte mein Bekannter. »Tür für Tür. Auch der Aufzug. Alles bleibt zugeschlossen.«

Während mein Bekannter noch redete, betrat ich die Toreinfahrt und warf einen Blick hinein. Unmittelbar hinter dem Tor stand eine große, kahle Ulme. Dort sah ich einen Mann in brauner Cordhose das Laub fegen. Der arme Kerl, er sprach laut vor sich hin, irgendetwas über Weihnachten.

»Das ist doch Johnnie Geddes«, rief ich. »Ist er all die Jahre hier gewesen?«

»Ja«, sagte mein Bekannter, und im Weitergehen: »Ich glaube, um diese Jahreszeit geht es ihm immer etwas schlechter.«

»Kommt seine Tante ihn besuchen?«

»Ja. Und sie besucht niemand sonst.«

Wir näherten uns jetzt dem Haus, in dem Miss Geddes wohnte. Ich schlug vor, sie zu besuchen. Ich hatte sie gut gekannt.

»Auf gar keinen Fall!«, sagte mein Bekannter.

Ich beschloss trotzdem hineinzugehen, und mein Bekannter ging weiter, zurück in die Stadt.

Miss Geddes hatte sich verändert, mehr als die Umgebung. Sie war eine ernste, ruhige Frau gewesen, und nun bewegte sie sich schnell und lächelte kurz und nervös. Sie führte mich zu ihrem Wohnzimmer, und als sie die Tür öffnete, rief sie jemanden, der schon im Zimmer war, zu: »Johnnie, schau mal, wer uns besucht!«

Ein Mann in dunklem Anzug stand auf einem Stuhl und brachte Stechpalmenzweige hinter einem Bild an. Er sprang herunter.

»Gesegnete Weihnachten!«, rief er. »Gesegnete und fröhliche Weihnachten! Hoffentlich bleiben Sie zum Tee«, sagte er, »wir haben nämlich einen wunderbaren Weihnachtskuchen, und weil es das Fest der Liebe ist, würde ich mich freuen, wenn Sie sehen könnten, wie schön er dekoriert ist. Es steht ›Frohe Weihnachten!‹ in rotem Zuckerguss darauf, und ein Rotkehlchen gibt es auch ...«

»Johnnie«, sagte Miss Geddes, »du vergisst die Weihnachtslieder!«

»Die Weihnachtslieder«, sagte er. Er nahm eine Schallplatte von einem Stapel und legte sie auf. Es war *The Holly and the Ivy*.

»Das ist ja *The Holly and the Ivy*«, rief Miss Geddes. »Kannst du nicht was anderes auflegen? Das haben wir schon den ganzen Vormittag gehört.«

»Es ist großartig«, sagte er strahlend und hob, Ruhe gebietend, die Hand.

Während Miss Geddes den Tee holte und er in das Weihnachtslied versunken dasaß, beobachtete ich ihn. Er ähnelte Johnnie dermaßen, dass ich ihn, wenn ich den armen Johnnie nicht kurz zuvor im Anstaltspark das Laub hätte aufkehren sehen, tatsächlich für Johnnie gehalten hätte. Miss Geddes kam mit dem Tablett zurück, und als er aufstand, um eine andere Platte aufzulegen, sagte er etwas, was mich verblüffte.

»Ich habe dich an dem Sonntag, als ich im Hyde Park sprach, in der Menge gesehen.«

»Was für ein Gedächtnis du hast!«, sagte Miss Geddes.

»Es muss zehn Jahre her sein«, sagte er.

»Mein Neffe hat seine Ansichten über Weihnachten geändert«, erklärte sie. »Inzwischen kommt er Weihnachten immer nach Hause, dann haben wir immer ein paar schöne Tage, stimmt's, Johnnie?«

»Freilich«, sagte er. »Ach, lass mich mal den Kuchen anschneiden.«

Der Kuchen faszinierte ihn. Schwungvoll stach er das große Messer hinein. Es rutschte ab und stach tief in seinen Finger. Miss Geddes rührte sich nicht. Er drehte den verletzten Finger weg und fuhr fort, den Kuchen in Scheiben zu schneiden.

»Blutet es nicht?«, fragte ich.

Er hielt die Hand hoch. Ich konnte den tiefen Schnitt erkennen, aber Blut war nicht zu sehen.

Absichtlich, und vielleicht auch aus Hilflosigkeit, wandte ich mich Miss Geddes zu.

»Dieses Haus da oben«, sagte ich, »ich habe gesehen, dass es inzwischen eine Irrenanstalt ist. Heute Nachmittag bin ich daran vorbeigekommen.«

»Johnnie«, sagte Miss Geddes wie jemand, der weiß, dass das Spiel aus ist, »geh, und hol die Pastetchen!«

Er ging, ein Weihnachtslied pfeifend.

»Sie sind also an der Anstalt vorbeigekommen«, sagte Miss Geddes müde.

»Ja«, sagte ich.

»Und Sie haben Johnnie das Laub kehren sehen.«

»Ja.«

Wir hörten noch immer, wie das Weihnachtslied gepfiffen wurde.

»Wer ist denn *er*?«, fragte ich.

»Das ist Johnnies Geist«, sagte sie. »Er kommt jede Weihnachten nach Hause. Aber ich kann ihn nicht leiden. Ich halte es nicht mehr aus. Morgen reise ich ab. Ich will nicht Johnnies Geist. Ich will Johnnie, wie er leibt und lebt.«

Mich schauderte bei dem Gedanken an den verletzten Finger, der nicht bluten konnte. Und ich ging, ehe Johnnies Geist mit den Pastetchen zurückkehrte.

Tags darauf – ich sollte mich bei einer Familie melden, die in der Stadt wohnte – machte ich mich um die Mittagszeit auf den Weg dorthin. Wegen des leichten Nebels erkannte ich zuerst nicht, wer sich mir näherte. Es war ein Mann, der mir zuwinkte. Es stellte sich heraus, dass es Johnnies Geist war.

»Fröhliche Weihnachten! Was sagst du dazu«, rief Johnnies Geist, »meine Tante ist nach London gefahren. Stell dir vor, an Weihnachten, und ich dachte, sie ist in der Kirche, und ich stehe hier und habe niemanden, mit dem ich Weihnachten feiern kann, aber ich verzeihe ihr natürlich, es ist ja das Fest der Liebe, und ich freue mich, dich zu sehen, weil ich jetzt mitkomme, wohin du auch gehst, und wir können ein fröhliches …«

»Lass mich in Ruhe!«, sagte ich und ging weiter.

Es klingt roh. Aber vielleicht wissen Sie nicht, wie abstoßend und widerlich der Geist eines lebenden Menschen ist. Die Geister der Toten, meinetwegen, aber bei dem Geist des verrückten Johnnie bekam ich eine Gänsehaut.

»Verschwinde!«, sagte ich.

Er ging neben mir her. »Da es das Fest der Liebe ist, werde ich deinen Ton mit Nachsicht behandeln«, sagte er, »aber ich werde mitkommen!«

Wir hatten die Tore der Anstalt erreicht, und dort, auf dem Grundstück, sah ich Johnnie das Laub kehren. An Weihnachten zu arbeiten war wohl seine Art zu streiken. Er machte lautstarke Bemerkungen über Weihnachten.

Einer plötzlichen Eingebung folgend, sagte ich zu Johnnies Geist: »Du willst Gesellschaft?«

»Gewiss«, erwiderte er. »Es ist das Fest der …«

»Du sollst sie haben«, sagte ich.

Ich stand in der Toreinfahrt. »He, Johnnie!«, rief ich.

Er sah auf.

»Ich habe deinen Geist mitgebracht, Johnnie. Er will dich besuchen.«

»So, so«, sagte Johnnie und näherte sich seinem Geist. »Sieh mal an!«

»Fröhliche Weihnachten!«, sagte Johnnies Geist.

»Ach ja?«, sagte Johnnie.

Ich überließ sie sich selbst. Und als ich mich umblickte, neugierig, ob sie wohl übereinander herfallen würden, sah ich, dass Johnnies Geist ebenfalls Laub kehrte. Gleichzeitig schienen sie sich zu streiten. Aber es war noch immer neblig, und ich kann wirklich nicht sagen, ob es, als ich mich ein zweites Mal umblickte, zwei Männer waren, die das Laub kehrten, oder nur einer.

Johnnie machte im neuen Jahr langsam Fortschritte. Schließlich hörte er auf, über Weihnachten herumzuschreien, und dann verlor er kein Wort mehr zu diesem Thema. Nach ein paar Monaten, als er fast überhaupt nichts mehr sagte, wurde er entlassen. Der Stadtrat ließ ihn Laub im Park kehren. Er spricht selten und erkennt niemanden. Gegen Jahresende sehe ich ihn jeden Tag im Nebel arbeiten. Manchmal, bei einem Windstoß, wirft er den Kopf hoch, um zu beobachten, wie hinter ihm Blätter zu Boden fallen, als wäre er erstaunt, dass es sie tatsächlich gibt, obwohl, von Rechts wegen, das Fallen der Blätter eigentlich abgeschafft gehörte.

André Maurois

Die Kuckucksuhr

General Bramble hatte mich gebeten, Weihnachten bei ihm auf dem Lande zu verbringen. »Ich lade heuer nur meinen Schwager, Lord Tullock, und meine Schwägerin dazu ein. Es wird also nicht besonders unterhaltsam werden. Aber wenn Sie weder die Einsamkeit noch den englischen Winter scheuen, würden wir uns sehr freuen, Sie bei uns zu sehen, um von der guten alten Zeit zu plaudern.«

Ich wusste, dass meine Freunde im Lauf des Jahres ihre Tochter von achtzehn Jahren verloren hatten. Sie taten mir sehr leid. Ich wollte sie gerne wiedersehen und nahm ihre Einladung an.

Frau Brambles Gesicht war von Tränen zerfurcht, aber sie sprach mit mir nicht von ihrem Verlust. Nur am ersten Abend blieb sie, als wir uns zum Schlafengehen zurückzogen, in dem Zimmer neben dem meinigen stehen und sagte: »Das war ihr Zimmer.«

Am Weihnachtsabend saßen wir in der Bibliothek. Im Kamin brannte ein großes Holzfeuer. Der General rauchte seine Pfeife, Frau Bramble beschäftigte sich mit einer Handarbeit. Lord Tullock sprach über die Christnacht: »Noch vor fünfzig Jahren«, erzählte er, »glaubten viele der alten Bauern in meiner Grafschaft, dass in dieser Nacht die Tiere mit Menschenstimmen reden.« – »Meine Vorstellung von der Heiligen Nacht«, sagte ich, »deckt sich eher mit der

Shakespeares, der behauptet, dass in dieser Nacht kein Geist umgehe, dass Friede herrsche und keine Hexe Zaubermacht habe.«

»Wir wissen, dass Shakespeare da unrecht hat«, meinte Lady Tullock sehr ernst. »Edward, mein Lieber, möchtest du nicht unser Erlebnis von Schloss Tullock erzählen?«

»Ich würde es gerne hören«, sagte ich.

»Well«, begann Lord Tullock, »es ist genau fünf Jahre her, dass ich mir in der Christnacht, da ich Kopfschmerzen hatte, gegen Mitternacht ein wenig die Beine im Freien vertreten wollte. Vor dem Parktor schlug ich einen schmalen Weg ein, der von hohen Hecken eingerahmt ist und an diesem Abend durch die volle Flut des Mondlichts erhellt war. Nachdem ich eine halbe Meile gegangen war, nahm ich in einiger Entfernung auf dem Weg eine dunkle Spur wahr. Als ich näher kam, erkannte ich überrascht, dass es Blut war, und als ich suchte, von wo das dünne Rinnsal herkam, entdeckte ich, dass die Hecke an dieser Stelle eine rechteckige Einbuchtung bildete und in ihrem Schatten regungslos ein Körper lag. Ich trat näher heran: Es war eine Leiche. Ich lief zum Haus zurück und alarmierte die Dienstboten. Die einen schickte ich fort, um die Polizei zu benachrichtigen, den anderen befahl ich, Fackeln zu holen und mit mir zu kommen.

Wir schlugen den gleichen Weg ein und gingen lange – zu lange, wie es mir schien, aber nichts war zu sehen, und ich suchte vergeblich die Blutspur. Schließlich, nach wenigstens drei Kilometern, sagte ich: ›Ich war ganz bestimmt nicht so weit. Wir müssen an der Stelle vorbeigelaufen sein. Gehen wir zurück!‹ Das taten wir denn auch. ›Komisch‹, sagte ich, ›dabei ist die Stelle doch leicht zu finden. Es ist genau dort, wo die Hecke eine Einbuchtung bildet.‹ Niemand konnte sich erinnern, die von mir beschriebene Stelle gesehen zu haben. Wir folgten erneut der Hecke, aber so weit wir auch gehen mochten, fanden wir sie vollkommen gerade.«

Lord Tullock schwieg einen Augenblick. Nichts war im Zimmer zu hören als das leise Knistern des Feuers. »Sie hatten wohl eine Halluzination?«, fragte ich.

»Ich glaubte es lange Zeit«, erwiderte Lord Tullock. »Dann befragte ich vergeblich die Polizei und die Nachbarn. Keinerlei Verbrechen war in dieser Nacht auf dem Weg von Tullock begangen worden. Kein Unfall war geschehen …

Vier Jahre vergingen, und ich hatte mich seit langem damit abgefunden, in jener Nacht das Opfer einer Sinnestäuschung gewesen zu sein, als ich von einem alten Freund, einem Archäologen, einen Brief erhielt, der mir große Freude bereitete. ›Heute Morgen‹, so hieß es darin, ›entdeckte ich im Verlauf von Nachforschungen, die ich im Britischen Museum mache, eine merkwürdige Tatsache, die offenbar mit der seltsamen Geschichte zusammenhängt, die Sie mir das letzte Mal erzählt haben. Als ich aufgrund meiner Nachforschungen alte Zeitungen aus Ihrer Grafschaft durchstöberte, las ich, dass am 24. Dezember 1860, sechshundert Meter von Schloss Tullock entfernt, der katholische Adelige Sir John Lacy, der allein zur Mitternachtsmesse gegangen war, von Straßenräubern überfallen wurde. Die Wegelagerer hatten sich, um dem Vorüberkommenden aufzulauern, hinter der Hecke versteckt, die zu jener Zeit an verschiedenen Stellen zurückspringende Einbuchtungen bildete. Dort versteckten sie die Leiche, nachdem sie ihr Opfer ausgeplündert hatten. Aufgrund dieses Vorkommnisses ordnete der Oberrichter der Grafschaft die Entfernung dieser Einbuchtungen an. Seitdem verläuft die Hecke längs der Straße gerade.‹«

»Glauben Sie, dass der Tote am hundertsten Jahrestag seiner Ermordung wieder auf diese Erde zurückgekehrt war?«, warf ich ein.

»Glauben Sie es denn nicht?«, erwiderte Lord Tullock gekränkt.

Der General und Frau Bramble sahen mich so vorwurfsvoll an, dass ich verstummte. Ich stand auf und bat um die Erlaubnis, mich zurückziehen zu dürfen. In meinem Zimmer brannte ein großes Tannenholzfeuer. Als ich das Licht ausgelöscht hatte, tanzte der Widerschein der Flammen im Kamin an den Wänden. Ich konnte nicht einschlafen. Plötzlich schlug im Nebenzimmer eine Kuckucksuhr zwölf. Ich hörte den Kuckuck bis zum Morgengrauen alle Stunden melden, bis ich endlich einschlief.

Als ich am Morgen etwas verspätet zum Frühstück hinunterkam, fragte mich Frau Bramble, wie ich die Nacht verbracht hätte. »Um ehrlich zu sein«, sagte ich, »habe ich wenig geschlafen. Aber es war nicht weiter schlimm, und der Kuckuck hat mir Gesellschaft geleistet.«

»Wie?«, meinte der General betroffen. »Sie haben einen Kuckuck gehört? Was sagst du dazu, Edith?«, fragte er mit Nachdruck, wobei er sich an seine Frau wandte.

»Aber… bestimmt«, sagte ich, erstaunt über den Ton, mit dem er diesen Satz ausgesprochen hatte, den längsten, den ich jemals aus seinem Mund gehört hatte. Dann bemerkte ich, dass mich Frau Bramble mit gerührter Aufmerksamkeit anblickte, die Augen voll Tränen. »Ich schulde Ihnen eine Erklärung«, sagte sie. »In dem Zimmer neben dem Ihrigen gibt es tatsächlich eine Kuckucksuhr. Meine Tochter, die sie als Kind geschenkt bekam, hat sie auch später sehr geliebt und selbst jeden Abend das Uhrwerk aufgezogen. Seit dem Tode unseres Lieblings hat niemand mehr die Kuckucksuhr angerührt, und niemand wird das mehr tun, so dass wir glaubten, sie wäre nun für immer stumm. Aber gestern Abend, verstehen Sie, lieber Freund, gestern Abend war die Weihnachtsnacht ...«

Nachweis

Joan Aiken (4. September 1924, Rye, Sussex – 4. Januar 2004, Petworth, West Sussex)
Die Fähre. Aus dem Englischen von Stefan Troßbach. Erstmals veröffentlicht in *O du grausame Weihnachtszeit.* Herausgegeben von Richard Dalby. Originaltitel: *The Ferry.* Copyright © 1995 by Aiken Enterprises, Ltd. Originally published in *A creepy company* by Joan Aiken. Copyright der deutschen Übersetzung © 1996 by Droemersche Verlagsanstalt Th. Knaur. Nachf. GmbH & Co. KG, München

Ray Bradbury (22. August 1920, Waukegan, Illinois – 5. Juni 2012, Los Angeles)
Der Wunsch. Aus dem Amerikanischen von Christa Schuenke und *Segne mich, Vater, denn ich habe gesündigt.* Aus dem Amerikanischen von Otto Bayer. Aus: Ray Bradbury, *Das Weihnachtsgeschenk.* Copyright © 2008 by Diogenes Verlag, Zürich

Anton Čechov (17. Januar 1860, Taganrog – 15. Juli 1904, Badenweiler)
Eine schreckliche Nacht. Aus dem Russischen von Gerhard Dick und Ada Knipper. Aus: Anton Čechov, *Ein unbedeutender Mensch. Erzählungen 1883–1885.* Diogenes Verlag, Zürich. Copyright © Aufbau Verlag GmbH & Co. KG, Berlin 1964 (die hier verwendete Übersetzung erschien erstmals in A. C.: *Vom Regen in die Traufe. Kurzgeschichten.* Rütten & Loening, Berlin 1964)

Charles Dickens (7. Februar 1812, Landport bei Portsmouth – 9. Juni 1870, bei Rochester)
Die Geschichte von den Kobolden, die einen Totengräber entführten. Aus dem Englischen von Gustav Meyrink. Auszug aus: Charles Dickens, *Die Pickwicker.* Diogenes Verlag, Zürich 1986

Weihnachtslied. Aus dem Englischen von Melanie Walz. Charles Dickens, *Weihnachtslied.* Copyright für die deutsche Übersetzung © 2011 by Diogenes Verlag, Zürich

André Maurois, eigentlich Émile Salomon Wilhelm Herzog (26. Juli 1885, Elbeuf – 9. Oktober 1967, Neuilly-sur-Seine)
Die Kuckucksuhr. Aus dem Französischen von Hans B. Wagenseil. Aus: *Noch mehr Weihnachtsgeschichten.* Diogenes Verlag, Zürich 1986

Muriel Spark (1. Februar 1918, Edinburgh – 13. April 2006, Florenz)
Der Laubkehrer. Aus dem Englischen von Matthias Fienbork. Aus: Muriel Spark, *Päng päng, du bist tot.* Copyright © 1987 by Diogenes Verlag, Zürich. Copyright © by Copodim Anstalt. Permission by Mohrbooks AG, Zürich

Wilhelm Raabe (8. September 1831, Eschershausen – 15. November 1910, Braunschweig)
Weihnachtsgeister. Aus: Wilhelm Raabe, *Sämtliche Werke. Die Kinder von Finkenrode. Erzählungen.* Vandenhoeck & Ruprecht, Göttingen 1992

Rosemary Timperley (20. März 1920, London – 9. November 1988)
Weihnachtsbegegnung. Aus dem Englischen von Ilse Strasmann. Aus: *Roald Dahls Buch der Schauergeschichten.* Rowohlt Verlag, Reinbek bei Hamburg, 1985. Copyright © 1952 by Rosemary Timperley. Reproduced by permission of The Agency (London) Ltd. Copyright für die deutsche Übersetzung © 1985 by Rowohlt Verlag, Reinbek bei Hamburg

Hugh Walpole (13. März 1884, Auckland – 1. Juni 1941, London)
Mrs. Lunt. Aus dem Englischen von Claus Sprick. Aus: Hugh Walpole, *All Soul's Night.* Macmillan, London 1933. Copyright der deutschen Übersetzung © 2013 by Diogenes Verlag, Zürich

Bitte beachten Sie
auch die folgenden Seiten

Bücher zur Weihnacht im Diogenes Verlag

»Dann und wann empfand er das Bedürfnis, tief aufzuatmen, denn jetzt, da der Gesang, dieser glockenreine A-cappella-Gesang die Luft erfüllte, zog sein Herz sich in einem fast schmerzhaften Glück zusammen. Weihnachten…«
Thomas Mann, Weihnacht bei den Buddenbrooks

Alle Jahre wieder
Romantische Weihnachtsgeschichten. Herausgegeben von Daniel Keel und Daniel Kampa

Früher war mehr Lametta
Hinterhältige Weihnachtsgeschichten sowie acht Gedichte. Herausgegeben von Daniel Keel und Daniel Kampa
Auch als Diogenes Hörbuch erschienen, gelesen von Ingrid Noll, Martin Suter und Anna König

Früher war noch mehr Lametta
Hinterhältige Weihnachtsgeschichten sowie drei Gedichte. Herausgegeben von Daniel Kampa
Auch als Diogenes Hörbuch erschienen, gelesen von Anna König, Hans Korte, Martin Suter und Cordula Trantow

Früher war noch viel mehr Lametta
Hinterhältige Weihnachtsgeschichten. Ausgewählt von Daniel Kampa
Ausgewählte Geschichten auch als Diogenes Hörbuch erschienen, gelesen von Anna König und Jochen Striebeck

Früher war mehr Bescherung
Hinterhältige Weihnachtsgeschichten. Ausgewählt von Daniel Kampa

Früher war Weihnachten später
Hinterhältige Weihnachtsgeschichten. Ausgewählt von Daniel Kampa

Früher war Weihnachten viel später
Hinterhältige Weihnachtsgeschichten. Ausgewählt von Daniel Kampa

Lamettaleichen
Kriminelle Weihnachtsgeschichten. Ausgewählt von Daniel Kampa

Lamettaspuk
Gespenstische Weihnachtsgeschichten. Ausgewählt von Daniel Kampa

Schöne Bescherung
Hinterhältige Weihnachtsgeschichten. Ausgewählt von Daniel Kampa

Nicht schon wieder Weihnachten!
Hinterhältige Weihnachtsgeschichten sowie zwei Gedichte. Ausgewählt von Daniel Kampa

O du schreckliche…
Kriminelle Weihnachtsgeschichten. Ausgewählt von Daniel Kampa

Weißer Weihnachtszauber
Nostalgische Weihnachtsgeschichten. Ausgewählt von Daniel Kampa

Weihnachts-Detektive
Weihnachten mit Sherlock Holmes, Pater Brown, Kommissar Maigret, Albert Campion, Miss Marple, Hercule Poirot und Nero Wolfe

Kinder-Adventsbuch
Weihnachtsgeschichten für jeden Adventstag. Ausgewählt von Daniel Kampa

Weihnachten mit Loriot

Weihnachten mit Ringelnatz
Zusammengestellt von Daniel Kampa

Jean de Brunhoff
Babar und der Weihnachtsmann
Aus dem Französischen von Françoise Sérusciat-Brütt

Charles Dickens
Weihnachtslied
Eine Gespenstergeschichte. Aus dem Englischen von Melanie Walz. Mit Zeichnungen von Tatjana Haupmann und einem Essay von John Irving

Georges Simenon
Weihnachten mit Maigret
Roman. Aus dem Französischen von Hans-Joachim Hartstein
Auch als Diogenes Hörbuch erschienen, gelesen von Hans Korte

Tomi Ungerer
Achtung Weihnachten
Hinterhältige Weihnachtsgeschichten und -gedichte. Ausgewählt von Jan Sidney. Mit vielen Bildern von Tomi Ungerer

Außerdem erschienen:

René Goscinny & Jean-Jacques Sempé
Der kleine Nick freut sich auf Weihnachten
Fünf Geschichten aus den Bänden *Neues vom kleinen Nick* und *Der kleine Nick ist wieder da!*
Diogenes Hörbuch, 1 CD, gelesen von Rufus Beck

Die Bibel
Neues Testament
Weihnachten. Geburt und Kindheit Jesu
Diogenes Hörbuch, 1 CD, gelesen von Sven Görtz

Weihnachten mit Ingrid Noll
Diogenes Hörbuch, 1 CD, gelesen von Uta Hallant

Ray Bradbury im Diogenes Verlag

Ray Bradbury, einer der bekanntesten und schöpferischsten Schriftsteller Amerikas, wurde 1920 in Waukegan, Illinois, geboren. Seine erste Erzählung verfasste er mit elf Jahren. *Fahrenheit 451*, *Die Mars-Chroniken* und *Der illustrierte Mann* machten ihn weltberühmt. 1966 verfilmte François Truffaut *Fahrenheit 451* mit Oskar Werner und Julie Christie in den Hauptrollen. Bradbury hat über 500 Kurzgeschichten und 10 Romane geschrieben und sich daneben in jeder literarischen Gattung profiliert. Ray Bradbury, der in seinem langen Leben sozusagen jede Auszeichnung erhalten hat, die man in Amerika erringen kann (darunter auch einen Stern auf dem Hollywood Walk of Fame und zuletzt, 2007, den Special Citation Pulitzer Prize), lebte in Los Angeles, wo er 2012 verstarb.

»Der berühmteste Erzähler der Welt.«
The New York Times

»Einer der größten Visionäre.« *Aldous Huxley*

Der illustrierte Mann
Erzählungen. Aus dem Amerikanischen von Peter Naujack
Auch als Diogenes Hörbuch erschienen, gelesen von Rufus Beck

Fahrenheit 451
Roman. Deutsch von Fritz Güttinger
Auch als Diogenes Hörbuch erschienen, gelesen von Rufus Beck

Die Mars-Chroniken
Roman in Erzählungen. Deutsch von Thomas Schlück

Der Tod ist ein einsames Geschäft
Roman. Deutsch von Jürgen Bauer

Gesammelte Erzählungen
Ausgewählt von Daniel Keel und Daniel Kampa

Muriel Spark im Diogenes Verlag

»Diese Mischung von spannender Unterhaltung und ernsteren Erörterungen, die an Graham Greene erinnert, gelingt nur wenigen Autoren.«
Matthias Wegner / Frankfurter Allgemeine Zeitung

»Muriel Spark ist eine der bedeutenden europäischen Autorinnen der Gegenwart, der in Großbritannien und den USA eine hohe Wertschätzung nicht zuletzt durch Vertreter einer jüngeren Schriftstellergeneration zuteil wird: Adam Thirlwell und Ali Smith.«
Thomas David / Neue Zürcher Zeitung

»Muriel Spark ist weder altmodisch noch avantgardistisch, sie ist originär. Sie erklärt nicht, liefert keine Moral, sie beschreibt einfach nur, wie Menschen sich verhalten.« *Adam Thirlwell*

»Muriel Sparks Romane sind Werke aus glitzerndem Eis, dessen leicht gefrorene Oberfläche einen verleitet, fröhlich über etwas auf und ab zu springen, das tiefer und dunkler ist als das Loch Ness.« *Ali Smith*

Junggesellen
Roman. Aus dem Englischen von Elisabeth Schnack

Die Ballade von Peckham Rye
Roman. Deutsch von Elisabeth Schnack

Robinson
Roman. Deutsch von Elizabeth Gilbert

Die Tröster
Roman. Deutsch von Peter Naujack

Vorsätzlich Herumlungern
Roman. Deutsch von Hanna Neves

Die Blütezeit der Miss Jean Brodie
Roman. Deutsch von Peter Naujack

Das einzige Problem
Roman. Deutsch von Otto Bayer

Mädchen mit begrenzten Möglichkeiten
Roman. Deutsch von Kyra Stromberg

Das Mandelbaumtor
Roman. Deutsch von Hans Wollschläger

Päng päng, du bist tot
und andere Geschichten. Deutsch von Matthias Fienbork

Hoheitsrechte
Roman. Deutsch von Mechthild Sandberg

Bitte nicht stören
Roman. Deutsch von Otto Bayer

Das Treibhaus am East River
Roman. Deutsch von Otto Bayer

Übernahme
Roman. Deutsch von Mechthild Sandberg

In den Augen der Öffentlichkeit
Roman. Deutsch von Christian Ferber

Curriculum Vitae
Selbstportrait der Künstlerin als junge Frau. Deutsch von Otto Bayer. Mit einem Bildteil

Träume und Wirklichkeit
Roman. Deutsch von Hans-Christian Oeser

Frau Dr. Wolfs Methode
Roman. Deutsch von Hans-Christian Oeser

Hundertundelf Jahre ohne Chauffeur
Geschichten. Deutsch von Hans-Christian Oeser

In sturmzerzauster Welt
Die Brontës
Deutsch von Gottfried Röckelein

Der letzte Schliff
Roman. Deutsch von Hans-Christian Oeser

Wenn du Talent hast für die Liebe
Die Gedichte. Englisch/Deutsch. Übertragen und mit Anmerkungen versehen von Christa Schuenke

Meistererzählungen
Deutsch von Peter Naujack und Elisabeth Schnack (vormals: *Portobello Road* und andere Erzählungen)

Diogenes Taschenbuch 24178

de
te
be